山椒大夫・高瀬舟・阿部一族

森 鷗外

山椒大夫・高瀬舟・阿部一族

目次

山椒大夫《さんしょうだゆう》

越後《えちご》の春日《かすが》*を経《へ》て今津《いまづ》*へ出《で》る道《みち》を、珍《めず》らしい旅人《たびびと》の一群《むれ》が歩《ある》いている。母《はは》は三十歳を踰《こ》えたばかりの女《おんな》で、二人の子供を連れている。姉は十四、弟は十二である。それに四十位《ぐらい》の女中が一人附《つ》いて、草臥《くたび》れた同胞《はらから》二人を、「もうじきにお宿にお著《つき》なさいます」と云《い》って励まして歩かせようとする。二人の中で、姉娘は足を引き摩《ず》るようにして歩いているが、それでも気が勝《か》っていて、疲れたのを母や弟に知らせまいとして、折々《おりおり》思い出したように弾力のある歩附《あるきつき》をして見《み》せる。近い道を物詣《ものまいり》にでも歩くのなら、ふさわしくも見《み》えそうな一群であるが、笠やら杖《つえ》やら甲斐《かい》甲斐《がい》しい出立《いでたち》をしているのが、誰《たれ》の目にも珍らしく、又《また》気の毒に感ぜられるのである。

　道は百姓家《や》の断《た》えたり続いたりする間を通っている。砂や小石は多いが、秋日和《あきびより》に好《よ》く乾いて、しかも粘土《ねんど》が雑《まじ》っているために、好く固まっていて、海の傍《そば》のように踝《くるぶし》を埋《うず》めて人を悩ますことはない。

藁葺《わらぶき》の家が何軒《なんげん》も立ち並んだ一構《かまえ》が柞《ははそ》*の林に囲まれて、それに夕日がかっと差している処《ところ》に通り掛《か》かった。

「まああの美しい紅葉《もみじ》を御覧《ごらん》」と、先《さき》に立っていた母が指さして子供に言った。

子供は母の指さす方《ほう》を見たが、なんとも云わぬので、女中が云った。「木《こ》の葉《は》があんなに染まるのでございますから、朝晩お寒くなりましたのも無理はございませんね。」

姉娘が突然弟を顧《かえり》みて云った。「早くお父《と》う様の入《い》らっしゃる処《ところ》へ往《ゆ》きたいわね。」

「姉《ね》えさん。まだなかなか往《い》かれはしないよ。」弟は賢《さか》しげに答えた。

母が諭《さと》すように云った。「そうですとも。今まで越して来たような山を沢山《たくさん》越して、河や海をお船で度々《たびたび》渡らなくては往《い》かれないのだよ。毎日精出《せいだ》して大人《おとな》しく歩かなくては。」

「でも早く往《い》きたいのですもの」と、姉娘は云った。

一群《むれ》は暫《しばら》く黙って歩いた。

向《むこ》うから空桶《からおけ》を担《かつ》いで来る女がある。塩浜*から帰る潮汲女《しおくみおんな》である。

それに女中が声を掛けた。「申《も》し申し。此辺《このへん》に旅の人の宿をする家はありませんか。」

潮汲女は足を駐《と》めて、主従《しゅうじゅう》四人の群《むれ》を見渡した。そしてこう云った。「まあ、お気の毒な。生憎《あいにく》な所で日が暮れますね。此土地《このとち》には旅の人を留《と》めて上《あ》げる所は一軒もありません。」

女中が云った。「それは本当ですか。どうしてそんなに人気《じんき》＊が悪いのでしょう。」

二人の子供は、はずんで来る対話の調子を気にして、潮汲女の傍《そば》へ寄ったので、女中と三人で女を取り巻いた形になった。

潮汲女は云った。「いいえ。信者が多くて人気《じんき》の好《い》い土地ですが、国守《くにのかみ》の掟《おきて》だから為方《しかた》がありません。もうあそこに」と言いさして、女は今来た道を指さした。「もうあそこに見えていますが、あの橋までお出《い》でなさると、高札《たかふだ》が立《た》っています。それに精《くわ》しく書いてあるそうですが、近頃悪い人買《ひとかい》が此辺《このへん》を立ち廻《まわ》ります。それで旅人に宿を貸して足を留めさせたものにはお咎《とがめ》があります。あたり七軒巻添《まきぞえ》になるそうです。」

「それは困りますね。子供衆《しゅう》もお出《いで》なさるし、もうそう遠くまでは行《ゆ》かれません。どうにか為様《しよう》はありますまいか。」

「そうですね。わたしの通う塩浜のあるあたりまで、あなた方がお出なさると、夜になってしまいましょう。どうもそこらで好《い》い所を見附《みつ》けて、野宿《のじゅく》をなさるより外《ほか》、為《し》方《かた》がありますまい。わたしの思案《しあん》では、あそこの橋の下にお休《やすみ》なさるが好いでしょう。

岸の石垣にぴったり寄せて、河原に大きい材木が沢山立ててあります。荒川《あらかわ》*の上《かみ》から流して来た材木です。昼間は其下《そのした》で子供が遊んでいますが、奥の方には日も差さず、暗くなっている所があります。そこなら風も通しますまい。わたしはこうして毎日通う塩浜の持主《もちぬし》の所にいます。ついそこの柞《ははそ》の森の中です。夜になったら、藁《わら》や薦《こも》を持って往《い》ってあげましょう。」

子供等《ら》の母は一人離れて立って、此話《このはなし》を聞いていたが、此時《このとき》潮汲女の傍《そば》に進み寄って云った。「好《よ》い方《かた》に出逢いましたのは、わたし共《ども》の為合《しあわ》せでございます。そこへ往《い》って休みましょう。どうぞ藁や薦をお借《かり》申しとうございます。せめて子供達にでも敷かせたり被《き》せたりいたしとうございます。」

潮汲女は受け合って、柞の林の方《ほう》へ帰って行《ゆ》く。主従四人は橋のある方へ急いだ。

荒川に掛け渡した応化橋《おうげのはし》*の袂《たもと》に一群《むれ》は来た。潮汲女の云った通《とおり》に、新しい高札《たかふだ》が立っている。書いてある国守《くにのかみ》の掟《おきて》も、女の詞《ことば》に違《たが》わない。

人買《ひとかい》が立ち廻《まわ》るなら、其《その》人買の詮議《せんぎ》*をしたら好《よ》さそうなものである。旅人に足を留めさせまいとして、行《ゆ》き暮れたものを路頭に迷わせるような掟を、国守はなぜ定めたものか。不束《ふつつか》な世話の焼きようである。併《しか》し昔の人の目には掟はどこまでも掟である。

子供等《ら》の母は只《ただ》そう云《い》う掟のある土地に来合《きあわ》せた運命《うんめい》を歎《なげ》くだけで、掟の善悪《よしあし》は思わない。

橋の袂に、河原へ洗濯に降りるものの通う道がある。そこから一群は河原に降りた。なる程大層《ほどたいそう》な材木が石垣に立て掛けてある。一群は石垣に沿うて材木の下へ潜《くぐ》って這《は》入《い》った。男の子は面白がって、先に立って勇んで這入った。

奥深く潜《もぐ》って這入ると、洞穴《ほらあな》のようになった所がある。下には大きい材木が横になっているので、床を張ったようである。

男の子が先に立って、横になっている材木の上に乗って、一番隅《すみ》へ這入って、「姉《ね》えさん、早くお出《いで》なさい」と呼ぶ。

姉娘はおそるおそる弟の傍《そば》へ往《い》った。

「まあ、お待遊《まち》ばせ」と女中が云って、背に負っていた包《つつみ》を卸《おろ》した。そして着換《きがえ》の衣類を出して、子供を脇へ寄らせて、隅の処《ところ》に敷いた。そこへ親子をすわらせた。

母親がすわると、二人の子供が左右から縋《すが》り附《つ》いた。岩代《いわしろ》の信夫郡《しのぶごおり》*の住家《すみか》を出て、親子はここまで来るうちに、家の中ではあっても、此《この》材木の蔭《かげ》より外《そと》らしい所に寝たことがある。不自由にも次第に慣れて、もうさ程苦《ほどく》にはしない。

女中の包から出したのは衣類ばかりではない。用心に持っている食物《たべもの》もある。女中はそれを親子の前に出して置いて云った。「ここでは焚火《たきび》をいたすことは出来ません。若《も》し悪い人に見附《みつ》けられてはならぬからでございます。あの塩浜の持主とやらの家まで往って、お湯を貰ってまいりましょう。そして藁や薦の事も頼んでまいりましょう。」

女中はまめまめしく出て行った。子供は楽しげに粔籹《おこしごめ》*やら、乾した果《くだもの》やらを食べはじめた。

暫《しばら》くすると、此《この》材木の蔭へ人の這入《はい》って来る足音がした。「姥竹《うばたけ》かい」と母親が声を掛けた。併《しか》し心の内には、柞《ははそ》の森まで往って来たにしては、余り早いと疑った。姥竹と云うのは女中の名である。

這入って来たのは四十歳ばかりの男である。骨組《ほねぐみ》の逞《たくま》しい、筋肉が一つ一つ肌の上から数えられる程、脂肪の少《すくな》い人で、牙彫《げぼり》*の人形のような顔に笑《えみ》を湛《たた》えて、手に数珠《ずず》を持っている。我家《わがや》を歩くような、慣れた歩附《あるきつき》をして、親子の潜《ひそ》んでいる処《ところ》へ進み寄った。そして親子の座席《ざせき》にしている材木の端《はし》に腰を掛けた。

親子は只《ただ》驚いて見ている。仇《あた》をしそうな様子も見えぬので、恐ろしいとも思わぬのである。

男はこんな事を言う。「わしは山岡大夫《やまおかたゆう》*と云う船乗《ふなのり》じゃ。此頃《このごろ》此《この》土地を人買《ひとかい》が立ち廻ると云うので、国守《こくしゅ》が旅人に宿を貸すことを差し止めた。人買を摑《つか》まえることは、国守の手に合わぬと見える。気の毒なは旅人じゃ。そこでわしは旅人を救うて遣《や》ろうと思い立った。さいわいわしが家は街道を離れているので、こっそり人を留めても、誰に遠慮もいらぬ。わしは人の野宿をしそうな森の中や橋の下を尋ね廻って、これまで大勢の人を連れて帰った。見れば子供衆が菓子を食べていなさるが、そんな物は腹の足《た》しにはならいで、歯に障《さわ》る。わしが所ではさしたる饗応《もてなし》はせぬが、芋粥《いもがゆ》でも進《しん》ぜましょう。どうぞ遠慮せずに来て下されい。」男は強《し》いて誘うでもなく、独語《ひとりごと》のように言ったのである。

子供の母はつくづく聞いていたが、世間の掟に背《そむ》いてまでも人を救おうと云う難有《ありがた》い志《こころざし》に感ぜずにはいられなかった。そこでこう云った。「承《うけたま》われば殊勝《しゅしょう》なお心掛《こころがけ》と存じます。貸すなと云う掟のある宿を借りて、ひょっと宿主《やどぬし》に難儀《なんぎ》を掛けようかと、それが気掛かりでございますが、わたくしは兎《と》も角《かく》も、子供等《ら》に温《ぬく》いお粥でも食べさせて、屋根の下に休ませることが出来ましたら、其《その》御恩は後《のち》の世までも忘れますまい。」

山岡大夫は頷《うなず》いた。「さてさて好《よ》う物のわかる御婦人じゃ。そんならすぐに案内をして進ぜましょう。」こう云って立ちそうにした。

母親は気の毒そうに云った。「どうぞ少しお待下《まち》さいませ。わたくし共《ども》三人がお世話になるさえ心苦しゅうございますのに、こんな事を申すのはいかがと存じますが、実は今一人連《ひとりつれ》がございます。」

山岡大夫は耳を欹《そばだ》てた。「連がおありなさる。それは男か女子《おなご》か。」

「子供達の世話をさせに連れて出た女中でございます。湯を貰うと申して、街道を三四町跡《あと》へ引き返してまいりました。もう程なく帰ってまいりましょう。」

「お女中かな。そんなら待って進ぜましょう。」山岡大夫の落ち著《つ》いた、底の知れぬような顔に、なぜか喜《よろこび》の影が見えた。

ここは直江《なおえ》の浦《うら》*である。日はまだ米山《よねやま》*の背後《うしろ》に隠れていて、紺青《こんじょう》のような海の上には薄い靄《もや》が掛かっている。

一群《むれ》の客を舟に載せて纜《ともづな》を解《と》いている船頭がある。船頭は山岡大夫で、客はゆうべ大夫の家に泊《とま》った主従四人の旅人である。

応化橋《おうげのはし》の下で山岡大夫に出逢った母親と子供二人とは、女中姥竹《うばたけ》が欠《か》け損じた瓶子《へいし》*に湯を貰って帰るのを待ち受けて、大夫に連れられて宿を借りに往《つ》った。姥竹は不安らしい顔をしながら附《つ》いて行った。大夫は街道を南へ這入《はい》った松林《まつばやし》の中の草の家《や》に四人を留めて、芋粥を進めた。そしてどこからどこへ往《ゆ》く旅かと問うた。草臥《くたび》れた子供等《ら》を先へ寝させて、母は宿の主人《あるじ》に身の上のおおよそを、微《かす》かな燈火《ともしび》の下《もと》で話した。

自分は岩代《いわしろ》のものである。夫が筑紫《つくし》*へ往って帰らぬので、二人の子供を連れて尋ねに往《ゆ》く。姥竹は姉娘の生《うま》れた時から守《もり》をしてくれた女中で、身寄《みより》のないものゆえ、遠い、覚束《おぼつか》ない旅の伴《とも》をすることになったと話したのである。

さてここまでは来たが、筑紫の果《はて》へ往《ゆ》くことを思えば、まだ家を出たばかりと云っても好《よ》い。これから陸《おか》を行ったものであろうか。又は船路《ふなじ》を行ったものであろうか。主人は船乗であって見れば、定《さだ》めて遠国《えんごく》の事を知っているだろう。どうぞ教えて貰いたいと、子供等の母が頼んだ。

大夫は知れ切った事を問われたように、少しもためらわずに船路を行くことを勧めた。陸《おか》を行《ゆ》けば、じき隣の越中《えっちゅう》*の国に入《い》る界《さかい》にさえ、親不知子不知《おやしらずこしらず》*の難所《なんじょ》がある。削り立てたような巌石《がんせき》の裾《すそ》には荒浪《あらなみ》が打ち寄せる。旅人は横穴に這入《はい》って、波の引くのを待っていて、狭い巌石の下の道を走り抜ける。其時《そのとき》は親は子を顧《かえり》みることが出来ず、子も親を顧みることが出来ない。それは海辺《うみべ》の難所である。又《また》山を越えると、踏まえた石が一つ揺《ゆる》げば、千尋《ひろ》の谷底《たにそこ》に落ちるような、あぶない岨道《そわみち》*もある。西国《さいこく》*へ往《ゆ》くまでには、どれ程の難所があるか知れない。それとは違って、船路は安全なものである。

慥《たしか》な船頭にさえ頼めば、いながらにして百里でも千里でも行《ゆ》かれる。自分は西国まで往《ゆ》くことは出来ぬが、諸国の船頭を知っているから、船に載せて出て、西国へ往《ゆ》く舟に乗り換えさせることが出来る。あすの朝は早速船に載せて出ようと、大夫は事もなげに云った。

夜が明け掛かると、大夫は主従四人をせき立てて家を出た。其時《そのとき》子供等《ら》の母は小さい嚢《ふくろ》から金を出して、宿賃を払おうとした。大夫は留《と》めて、宿賃は貰わぬ、併《しか》し金の入れてある大切な嚢は預《あずか》って置こうと云った。なんでも大切な品は、宿に著《つ》けば宿の主人《あるじ》に、舟に乗れば舟の主《ぬし》に預けるものだと云うのである。

子供等の母は最初に宿を借《か》ることを許してから、主人の大夫の言う事を聴かなくてはならぬような勢《いきおい》になった。掟を破ってまで宿を貸してくれたのを、難有《ありがた》くは思っても、何事《なにごと》によらず言うが儘《まま》になる程、大夫を信じてはいない。こう云う勢になったのは、大夫の詞《ことば》に人を押し附ける強みがあって、母親はそれに抗《あらが》うことが出来ぬからである。その抗うことの出来ぬのは、どこか恐ろしい処《ところ》があるからである。併《しか》し母親は自分が大夫を恐れているとは思っていない。自分の心がはっきりわかっていない。

母親は余儀《よぎ》ない事をするような心持《こころもち》で舟に乗った。子供等は凪《な》いだ海の、青い氈《かも》*を敷いたような面《おもて》を見て、物珍しさに胸を跳らせて乗った。只《ただ》姥竹が顔には、きのう橋の下を立ち去った時から、今舟に乗る時まで、不安の色が消え失せなかった。

山岡大夫は纜《ともづな》を解《と》いた。檣《さお》で岸を一押《ひとおし》押すと、舟は揺《ゆら》めきつつ浮《うか》び出た。


山岡大夫は暫《しばら》く岸に沿《そ》うて南へ、越中境《えっちゅうざかい》の方角へ漕いで行《ゆ》く。靄《もや》は見る見る消えて、波が日に赫《かがや》く。

人家《じんか》のない岩蔭《いわかげ》に、波が砂を洗って、海松《みる》や荒布《あらめ》*を打ち上げている処があった。そこに舟が二艘止《と》まっている。船頭が大夫を見て呼び掛けた。

「どうじゃ。あるか。」

大夫は右の手を挙げて、大拇《おやゆび》を折って見せた。そして自分もそこへ舟を舫《もや》った。大拇だけ折ったのは、四人あると云う相図《あいず》である。

前からいた船頭の一人は宮崎《みやざき》の三郎《さぶろう》と云って、越中宮崎《えっちゅうみやざき》*のものである。左の手の拳《こぶし》を開《ひら》いて見せた。右の手が貨《しろもの》の相図になるように、左の手は銭《ぜに》の相図《あいず》になる。これは五貫文《かんもん》に附《つ》けたのである。

「気張《きば》るぞ」と今一人の船頭が云って、左の臂《ひじ》をつと伸《の》べて、一度拳を開いて見せ、次《つ》いで示指《ひとさしゆび》を竪《た》てて見せた。此《この》男は佐渡《さど》の二郎《じろう》で六貫文に附けたのである。

「横着者奴《おうちゃくものめ》」と宮崎が叫んで立ち掛かれば、「出し抜こうとしたのはおぬしじゃ」と佐渡が身構《みがまえ》をする。二艘の舟がかしいで、舷《ふなばた》が水を答《むち》うった。

大夫は二人の船頭の顔を冷《ひや》やかに見較《みくら》べた。「慌てるな。どっちも空手《からて》では還《かえ》さぬ。お客様が御窮屈《ごきゅうくつ》でないように、お二人ずつ分けて進ぜる。賃銭《ちんせん》は跡《あと》で附けた値段の割《わり》じゃ。」こう云って置いて、大夫は客を顧みた。「さあ、お二人ずつあの舟へお乗《のり》なされ。どれも西国《さいこく》への便船《びんせん》じゃ。舟足と云うものは、重過《おもす》ぎては走りが悪い。」

二人の子供は宮崎が舟へ、母親と姥竹とは佐渡が舟へ、大夫が手を執《と》って乗り移らせた。移らせて引く大夫が手に、宮崎も佐渡も幾緡《いくさし》*かの銭を握らせたのである。

「あの、主人《あるじ》にお預けなされた嚢《ふくろ》は」と、姥竹が主《しゅう》の袖を引く時、山岡大夫は空舟《からふね》をつと押し出した。

「わしはこれでお暇《いとま》をする。慥《たし》かな手から慥かな手へ渡すまでがわしの役《やく》じゃ。御機嫌好《よ》うお越しなされ。」

艪《ろ》の音が忙《せわ》しく響いて、山岡大夫の舟は見る見る遠ざかって行《ゆ》く。

母親は佐渡に言った。「同じ道を漕《こ》いで行《い》って、同じ港に著《つ》くのでございましょうね。」

佐渡と宮崎とは顔を見合《みあわ》せて、声を立てて笑った。そして佐渡が云った。「乗る舟は弘誓《くぜい》の舟*、著《つ》くは同じ彼岸《かのきし》と、蓮華峰寺《れんげぶじ》*の和尚《おしょう》が云《い》うたげな。」

二人の船頭はそれ切り黙って舟を出した。佐渡の二郎は北へ漕ぐ。宮崎の三郎は南へ漕ぐ。「あれあれ」と呼《よ》びかわす親子主従は、只《ただ》遠ざかり行《ゆ》くばかりである。

母親は物狂《ものくる》おしげに舷《ふなばた》に手を掛けて伸《の》び上がった。「もう為方《しかた》がない。これが別《わかれ》だよ。安寿《あんじゅ》は守本尊《まもりほんぞん》の地蔵様《じぞうさま》を大切におし。厨子王《ずしおう》はお父様の下《くだ》さった護刀《まもりがたな》を大切におし。どうぞ二人が離れぬように。」安寿は姉娘、厨子王は弟の名である。

子供は只《ただ》「お母《かあ》様、お母あ様」と呼ぶばかりである。

舟と舟とは次第に遠ざかる。後《うしろ》には餌《え》を待つ雛《ひな》のように、二人の子供が開《あ》いた口が見えていて、もう声は聞《きこ》えない。

姥竹は佐渡の二郎に「申《も》し船頭さん、申し申し」と声を掛けていたが、佐渡は構わぬので、とうとう赤松の幹《みき》のような脚《あし》に縋《すが》った。「船頭さん。これはどうした事でございます。あのお嬢様、若様に別れて、生きてどこへ往《ゆ》かれましょう。奥様も同じ事でございます。これから何をたよりにお暮らしなさいましょう。どうぞあの舟の往《ゆ》く方《ほう》へ漕いで行って下さいまし。後生《ごしょう》でございます。」

「うるさい」と佐渡は後様《うしろざま》に蹴った。姥竹は舟笭《ふなとこ》*に倒れた。髪は乱れて舷《ふなばた》に掛かった。

姥竹は身を起《おこ》した。「ええ。これまでじゃ。奥様、御免下さいまし。」こう云って真《ま》っ逆様《さかさま》に海に飛び込んだ。

「こら」と云って船頭は臂《ひじ》を差し伸ばしたが、間に合わなかった。

母親は袿《うちき》*を脱《ぬ》いで佐渡が前へ出した。「これは粗末な物でございますが、お世話になったお礼に差し上げます。わたくしはもうこれでお暇《いとま》を申《もう》します。」こう云って舷に手を掛けた。

「たわけが」と、佐渡は髪を掴んで引き倒した。「うぬまで死なせてなるものか。大事な貨《しろもの》じゃ。」

佐渡の二郎は牽綱《つなで》*を引き出して、母親をくるくる巻《まき》にして転《ころ》がした。そして北へ北へと漕いで行った。

「お母《か》あ様お母あ様」と呼び続けている姉と弟とを載せて、宮崎の三郎が舟は岸に沿うて南へ走って行《ゆ》く。

「もう呼ぶな」と宮崎が叱った。「水《みず》の底の鱗介《いろくず》*には聞《きこ》えても、あの女子《おなご》には聞えぬ。女子共《おなごども》は佐渡へ渡って粟《あわ》の鳥でも逐《お》わせられることじゃろう。」

姉の安寿と弟の厨子王とは抱き合って泣いている。故郷《こきょう》を離れるも、遠い旅をするも母と一しょにすることだと思っていたのに、今料《はか》らずも引き分けられて、二人はどうして好《い》いかわからない。只《ただ》悲しさばかりが胸に溢《あふ》れて、此別《このわかれ》が自分達の身の上をどれだけ変《かわ》らせるか、其程《そのほど》さえ弁《わきま》えられぬのである。

午《ひる》になって宮崎は餅を出して食った。そして安寿と厨子王とにも一つ宛《ずつ》くれた。二人は餅を手に持って食べようともせず、目を見合《みあわ》せて泣いた。夜は宮崎が被《かぶ》せた苫《とま》の下で、泣《な》きながら寐入《ねい》った。

こうして二人は幾日《いくにち》か舟に明かし暮らした。宮崎は越中《えっちゅう》、能登《のと》*、越前《えちぜん》*、若狭《わかさ》*の津々《つづ》浦々《うらうら》を売り歩いたのである。

併《しか》し二人が稚《おさな》いのに、体もか弱く見えるので、なかなか買おうと云うものがない。たまに買手《かいて》があっても、値段の相談が調《ととの》わない。宮崎は次第に機嫌を損じて、「いつまでも泣くか」と二人を打つようになった。

宮崎が舟は廻り廻って、丹後《たんご》の由良《ゆら》*の港に来た。ここには石浦《いしうら》*と云う処《ところ》に大きい邸《やしき》を構えて、田畑《たはた》に米麦《こめむぎ》を植えさせ、山では猟《かり》をさせ、海では漁《すなどり》をさせ、蚕飼《こがい》をさせ、機織《はたおり》をさせ、金物《かなもの》、陶物《すえもの》、木の器《うつわ》、何から何まで、それぞれの職人を使って造らせる山椒大夫《さんしょうだゆう》と云う分限者《ぶげんしゃ》*がいて、人なら幾らでも買う。宮崎はこれまでも、余所《よそ》に買手のない貨《しろもの》があると、山椒大夫が所へ持って来ることになっていた。

港に出張《でば》っていた大夫の奴頭《やっこがしら》は、安寿、厨子王をすぐに七貫文に買った。

「やれやれ、餓鬼共《がきども》を片附《かたづ》けて身が軽《かる》うなった」と云って、宮崎の三郎は受け取った銭を懐《ふところ》に入れた。そして波止場《はとば》の酒店《さけみせ》に這入《はい》った。

一抱《かかえ》に余る柱を立て並べて造った大廈《おおいえ》＊の奥深《おくぶか》い広間に一間《けん》四方《ほう》の炉《ろ》を切らせて、炭《すみ》火《び》がおこしてある。其向《そのむこう》に茵《しとね》＊を三枚畳《かさ》ねて敷いて、山椒大夫は几《おしまずき》＊に靠《もた》れている。左右には二郎、三郎の二人《ふたり》の息子が狛犬《こまいぬ》のように列《なら》んでいる。もと大夫には三人の男子があったが、太郎《たろう》は十六歳の時、逃亡を企てて捕《とら》えられた奴《やっこ》に、父が手ずから烙印《やきいん》をするのをじっと見ていて、一言《ごん》も物を言わずに、ふいと家を出て行方《ゆくえ》が知れなくなった。今から十九年前《ぜん》の事である。

奴頭《やっこがしら》が安寿、厨子王を連れて前へ出た。そして二人の子供に辞儀《じぎ》をせいと云った。二人の子供は奴頭の詞《ことば》が耳に入《い》らぬらしく、只《ただ》目を瞠《みは》って大夫を見ている。今年六十歳になる大夫の、朱《しゅ》を塗ったような顔は、額が広く腭《あご》が張って、髪も鬚《ひげ》も銀色に光っている。子供等《ら》は恐ろしいよりは不思議がって、じっと其《その》顔を見ているのである。

大夫は云った。「買《こ》うて来た子供はそれか。いつも買《か》う奴《やっこ》と違《ちご》うて、何に使《つこ》うて好《よ》いかわからぬ、珍らしい子供じゃと云うから、わざわざ連れて来させて見れば、色《いろ》の蒼《あお》ざめた、か細《ぼそ》い童共《わらわども》じゃ。何《なん》に使《つこ》うて好《よ》いかは、わしにもわからぬ。」

傍《そば》から三郎が口を出した。末《すえ》の弟ではあるが、もう三十になっている。「いやお父《と》っさん。さっきから見ていれば、辞儀をせいと云われても辞儀もせぬ。外《ほか》の奴のように名告《なのり》もせぬ。弱々しゅう見えてもしぶとい者共じゃ。奉公初《ほうこうはじめ》は男が柴苅《しばかり》、女が汐汲《しおくみ》と極《き》まっている。其通《そのとおり》にさせなされい。」

「仰《おっし》ゃるとおり、名はわたくしにも申しませぬ」と、奴頭が云った。

大夫は嘲笑《あざわら》った。「愚者《おろかもの》と見える。名はわしが附《つ》けて遣《や》る。姉はいたつきを垣衣《しのぶぐさ》*、弟は我名《わがな》を萱草《わすれぐさ》*じゃ。垣衣は浜へ往って、日に三荷《が》の潮《しお》を汲《く》め。萱草は山へ往って日に三荷の柴を刈れ。弱々しい体に免じて、荷は軽うして取らせる。」

三郎が云った。「過分《かぶん》のいたわり様《よう》じゃ。こりゃ、奴頭。早く連れて下がって道具を渡して遣れ。」

奴頭は二人の子供を新参小屋《しんざんごや》に連れて往って、安寿には桶《おけ》と杓《ひさご》、厨子王には籠《かご》と鎌《かま》を渡した。どちらにも午餉《ひるげ》を入れる樏子《かれいけ》*が添えてある。新参小屋は外《ほか》の奴婢《ぬひ》の居所《いどころ》とは別になっているのである。

奴頭が出て行《ゆ》く頃には、もうあたりが暗くなった。此屋《このいえ》には燈火《あかり》もない。

翌日の朝はひどく寒かった。ゆうべは小屋に備えてある衾《ふすま》が余りきたないので、厨

子王が薦《こも》を探して来て、舟で苫《とま》をかずいたように、二人でかずいて寝たのである。

きのう奴頭に教えられたように、厨子王は樏子《かれいけ》を持って厨《くりや》へ餉《かれい》を受け取りに往《い》った。屋根の上、地にちらばった藁《わら》の上には霜《しも》が降っている。厨は大きい土間で、もう大勢の奴婢《ぬひ》が来て待っている。男と女とは受け取る場所が違うのに、厨子王は姉のと自分のと貰《もら》おうとするので、一度は叱られたが、あすからは銘々《めいめい》が貰いに来ると誓《ちか》って、ようよう樏子の外《ほか》に、面桶《めんつう》*に入れた饘《かたかゆ》*と、木の椀《まり》に入れた湯との二人前《ふたりまえ》をも受け取った。饘は塩を入れて炊《かし》いである。

姉と弟とは朝餉《あさげ》を食べながら、もうこうした身の上になっては、運命の下《もと》に項《うなじ》を屈《かが》めるより外《ほか》はないと、けなげにも相談した。そして姉は浜辺へ、弟は山路《やまじ》をさして行《ゆ》くのである。大夫が邸《やしき》の三の木戸《きど》、二の木戸、一の木戸を一しょに出て、二人は霜を履《ふ》んで、見返り勝《がち》に左右へ別れた。

厨子王が登る山は由良《ゆら》が嶽《たけ》*の裾《すそ》で、石浦《いしうら》からは少し南へ行って登るのである。柴を苅《か》る所《ところ》は、麓《ふもと》から遠くはない。所々《ところどころ》紫色の岩の露《あらわ》れている所を通って、稍《やや》広い平地に出る。そこに雑木《ぞうき》が茂っているのである。

厨子王は雑木林の中に立ってあたりを見廻した。併《しか》し柴はどうして苅るものかと、暫《しばら》くは手を著《つ》け兼ねて、朝日に霜の融《と》け掛《か》かる、茵《しとね》のような落葉《おちば》の上に、ぼんやりすわって時を過《す》ごした。ようよう気を取り直して、一枝二枝《ひとえだふたえだ》苅るうちに、厨子王は指を傷《いた》めた。そこで又《また》落葉の上にすわって、山でさえこんなに寒い、浜辺に往った姉様《あねさま》は、さぞ潮風《しおかぜ》が寒かろうと、ひとり涙をこぼしていた。

日が余程《よほど》昇ってから、柴を背負《せお》って麓《ふもと》へ降りる、外《ほか》の樵《きこり》が通り掛かって、「お前も大夫の所の奴《やっこ》か、柴は日に何荷《なんか》苅るのか」と問《と》うた。

「日に三荷《が》苅る筈《はず》の柴を、まだ少しも苅りませぬ」と厨子王は正直に云った。

「日に三荷の柴ならば、午《ひる》までに二荷苅るが好《い》い。柴はこうして苅るものじゃ。」樵は我荷《わがに》を卸《おろ》して置いて、すぐに一荷苅ってくれた。

厨子王は気を取り直して、ようよう午までに一荷苅り、午から又一荷苅った。

浜辺に往《ゆ》く姉の安寿は、川の岸を北へ行った。さて潮を汲む場所に降り立ったが、これも汐の汲みようを知《し》らない。心で心を励まして、ようよう杓《ひさご》を卸すや否《いな》や、波が杓を取って行った。

隣で汲んでいる女子《おなご》が、手早く杓を拾って戻した。そしてこう云った。「汐はそれでは汲まれません。どれ汲みようを教えて上げよう。右手《めて》の杓でこう汲んで、左手《ゆんで》の桶《おけ》でこう受ける。」とうとう一荷汲んでくれた。

「難有《ありがと》うございます。汲みようが、あなたのお蔭で、わかったようでございます。自分で少し汲んで見ましょう。」安寿は汐を汲み覚えた。

隣で汲んでいる女子に、無邪気な安寿が気に入った。二人は午餉《ひるげ》を食べながら、身の上を打ち明けて、姉妹《きょうだい》の誓《ちかい》をした。これは伊勢《いせ》の小萩《こはぎ》と云って、二見《ふたみ》が浦《うら》*から買われて来た女子である。

最初の日はこんな工合《ぐあい》に、姉が言い附《つ》けられた三荷の潮も、弟が言い附けられた三荷の柴も、一荷ずつの勧進《かんじん》*を受けて、日の暮までに首尾好《よ》く調《ととの》った。

姉は潮を汲み、弟は柴を苅って、一日一日《ひとひひとひ》と暮らして行った。姉は浜で弟を思い、弟は山で姉を思い、日の暮《くれ》を待って小屋に帰れば、二人は手を取り合って、筑紫《つくし》にいる父が恋しい、佐渡《さど》にいる母が恋しいと、言っては泣き、泣いては言う。

兎角《とかく》するうちに十日立った。そして新参《しんざん》小屋を明けなくてはならぬ時が来た。小屋を明ければ、奴《やっこ》は奴、婢《はしため》は婢の組に入《い》るのである。

二人は死んでも別れぬと云った。奴頭が大夫に訴えた。

大夫は云った。「たわけた話じゃ。奴は奴の組へ引き摩《ず》って往《ゆ》け。婢は婢の組へ引き摩って往け。」

奴頭が承《うけたまわ》って起《た》とうとした時、二郎が傍《かたわら》から呼び止めた。そして父に言った。「仰《おっしやる通《とおり》に童共《わらべども》を引き分けさせても宜《よろしゅ》うございますが、童共は死んでも別れぬと申すそうでございます。愚《おろか》なものゆえ、死ぬるかも知れません。苅る柴はわずかでも、汲む潮はいささかでも、人手《ひとで》を耗《へら》すのは損でございます。わたくしが好《い》いように計《はか》らって遣《や》りましょう。」

「それもそうか。損になる事はわしも嫌《きらい》じゃ。どうにでも勝手にして置《お》け。」大夫はこう云って脇へ向いた。

二郎は三の木戸に小屋を掛けさせて、姉と弟とを一しょに置いた。

或日《あるひ》の暮《くれ》に二人の子供は、いつものように父母《ふぼ》の事を言っていた。それを二郎が通り掛《か》かって聞いた。二郎は邸《やしき》を見廻って、強い奴が弱い奴を虐《しいた》げたり、諍《いさかい》をしたり、盗《ぬすみ》をしたりするのを取り締まっているのである。

二郎は小屋に這入《はい》って二人に言った。「父母は恋しゅうても佐渡は遠い。筑紫はそれより又《また》遠い。子供の往《ゆ》かれる所ではない。父母に逢いたいなら、大《おお》きゅうなる日を待つが好《よ》い。」こう云って出て行った。

程経《ほどへ》て又或日の暮に、二人の子供は父母の事を言っていた。それを今度は三郎が通り掛かって聞いた。三郎は寝鳥《ねとり》を取ることが好《すき》で邸の内の木立《こだち》を、手に弓矢を持って見廻るのである。

二人は父母の事を言う度《たび》に、どうしようか、こうしようかと、逢いたさの余《あまり》に、あらゆる手立《てだて》を話し合って、夢のような相談をもする。きょうは姉がこう云った。「大きくなってからでなくては、遠い旅が出来ないと云うのは、それは当《あた》り前の事よ。わたし達はその出来ない事がしたいのだわ。だがわたし好《よ》く思って見ると、どうしても二人一しょにここを逃げ出しては駄目なの。わたしには構わないで、お前一人で逃げなくては。そして先へ筑紫の方《ほう》へ往って、お父《と》う様にお目に掛かって、どうしたら好《い》いか伺うのだね。それから佐渡へお母様のお迎《むかえ》に往くが好いわ。」三郎が立聞《たちぎき》をしたのは、生憎《あいにく》この安寿の詞《ことば》であった。

三郎は弓矢を持って、つと小屋の内に這入った。「こら。お主達《ぬしたち》は逃げる談合《だんごう》をしておるな。逃亡の企《くわだて》をしたものには烙印《やきいん》をする。それが此邸《このやしき》の掟《おきて》じゃ。赤《あこ》うなった鉄は熱いぞよ。」

二人の子供は真《ま》っ蒼《さお》になった。安寿は三郎が前に進み出て云った。「あれは譃《うそ》でございます。弟が一人で逃げたって、まあ、どこまで往《ゆ》かれましょう。余り親に逢いたいので、あんな事を申しました。こないだも弟と一しょに、鳥になって飛んで往こうと申したこともございます。出放題《でほうだい》でございます。」

厨子王は云った。「姉《ね》えさんの云う通りです。いつでも二人で今のような、出来ない事ばかし言って、父母《ちちはは》の恋しいのを紛《まぎ》らしているのです。」

三郎は二人の顔を見較《みくら》べて、暫《しばら》くの間黙っていた。「ふん。譃なら譃でも好《い》い。お主達が一しょにおって、なんの話をすると云うことを、己《おれ》が慥《たしか》に聞いて置いたぞ。」

こう云って三郎は出て行った。

其晩《そのばん》は二人が気味悪く思いながら寐《ね》た。それからどれ丈《だけ》寐たかわからない。二人はふと物音を聞き附《つ》けて目を醒《さ》ました。今の小屋に来てからは、燈火《ともしび》を置くことが許されている。その微《かす》かな明《あか》りで見れば、枕元に三郎が立っている。三郎は、つと寄って、両手で二人の手を摑《つか》まえる。そして引き立てて戸口を出る。蒼ざめた月を仰《あお》ぎながら、二人は目見《めみ》えの時に通った、広い馬道《めどう》*を引かれて行《ゆ》く。階《はし》を三段登る。廊《ほそどの》を通る。廻《めぐ》り廻って前《さき》の日に見た広間に這入る。そこには大勢の人が黙って並んでいる。三郎は二人を炭火《すみび》の真っ赤におこった炉《ろ》の前まで引き摩《ず》って出る。二人は小屋で引き立てられた時から、只《ただ》「御免《ごめん》なさい御免なさい」と云っていたが、三郎は黙って引き摩って行《ゆ》くので、しまいには二人も黙ってしまった。炉の向側《むかいがわ》には茵《しとね》三枚を畳《かさ》ねて敷いて、山椒大夫がすわっている。大夫の赤顔《あかがお》が、座《ざ》の右左《みぎひだり》に焚《た》いてある炬火《たてあかし》を照り反《かえ》して、燃えるようである。三郎は炭火の中から、赤く焼けている火筋《ひばし》を抜き出す。それを手に持って、暫く見ている。初め透《す》き通るように赤くなっていた鉄が、次第に黒ずんで来る。そこで三郎は安寿を引き寄せて、火筋を顔に当てようとする。厨子王は其肘《そのひじ》に絡《から》み附《つ》く。三郎はそれを蹴倒《けたお》して右の膝に敷く。とうとう火筋を安寿の額に十文字に当てる。安寿の悲鳴が一座の沈黙を破って響き渡る。三郎は安寿を衝《つ》き放して、膝の下の厨子王を引き起《おこ》し、其《その》額にも火筋を十文字に当てる。新《あらた》に響く厨子王の泣声《なきごえ》が、稍微《ややかす》かになった姉の声に交《まじ》る。三郎は火筋を棄《す》てて、初め二人を此《この》広間へ連れて来た時のように、又《また》二人の手を攫まえる。そして一座を見渡した後《のち》、広い母屋を廻《めぐ》って、二人を三段の階《はし》の所まで引き出し、凍った土の上に衝《つ》き落《おと》す。二人の子供は創《きず》の痛《いたみ》と心《こころ》の恐《おそれ》とに気を失いそうになるのを、ようよう堪《た》え忍んで、どこをどう歩いたともなく、三の木戸の小屋に帰る。臥所《ふしど》の上に倒れた二人は、暫く死骸《しがい》のように動かずにいたが、忽《たちま》ち厨子王が「姉《ね》えさん、早くお地蔵様を」と叫んだ。安寿はすぐに起き直って、肌の守袋《まもりぶくろ》を取り出した。わななく手に紐《ひも》を解《と》いて、袋から出した仏像を枕元に据《す》えた。二人は右左にぬかずいた。其時《そのとき》歯をくいしばってもこらえられぬ額の痛《いたみ》が、掻《か》き消すように失《う》せた。掌《てのひら》で額を撫でて見れば、創《きず》は痕《あと》もなくなった。はっと思って、二人は目を醒ました。

　二人の子供は起き直って夢の話をした。同じ夢を同じ時に見たのである。安寿は守《まもり》本尊《ほんぞん》を取り出して、夢で据えたと同じように、枕元に据えた。二人はそれを伏《ふ》し拝《おが》んで、微かな燈火《ともしび》の明《あか》りにすかして、地蔵尊《じぞうそん》の額を見た。白毫《びゃくごう》*の右左に、鏨《たがね》*で彫ったような十文字の疵《きず》があざやかに見えた。

二人の子供が話を三郎に立聞《たちぎき》せられて、其晩《そのばん》恐ろしい夢を見た時から、安寿の様子がひどく変《かわ》って来た。顔には引き締まったような表情があって、眉の根には皺《しわ》が寄り、目は遥《はるか》に遠い処《ところ》を見詰めている。そして物を言わない。日の暮《くれ》に浜から帰ると、これまでは弟の山から帰るのを待ち受けて、長い話をしたのに、今はこんな時にも詞少《ことばすくな》にしている。厨子王が心配して、「姉《ね》えさんどうしたのです」と云うと、「どうもしないの、大丈夫よ」と云って、わざとらしく笑う。

安寿の前と変《かわ》ったのは只《ただ》これだけで、言う事が間違ってもおらず、為《す》る事も平生《へいぜい》の通《とおり》である。併《しか》し厨子王は互《たがい》に慰めもし、慰められもした一人の姉が、変《かわ》った様子をするのを見て、際限《さいげん》なくつらく思う心を、誰《たれ》に打ち明けて話すことも出来ない。二人の子供の境界《きょうがい》は、前より一層寂しくなったのである。

雪が降ったり歇《や》んだりして、年が暮れ掛かった。奴《やっこ》も婢《はしため》も外に出る為事《しごと》を止《や》めて、家の中で働くことになった。安寿は糸を紡《つむ》ぐ。厨子王は藁《わら》を擣《う》つ。藁を擣つのは修《しゅ》行《ぎょう》はいらぬが、糸を紡ぐのはむずかしい。それを夜になると伊勢の小萩が来て、手伝ったり教《おし》えたりする。安寿は弟に対する様子が変ったばかりでなく、小萩に対しても詞少《ことばすくな》になって、動《やや》もすると不愛想をする。併し小萩は機嫌を損《そん》せずに、いたわるようにして附《つ》き合っている。

山椒大夫が邸《やしき》の木戸にも松が立てられた。併《しか》しこの年の始めは何《なん》の晴れがましい事もなく、又族《うから》の女子《おなご》達は奥深く住んでいて、出入《でいり》することが稀《まれ》なので、賑《にぎ》わしい事もない。只上《かみ》も下《しも》も酒を飲んで、奴の小屋には諍《いさかい》が起《おこ》るだけである。常《つね》は諍をすると、厳しく罰せられるのに、こう云う時は奴頭《やっこがしら》が大目に見る。血を流しても知らぬ顔をしていることがある。どうかすると、殺されたものがあっても構わぬのである。

寂しい三の木戸の小屋へは、折々《おりおり》小萩が遊びに来た。婢の小屋の賑わしさを持って来たかと思うように、小萩が話している間は、陰気《いんき》な小屋も春めいて、此頃《このごろ》様子の変っている安寿の顔にさえ、めったに見えぬ微笑《ほほえみ》の影が浮《うか》ぶ。

三日立つと、又《また》家の中の為事《しごと》が始まった。安寿は糸を紡ぐ。厨子王は藁《わら》を擣《う》つ。もう夜になって小萩が来ても、手伝うに及ばぬ程《ほど》、安寿は紡錘《つむ*》を廻《まわ》すことに慣れた。様子は変《かわ》っていても、こんな静かな、同じ事を繰り返すような為事をするには差支《さしつかえ》なく、又《また》為事が却《かえ》って一向《むき》になった心を散《ち》らし、落著《おちつき》を与えるらしく見えた。姉と前のように話をすることの出来ぬ厨子王は、紡いでいる姉に、小萩がいて物を言ってくれるのが、何よりも心強く思われた。

水が温《ぬる》み、草が萌《も》える頃になった。あすからは外の為事《しごと》が始まると云う日に、二郎が邸《やしき》を見廻る序《ついで》に、三の木戸の小屋に来た。「どうじゃな。あす為事に出られるかな。大勢の人の中《うち》には病気でおるものもある。奴頭の話を聞いたばかりではわからぬから、きょうは小屋小屋《こやごや》を皆見て廻ったのじゃ。」

藁を擣っていた厨子王が返事をしようとして、まだ詞《ことば》を出さぬ間《ま》に、此頃《このごろ》の様子にも似ず、安寿が糸を紡ぐ手を止《や》めて、つと二郎の前に進み出た。「それに就《つ》いてお願《ねがい》がございます。わたくしは弟と同じ所で為事《しごと》がいたしとうございます。どうか一しょに山へ遣《や》って下さるように、お取計《とりはか》らいなすって下さいまし。」蒼ざめた顔に紅《くれない》が差して、目が赫《かがや》いている。

厨子王は姉の様子が二度目に変ったらしく見えるのに驚き、又《また》自分になんの相談もせずにいて、突然柴苅《しばかり》に往《ゆ》きたいと云うのをも訝《いぶか》しがって、只《ただ》目を睜《みは》って姉をまもっている。

二郎は物を言わずに、安寿の様子をじっと見ている。安寿は「外《ほか》にない、只《ただ》一つのお願《ねがい》でございます、どうぞ山へお遣《やり》なすって」と繰り返して言っている。

暫《しばら》くして二郎は口を開《ひら》いた。「此邸《このやしき》では奴婢のなにがしになんの為事《しごと》をさせると云うことは、重《おも》い事《こと》にしてあって、父がみずから極《き》める。併《しか》し垣衣《しのぶぐさ》、お前の願《ねがい》はよくよく思い込んでの事と見える。わしが受け合って取りなして、きっと山へ往《ゆ》かれるようにして遣《や》る。安心しているが好《い》い。まあ、二人の稚《おさな》いものが無事に冬を過《すご》して好《よ》かった。」こう云って小屋を出た。

厨子王は杵《きね》を措《お》いて姉の側《そば》に寄った。「姉《ね》えさん。どうしたのです。それはあなたが一しょに山へ来て下さるのは、わたしも嬉しいが、なぜ出《だ》し抜《ぬけ》に頼んだのです。なぜわたしに相談しません。」

姉の顔は喜《よろこび》に赫《かがや》いている。「ほんにそうお思いのは尤《もっと》もだが、わたしだってあの人の顔を見るまで、頼もうとは思っていなかったの。ふいと思い附《つ》いたのだもの。」

「そうですか。変ですなあ。」厨子王は珍らしい物を見るように姉の顔を眺めている。

奴頭《やっこがしら》が籠《かご》と鎌《かま》とを持って這入《はい》って来た。「垣衣さん。お前に汐汲《しおくみ》をよさせて、柴を苅《か》りに遣《や》るのだそうで、わしは道具を持って来た。代《かわ》りに桶と杓《ひさご》を貰って往《い》こう。」

「これはどうもお手数《てかず》でございました。」安寿は身軽に立って、桶と杓とを出して返した。

奴頭はそれを受け取ったが、まだ帰りそうにはしない。顔には一種の苦笑《にがわらい》のような表情が現れている。此男《このおとこ》は山椒大夫一家《け》のものの言附《いいつけ》を、神の託宣《たくせん》を聴くように聴く。そこで随分情《なさけ》ない、苛酷な事をもためらわずにする。併《しか》し生得《しょうとく》、人の悶《もだ》え苦《くるし》んだり、泣き叫んだりするのを見たがりはしない。物事《ものごと》が穏《おだや》かに運んで、そんな事を見ずに済《す》めば、其方《そのほう》が勝手である。今の苦笑《にがわらい》のような表情は人に難儀《なんぎ》を掛けずには済まぬとあきらめて、何か言ったり、したりする時に、此男の顔に現れるのである。

奴頭は安寿に向《む》いて云った。「さて今一つ用事があるて。実はお前さんを柴刈に遣る事は、二郎様が大夫様に申し上げて拵《こしら》えなさったのじゃ。すると其座《そのざ》に三郎様がおられて、そんなら垣衣を大童《おおわらわ》*にして山へ遣れと仰《おっしゃ》った。大夫様は、好い思附《おもいつき》じゃとお笑《わらい》なされた。そこでわしはお前さんの髪を貰《もろ》うて往《ゆ》かねばならぬ。」

傍《そば》で聞《き》いている厨子王は、此詞《このことば》を胸を刺されるような思《おもい》をして聞いた。そして目に涙を浮《うか》べて姉を見た。意外にも安寿の顔からは喜《よろこび》の色が消えなかった。「ほんにそうじゃ。柴苅に往《ゆ》くからは、わたしも男じゃ。どうぞ此鎌《このかま》で切って下さいまし。」安寿は奴頭の前に項《うなじ》を伸《の》ばした。

光沢《つや》のある、長い安寿の髪が、鋭い鎌の一掻《かき》にさっくり切れた。

あくる朝、二人の子供は背に籠《かご》を負《お》い腰に鎌《かま》を挿《さ》して、手を引き合って木戸を出た。

山椒大夫の所に来てから、二人一しょに歩くのはこれが始《はじめ》である。

厨子王は姉の心を忖《はか》り兼《か》ねて、寂しいような、悲しいような思《おもい》に胸が一ぱいになっている。きのうも奴頭の帰った跡《あと》で、いろいろに詞《ことば》を設《もう》けて尋ねたが、姉はひとりで何事《なにごと》をか考えているらしく、それをあからさまには打ち明けずにしまった。

山の麓《ふもと》に来た時、厨子王はこらえ兼ねて云った。「姉《ね》えさん。わたしはこうして久し振《ぶり》で一しょに歩くのだから、嬉しがらなくてはならないのですが、どうも悲しくてなりません。わたしはこうして手を引いていながら、あなたの方《ほう》へ向いて、その禿《かぶろ》*になったお頭《つむり》を見ることが出来ません。姉《ね》えさん。あなたはわたしに隠して、何か考えていますね。なぜそれをわたしに言って聞かせてくれないのです。」

安寿はけさも毫光《ごうこう》*のさすような喜《よろこび》を額に湛《たた》えて、大きい目を赫《かがや》かしている。併《しか》し弟の詞《ことば》には答えない。只《ただ》引き合っている手に力を入れただけである。

山に登ろうとする所に沼がある。汀《みぎわ》には去年見た時のように、枯葦《かれあし》が縦横《じゅうおう》に乱れているが、道端《みちばた》の草には黄ばんだ葉の間に、もう青い芽の出たのがある。沼の畔《ほとり》から右に折れて登ると、そこに岩の隙間《すきま》から清水《しみず》の湧く所がある。そこを通り過ぎて、岩壁を右に見つつ、うねった道を登って行《ゆ》くのである。

丁度《ちょうど》岩の面《おもて》に朝日が一面に差している。安寿は畳《かさ》なり合った岩の、風化した間に根を卸《おろ》して、小さい菫《すみれ》の咲いているのを見附《みつ》けた。そしてそれを指さして厨子王に見せて云った。「御覧。もう春になるのね。」

厨子王は黙って頷《うなず》いた。姉は胸に秘密を蓄《たくわ》え、弟は憂《うれえ》ばかりを抱《いだ》いているので、兎《と》角受応《かくうけこたえ》が出来ずに、話は水が砂に沁《し》み込むようにとぎれてしまう。

去年柴を苅った木立《こだち》の辺《ほとり》に来たので、厨子王は足を駐《とど》めた。「ねえさん。ここらで苅るのです。」

「まあ、もっと高い所へ登って見ましょうね。」安寿は先に立ってずんずん登って行く。厨子王は訝りながら附《つ》いて行《ゆ》く。暫くして雑木林《ぞうきばやし》よりは余程《よほど》高い、外山《とやま》*の頂《いただき》とも云うべき所に来た。

安寿はそこに立って、南の方《ほう》をじっと見ている。目は、石浦《いしうら》を経て由良《ゆら》の港に注《そそ》ぐ大雲川《おおくもがわ》*の上流を辿《たど》って、一里ばかり隔《へだ》った川向《かわむかい》に、こんもりと茂った木立の中から、塔の尖《さき》の見える中山《なかやま》*に止まった。そして「厨子王や」と弟を呼び掛けた。「わたしが久しい前から考事《かんがえごと》をしていて、お前ともいつもの様に話をしないのを、変だと思っていたでしょうね。もうきょうは柴なんぞは苅らなくても好《い》いから、わたしの言う事を好《よ》くお聞《きき》。小萩は伊勢から売られて来たので、故郷《こきょう》から此《この》土地までの道を、わたしに話して聞かせたがね、あの中山を越して往《ゆ》けば、都がもう近いのだよ。筑紫へ往《ゆ》くのはむずかしいし、引き返して佐渡へ渡るのも、たやすい事ではないけれど、都へはきっと往《ゆ》かれます。お母あ様と御一《ごいっ》しょに岩代《いわしろ》を出てから、わたし共は恐ろしい人にばかり出逢ったが、人の運《うん》が開《ひら》けるものなら、善《よ》い人に出逢わぬにも限りません。お前はこれから思い切って、此《この》土地を逃げ延《の》びて、どうぞ都へ登っておくれ。神仏《かみほとけ》のお導《みちびき》で、善い人にさえ出逢ったら、筑紫《つくし》へお下《くだ》りになったお父《と》う様のお身の上も知れよう。佐渡へお母あ様のお迎《むかえ》に往《ゆ》くことも出来よう。籠や鎌は棄《す》てて置いて、樏子《かれいけ》だけ持って往くのだよ。」

厨子王は黙って聞いていたが、涙が頬を伝って流れて来た。「そして、姉《ね》えさん、あなたはどうしようと云うのです。」

「わたしの事は構わないで、お前一人でする事を、わたしと一しょにする積《つもり》でしておくれ。お父う様にもお目に掛かり、お母あ様をも島からお連《つれ》申した上で、わたしをたすけに来ておくれ。」

「でもわたしがいなくなったら、あなたをひどい目に逢わせましょう。」厨子王が心には烙印《やきいん》をせられた、恐ろしい夢が浮《うか》ぶ。

「それは意地《いじ》めるかも知れないがね、わたしは我慢して見せます。金で買った婢《はしため》を、あの人達は殺しはしません。多分お前がいなくなったら、わたしを二人前働かせようとするでしょう。お前の教えてくれた木立の所で、わたしは柴を沢山苅ります。六荷までは苅れないでも、四荷でも五荷でも苅りましょう。さあ、あそこまで降りて行って、籠や鎌をあそこに置いて、お前を麓《ふもと》へ送って上げよう。」こう云って安寿は先に立って降りて行《ゆ》く。

厨子王はなんとも思い定《さだ》め兼ねて、ぼんやりして附《つ》いて降りる。姉は今年十五になり、弟は十三になっているが、女は早くおとなびて、その上物《もの》に憑《つ》かれたように、聡《さと》く賢《さか》しくなっているので、厨子王は姉の詞《ことば》に背《そむ》くことが出来ぬのである。

木立の所まで降りて、二人は籠と鎌とを落葉《おちば》の上に置いた。姉は守本尊《まもりほんぞん》を取り出して、それを弟の手に渡した。「これは大事なお守《まもり》だが、こん度逢うまでお前に預けます。此《この》地蔵様をわたしだと思って、護刀《まもりがたな》と一しょにして、大事に持っていておくれ。」

「でも姉《ね》えさんにお守がなくては。」

「いいえ。わたしよりはあぶない目に逢うお前にお守を預けます。晩にお前が帰らないと、きっと討手《うって》が掛かります。お前が幾ら急いでも、あたり前に逃げて行っては、追い附《つ》かれるに極《き》まっています。さっき見た川の上手《かみて》を和江《わえ》*と云う所まで往って、首尾《しゅび》好《よ》く人に見附けられずに、向河岸《むこうがし》へ越してしまえば、中山までもう近い。そこへ往ったら、あの塔の見《み》えていたお寺に這入《はい》って隠《かく》してもらい。暫くあそこに隠れていて、討手が帰って来た跡《あと》で、寺を逃げてお出《いで》。」

「でもお寺の坊さんが隠して置いてくれるでしょうか。」

「さあ、それが運験《うんだめ》しだよ。開《ひら》ける運なら坊さんがお前を隠してくれましょう。」

「そうですね。姉《ね》えさんのきょう仰《おっし》ゃる事は、まるで神様か仏様が仰ゃるようです。わたしは考《かんがえ》を極《き》めました。なんでも姉《ね》えさんの仰ゃる通《とおり》にします。」

「おう、好《よ》く聴いておくれだ。坊さんは善い人で、きっとお前を隠してくれます。」

「そうです。わたしにもそうらしく思われて来ました。逃げて都へも往《ゆ》かれます。お父う様やお母あ様にも逢われます。姉えさんのお迎《むかえ》にも来られます。」厨子王の目が姉と同じ様に赫《かがや》いて来た。

「さあ、麓《ふもと》まで一しょに行《い》くから、早くお出《いで》。」

二人は急いで山を降りた。足の運《はこび》も前とは違って、姉の熱《ねっ》した心持《こころもち》が、暗示《あんし》のように弟に移って行ったかと思われる。

泉の湧く所へ来た。姉は樏子《かれいけ》に添えてある木の椀《まり》を出して、清水《しみず》を汲んだ。「これがお前の門出を祝うお酒だよ。」こう云って一口飲んで弟に差した。

弟は椀を飲み干《ほ》した。「そんなら姉えさん、御機嫌好《よ》う。きっと人に見附からずに、中山まで参ります。」

厨子王は十歩ばかり残っていた坂道を、一走りに駆け降りて、沼に沿うて街道に出た。そして大雲川《おおくもがわ》の岸を上手《かみて》へ向かって急ぐのである。

安寿は泉の畔《ほとり》に立って、並木の松に隠れては又《また》現れる後影《うしろかげ》を小さくなるまで見送った。そして日は漸《ようや》く午《ひる》に近づくのに、山に登ろうともしない。幸《さいわい》にきょうは此《この》方角の山で木を樵《こ》る人がないと見えて、坂道に立って時を過《すご》す安寿を見咎《みとが》めるものもなかった。

後《のち》に同胞《はらから》を捜しに出た、山椒大夫一家《け》の討手が、此《この》坂の下の沼の端《はた》で、小さい藁履《わらぐつ》を一足《そく》拾った。それは安寿の履《くつ》であった。

中山《なかやま》の国分寺《こくぶじ》*の三門*に、松明《たいまつ》の火影《ほかげ》が乱れて、大勢の人が籠《こ》み入《い》って来る。先に立ったのは、白柄《しらつか》の薙刀《なぎなた》を手挟《たばさ》んだ、山椒大夫の息子三郎である。

三郎は堂の前に立って大声に云った。「これへ参ったのは、石浦の山椒大夫が族《うから》のものじゃ。大夫が使う奴《やっこ》の一人が、此《この》山に逃げ込んだのを、慥《たしか》に認めたものがある。隠《かく》れ場《ば》は寺内《じない》より外《ほか》にはない。すぐにここへ出して貰おう。」附《つ》いて来た大勢が、「さあ、出して貰おう、出して貰おう」と叫んだ。

本堂の前から門の外《そと》まで、広い石畳《いしだたみ》が続いている。其《その》石の上には、今手に手に松明《たいまつ》を持った、三郎が手のものが押し合っている。又《また》石畳の両側には、境内《けいだい》に住んでいる限《かぎり》の僧俗《そうぞく》が、殆《ほとん》ど一人も残らず簇《むらが》っている。これは討手《うって》の群《むれ》が門外で騒いだ時、内陣《ないじん》*からも、庫裡《くり》*からも、何事が起《おこ》ったかと、怪《あやし》んで出て来たのである。

初め討手が門外から門を開《あ》けいと叫んだ時、開けて入れたら、乱暴をせられはすまいかと心配して、開けまいとした僧侶《そうりょ》が多かった。それを住持曇猛律師《じゅうじどんみょうりつし》*が開けさせた。併《しか》し今三郎が大声で、逃げた奴《やっこ》を出せと云うのに、本堂は戸を閉じた儘《まま》、暫《しばら》くの間ひっそりとしている。

三郎は足踏《あしぶみ》をして、同じ事を二三度繰り返した。手のものの中《うち》から「和尚《おしょう》さん、どうしたのだ」と呼ぶものがある。それに短い笑声《わらいごえ》が交《まじ》る。

ようようの事で本堂の戸が静かに開いた。曇猛律師が自分で開けたのである。律師は偏衫《へんさん》*一つ身に纏《まと》って、なんの威儀《いぎ》をも繕《つくろ》わず、常燈明《じょうとうみょう》*の薄明《うすあかり》を背にして本堂の階《はし》の上に立った。丈《たけ》の高い巌畳《がんじょう》な体と、眉のまだ黒い廉張《かどば》った顔とが、揺《ゆら》めく火に照らし出された。律師はまだ五十歳を越したばかりである。

律師は徐《しず》かに口を開いた。騒がしい討手のものも、律師の姿を見ただけで黙ったので、声は隅々まで聞《きこ》えた。「逃げた下人を捜しに来られたのじゃな。当山《とうざん》では住持のわしに言わずに人は留《と》めぬ。わしが知らぬから、そのものは当山にいぬ。それはそれとして、夜陰《やいん》に剣戟《けんげき》を執《と》って、多人数押し寄せて参られ、三門を開けと云われた。さては国に大乱《たいらん》でも起《おこ》ったか、公《おおやけ》の叛逆人《はんぎゃくにん》でも出来たかと思うて、三門を開けさせた。それになんじゃ。御身《おんみ》が家の下人の詮議《せんぎ》か。当山は勅願《ちょくがん》の寺院*で、三門には勅額《ちょくがく》を懸《か》け、七重の塔《とう》には宸翰《しんかん》*金字《こんじ》の経文《きょうもん》が蔵《おさ》めてある。ここで狼藉《ろうぜき》を働かれると、国守《くにのかみ》は検校《けんぎょう》*の責《せめ》を問われるのじゃ。又《また》総本山東大寺《とうだいじ》に訴えたら、都からどのような御沙汰があろうも知れぬ。そこを好《よ》う思うて見て、早う引き取られたが好かろう。悪い事は言わぬ。お身達《みたち》のためじゃ。」こう云って律師は徐《しず》かに戸を締めた。

三郎は本堂の戸を睨んで歯咬《はがみ》をした。併《しか》し戸を打ち破って踏み込むだけの勇気もなかった。手のもの共《ども》は只《ただ》風に木葉《このは》のざわつくように囁《ささや》きかわしている。

此時《このとき》大声で叫ぶものがあった。「その逃げたと云うのは十二三の小《こ》わっぱじゃろう。それならわしが知っておる。」

三郎は驚いて声の主《ぬし》を見た。父の山椒大夫に見まがうような親爺《おやじ》で、此《この》寺の鐘楼守《しゅろうもり》である。親爺は詞《ことば》を続《つ》いで云った。「そのわっぱはな、わしが午頃《ひるごろ》鐘楼から見ておると、築泥《ついじ》*の外を通って南へ急いだ。かよわい代《かわり》には身が軽い。もう大分《だいぶ》の道を行ったじゃろ。」

「それじゃ。半日《はんにち》に童《わらべ》の行く道は知れたものじゃ。続け」と云って三郎は取って返した。

松明の行列が寺の門を出て、築泥の外を南へ行くのを、鐘楼守は鐘楼から見て、大声で笑った。近い木立《こだち》の中で、ようよう落ち著いて寝ようとした鴉《からす》が二三羽又《また》驚いて飛《と》び立《た》った。

あくる日に国分寺からは諸方《しょほう》へ人が出た。石浦《いしうら》に往ったものは、安寿の入水《じゅすい》の事を聞いて来た。南の方へ往ったものは、三郎の率いた討手が田辺《たなべ》*まで往って引き返した事を聞いて来た。

中《なか》二日置いて、曇猛律師が田辺の方へ向いて寺を出た。盥《たらい》ほどある鉄の受糧器《じゅりょうき》*を持って、腕の太さの錫杖《しゃくじょう》*を衝《つ》いている。跡《あと》からは頭を剃りこくって三衣《さんえ》*を着た厨子王が附《つ》いて行く。

二人は真昼に街道を歩いて、夜は所々《しょしょ》の寺に泊《とま》った。山城《やましろ》の朱雀野《しゅじゃくの》*に来て、律師は権現堂《ごんげんどう》*に休んで、厨子王に別れた。「守本尊を大切にして往《ゆ》け、父母《ふぼ》の消息《しょうそく》はきっと知れる」と言い聞かせて、律師は踵《くびす》を旋《めぐら》した。亡くなった姉と同じ事を言う坊様だと、厨子王は思った。

都に上《のぼ》った厨子王は、僧形《そうぎょう》になっているので、東山《ひがしやま》の清水寺《きよみずでら》*に泊った。籠堂《こもりどう》*に寝て、あくる朝目が醒めると、直衣《のうし》*に烏帽子《えぼし》*を着て指貫《さしぬき》*を穿《は》いた老人が、枕元に立っていて云った。「お前は誰《たれ》の子じゃ。何か大切な物を持っているなら、どうぞ己《おれ》に見せてくれい。己は娘の病気の平癒《へいゆ》を祈るために、ゆうべここに参籠《さんろう》した。すると夢にお告《つげ》があった。左の格子《こうし》に寝ている童《わらわ》が好《よ》い守本尊を持っている。それを借りて拝《おが》ませいと云う事じゃ。けさ左の格子に来て見れば、お前がいる。どうぞ己に身の上を明かして、守本尊を貸してくれい。己は関白師実《かんぱくもろざね》*じゃ。」

厨子王は云った。「わたくしは陸奥掾《むつのじょう》*正氏《まさうじ》と云うものの子でございます。父は十二年前に筑紫の安楽寺《あんらくじ》*へ往《い》った切《き》り、帰らぬそうでございます。母は其年《そのとし》に生《うま》れたわたくしと、三つになる姉とを連れて、岩代《いわしろ》の信夫郡《しのぶごおり》に住むことになりました。そのうちわたくしが大《だい》ぶ大きくなったので、姉とわたくしとを連れて、父を尋ねに旅立ちました。越後まで出ますと、恐ろしい人買《ひとかい》に取られて、母は佐渡へ、姉とわたくしとは丹後の由良《ゆら》へ売られました。姉は由良で亡くなりました。わたくしの持っている守本尊は此《この》地蔵様でございます。」こう云って守本尊を出して見せた。

師実は仏像を手に取って、先《ま》ず額《ひたい》に当てるようにして礼をした。それから面背《めんぱい》*を打ち返し打ち返し、丁寧に見て云った。「これは兼ねて聞き及んだ、尊《とうと》い放光王地蔵菩《ほうこうおうじぞうぼ》薩《さつ》*の金像《こんぞう》じゃ。百済国《くだらのくに》*から渡ったのを、高見王《たかみおう》*が持仏《じぶつ》にしてお出《いで》なされた。これを持ち伝えておるからは、お前の家柄に紛れはない。仙洞《せんとう》*がまだ御位《みくらい》におらせられた永保《えいほう》*

の初《はじめ》に、国守《こくしゅ》の違格《いきやく》*に連座《れんざ》して、筑紫へ左遷せられた平正氏《たいらのまさうじ》が嫡子に相違あるまい。若《も》し還俗《げんぞく》*の望《のぞみ》があるなら、追っては受領《ずりよう》*の御沙汰もあろう。先ず当分は己の家の客にする。己と一しょに館《やかた》へ来い。」

関白師実の娘と云ったのは、仙洞に傅《かしず》いている養女で、実は妻の姪である。此后《このきさき》は久しい間病気でいられたのに、厨子王の守本尊を借りて拝むと、すぐに拭《ぬぐ》うように本復《ぷく》せられた。

師実は厨子王に還俗させて、自分で冠《かんむり》を加えた。*同時に正氏が謫所《たくしょ》*へ、赦免状《しやめんじよう》を持たせて、安否《あんぴ》を問いに使《つかい》を遣《や》った。併し此《この》使が往った時、正氏はもう死んでいた。元服《ぶく》して正道《まさみち》と名告《なの》っている厨子王は、身の窶《やつ》れる程歎《なげ》いた。

其年《そのとし》の秋の除目《じもく》*に正道は丹後の国守《こくしゅ》にせられた。これは遥授《ようじゅ》の官《かん》*で、任国《にんこく》には自分で往《ゆ》かずに、掾《じょう》を置いて治めさせるのである。併し国守は最初の政《まつりごと》として、丹後一国で人の売買《うりかい》を禁じた。そこで山椒大夫も悉《ことごと》く奴婢を解放して、給料を払うことにした。大夫が家では一時それを大きい損失のように思ったが、此《この》時から農作も工匠《たくみ》の業《わざ》も前に増して盛《さかん》になって、一族はいよいよ富み栄えた。国守の恩人曇猛律師は僧都《そうず》にせられ、国守の姉をいたわった小萩《こはぎ》は故郷へ還《かえ》された。安寿が亡き迹《あと》は懇《ねんごろ》に弔《とむら》われ、又入水した沼の畔《ほとり》には尼寺が立つことになった。

正道は任国のためにこれだけの事をして置いて、特に仮寧《けにょう》*を申し請《こ》うて、微行《びこう》して佐渡へ渡った。

佐渡の国府《こふ》は雑太《さわた》*と云う所にある。正道はそこへ往って、役人の手で国中を調べて貰ったが、母の行方は容易に知れなかった。

或日《あるひ》正道は思案に暮れながら、一人旅館を出て市中を歩いた。そのうちいつか人家《じんか》の立ち並んだ所を離れて、畑中《はたなか》の道に掛《か》かった。空は好《よ》く晴れて日があかあかと照っている。正道は心の中《うち》に、「どうしてお母あ様の行方が知れないのだろう、若《も》し役人なんぞに任せて調べさせて、自分が捜し歩かぬのを神仏《かみほとけ》が憎んで逢わせて下さらないのではあるまいか」などと思いながら歩いている。ふと見れば、大《だい》ぶ大きい百姓家がある。家の南側の疎《まばら》な生垣《いけがき》の内《うち》が、土を敲《たた》き固めた広場になっていて、其上《そのうえ》に一面に蓆《むしろ》が敷いてある。蓆には刈り取った粟《あわ》の穂《ほ》が干してある。その真ん中に、襤褸《ぼろ》を着た女がすわって、手に長い竿を持って、雀《すずめ》の来て啄《ついば》むのを逐《お》っている。女は何やら歌のような調子でつぶやく。

正道はなぜか知らず、此女《このおんな》に心が牽《ひ》かれて、立ち止まって覗《のぞ》いた。女の乱れた髪は塵《ちり》に塗《まみ》れている。顔を見れば盲《めしい》である。正道はひどく哀れに思った。そのうち女のつぶやいている詞《ことば》が、次第に耳に慣れて聞き分けられて来た。それと同時に正道は瘧《おこり》病《やみ》＊のように身内《みうち》が震って、目には涙が湧いて来た。女はこう云う詞を繰り返してつぶやいていたのである。

安寿恋しや、ほうやれほ。
厨子王恋しや、ほうやれほ。
鳥も生《しょう》あるものなれば、
疾《と》う疾う逃《に》げよ、逐《お》わずとも。

正道はうっとりとなって、此《この》詞に聞き惚れた。そのうち臓腑《ぞうふ》が煮え返るようになって、獣《けもの》めいた叫《さけび》が口から出ようとするのを、歯を食いしばってこらえた。忽《たちま》ち正道は縛られた縄が解《と》けたように垣《かき》の内へ駆け込んだ。そして足には粟の穂を踏み散らしつつ、女の前に俯伏《うつふ》した。右の手には守本尊を捧げ持って、俯伏した時に、それを額に押し当てていた。

女は雀でない、大きいものが粟をあらしに来たのを知った。そしていつもの詞を唱《とな》え罷《や》めて、見えぬ目でじっと前を見た。其時干《ほ》した貝が水にほとびるように、両方の目に潤いが出た。女は目が開《あ》いた。

「厨子王」と云う叫《さけび》が女の口から出た。二人はぴったり抱き合った。

じいさんばあさん

文化《ぶんか》六年*の春が暮れて行《ゆ》く頃であった。麻布龍土町《あざぶりゅうどちょう》*の、今歩兵《ほへい》第三聯隊《れんたい》の兵営《へいえい》になっている地所《じしょ》の南隣《みなみどなり》で、三河国奥殿《みかわのくにおくとの》*の領主松平左七郎乗羨《まつだいらさしちろうのりのぶ》*と云《い》う大名の邸《やしき》の中《うち》に、大工が這入《はい》って小さい明家《あきや》を修復している。近所のものが誰《だれ》の住まいになるのだと云って聞けば、松平の家中《かちゅう》の士《さむらい》で、宮重久右衛門《みやしげきゅうえもん》と云う人が隠居所《いんきょじょ》を拵《こしら》えるのだと云うことである。なる程《ほど》宮重の家の離座敷《はなれざしき》と云っても好《い》いような明家で、只《ただ》台所だけが、小さいながらに、別に出来ていたのである。近所のものが、そんなら久右衛門さんが隠居しなさるのだろうかと云って聞けば、そうではないそうである。田舎《いなか》にいた久右衛門さんの兄《あに》きが出て来て這入るのだと云うことである。

四月五日に、まだ壁が乾《かわ》き切らぬと云うのに、果《はた》して見知らぬ爺《じ》いさんが小さい荷物を持って、宮重方《かた》に著《つ》いて、すぐに隠居所に這入った。久右衛門は胡麻塩頭《ごましおあたま》をしているのに、此《この》爺いさんは髪が真白《まっしろ》である。それでも腰などは少しも曲がっていない。結構な拵《こしらえ》の両刀《りょうとう》を挿《さ》した姿がなかなか立派である。どう見ても田舎者らしくはない。

爺《じ》いさんが隠居所に這入《はい》ってから二三日立つと、そこへ婆《ば》あさんが一人来て同居した。それも真白《まっしろ》な髪を小さい丸髷《まるまげ》に結《ゆ》っていて、爺いさんに負けぬように品格《ひんかく》が好《い》い。それまでは久右衛門方《かた》の勝手から膳《ぜん》を運んでいたのに、婆あさんが来て、爺いさんと自分との食べる物を、子供がまま事《ごと》をするような工合《ぐあい》に拵《こしら》えることになった。此翁媼《このおうおん》二人の中《なか》の好《い》いことは無類《むるい》である。近所のものは、若《も》しあれが若《わか》い男女であったら、どうも平気で見ていることが出来まいなどと云った。中には、あれは夫婦ではあるまい、兄妹《きょうだい》だろうと云うものもあった。その理由とする所を聞けば、あの二人は隔《へだ》てのない中《うち》に礼儀があって、夫婦にしては、少し遠慮をし過ぎているようだと云うのであった。

二人は富裕《ふゆう》とは見えない。しかし不自由はせぬらしく、又《また》久右衛門に累《るい》を及ぼすような事もないらしい。殊《こと》に婆あさんの方《ほう》は、跡《あと》から大分《だいぶ》荷物が来て、衣類なんぞは立派な物を持っているようである。荷物が来てから間もなく、誰が言い出したか、あの婆あさんは御殿《ごてん》女中*をしたものだと云う噂《うわさ》が、近所に広まった。

二人の生活はいかにも隠居らしい、気楽な生活である。爺いさんは眼鏡《めがね》を掛けて本を読む。細字《さいじ》で日記を附《つ》ける。毎日同じ時刻に刀剣《とうけん》に打粉《うちこ》*を打って拭く。体《たい》を極《き》めて木刀《ぼくとう》を揮《ふ》る。婆あさんは例のまま事の真似をして、其隙《そのすき》には爺いさんの傍《そば》に来て団扇《うちわ》であおぐ。もう時候がそろそろ暑くなる頃だからである。婆あさんが暫《しばら》くあおぐうちに、爺いさんは読みさした本を置いて話《はなし》をし出《だ》す。二人はさも楽しそうに話すのである。

どうかすると二人で朝早くから出掛けることがある。最初に出て行《い》った跡《あと》で、久右衛門の女房《にょうぼう》が近所のものに話《はな》したと云う詞《ことば》が偶然伝えられた。「あれは菩提所《ぼだいしょ》*の松泉《しょうせん》寺《じ》へ往《ゆ》きなすったのでございます。息子さんが生きていなさると、今年三十九になりなさるのだから、立派な男盛《おとこざかり》と云うものでございますのに」と云ったと云うのである。松泉寺と云うのは、今の青山御所《あおやまごしょ》*の向裏《むこううら》に当《あた》る、赤坂黒鍬谷《あかさかくろくわだに》*の寺である。これを聞いて近所のものは、二人が出歩くのは、最初の其日《そのひ》に限らず、過ぎ去った昔の夢の迹《あと》を辿《たど》るのであろうと察した。

兎角《とかく》するうちに夏が過ぎ秋が過ぎた。もう物珍らしげに爺いさん婆あさんの噂をするものもなくなった。所《ところ》が、もう年が押し詰まって十二月二十八日となって、きのうの大雪の跡《あと》の道を、江戸城へ往反《おうへん》する、歳暮拝賀《さいぼはいが》*の大小名《だいしょうみょう》諸役人織《お》るが如《ごと》き最中《さいちゅう》に、宮重の隠居所にいる婆あさんが、今お城から下《さ》がったばかりの、邸《やしき》の主人《しゅじん》松平左七郎に広間へ呼び出されて、将軍徳川家斉《とくがわいえなり》*の命《めい》を伝えられた。「永年遠国《ながねんえんごく》に罷在候《まかりありそろ》夫《おっと》の為、貞節を尽候《つくしそろ》趣《おもむき》聞召《きこしめ》され、厚き思召《おぼしめし》を以《もっ》て褒美《ほうび》として銀《ぎん》*十枚下《くだ》し置かる」と云う口《こう》上《じょう》であった。

今年の暮《くれ》には、西丸《にしまる》*にいた大納言《だいなごん》家慶《いえよし》*と有栖川職仁親王《ありすがわよしひとしんのう》*の女楽宮《じょらくみや》*との婚儀などがあったので、頂戴物《ちょうだいもの》をする人数が例年よりも多かったが、宮重の隠居所の婆あさんに銀十枚を下さったのだけは、異数《いすう》*として世間に評判せられた。

これがために宮重の隠居所の翁媼《おうおん》二人は、一時江戸に名高くなった。爺いさんは元大番《おおばん》*石川阿波守《いしかわあわのかみ》総恒《ふさつね》組美濃部伊織《みのべいおり》と云って、宮重久右衛門の実兄である。婆あさんは伊織の妻《つま》るんと云って、外桜田《そとさくらだ》*の黒田《くろだ》家の奥に仕えて表使格《おもてづかいかく》になっていた女中《じょちゅう》である。るんが褒美を貰った時、夫伊織は七十二歳、るん自身は七十一歳であった。

明和《めいわ》三年*に大番頭《おおばんがしら》になった石川阿波守総恒の組に、美濃部伊織と云う士《さむらい》があった。剣術は儕輩《せいはい》*を抜いていて、手跡《しゅせき》も好《よ》く和歌の嗜《たしなみ》もあった。石川の邸《やしき》は水道橋外《すいどうばしそと》で、今白山《はくさん》から来る電車が、お茶の水を降りて来る電車と行《ゆ》き逢《あ》う辺《あたり》の角屋敷《かどやしき》になっていた。しかし伊織は番町《ばんちょう》に住んでいたので、上役《うわやく》とは詰所《つめしょ》で落ち合うのみであった。

石川が大番頭になった年の翌年の春、伊織の叔母婿《おばむこ》で、矢張《やはり》大番を勤めている山中《やまなか》藤右衛門《とうえもん》と云うのが、丁度《ちょうど》三十歳になる伊織に妻を世話をした。それは山中の妻の親《しん》戚《せき》に、戸田淡路守氏之《とだあわじのかみうじゆき》の家来有竹某《ありたけぼう》と云うものがあって、其《その》有竹のよめの姉を世話をしたのである。

なぜ妹が先によめに往《い》って、姉が残っていたかと云うと、それは姉が邸奉公《やしきぼうこう》をしていたからである。素《もと》二人の女は安房国朝夷郡真門村《あわのくにあさいこおりまかどむら》*で由緒のある内木四郎右衛門《うちきしろえもん》と云うものの娘で、姉のるんは宝暦《ほうれき》二年*十四歳《さい》で、市ケ谷門外《いちがやもんがい》の尾張中納言宗勝《おわりちゅうなごんむねかつ》の奥の軽い召使《めしつかい》になった。それから宝暦《ほうれき》十一年尾州家《びしゅうけ》では代替《だいかわり》があって、宗睦《むねちか》の世になったが、るんは続いて奉公していて、とうとう明和三年まで十四年間勤《つと》めた。其《その》留守に妹は戸田の家来有竹の息子の妻になって、外桜田の邸《やしき》へ来たのである。

尾州家から下がったるんは二十九歳で、二十四歳になる妹の所へ手助《てだすけ》に入《い》り込んで、なるべくお旗本の中《うち》で相応な家へよめに往《ゆ》きたいと云っていた。それを山中が聞いて、伊織に世話をしようと云うと、有竹では喜んで親元になって嫁入《よめいり》をさせることにした。そこで房州《ぼうしゅう》うまれの内木氏《うちきうじ》のるんは有竹氏《ありたけうじ》を冒《おか》して、外桜田の戸田邸《とだてい》から番町の美濃部《みのべ》方《かた》へよめに来《き》たのである。

るんは美人と云う性《たち》の女ではない。若《も》し床《とこ》の間《ま》の置物《おきもの》のような物を美人としたら、るんは調法《ちょうほう》に出来た器具のような物であろう。体格が好《よ》く、押出《おしだ》しが立派で、それで目から鼻へ抜けるように賢く、いつでもぼんやりして手を明《あ》けて居《い》ると云うことがない。顔《かお》も顴骨《かんこつ》*が稍出張《ややでば》っているのが疵《きず》であるが、眉や目の間に才気《さいき》が溢《あふ》れて見える。

伊織は武芸が出来、学問の嗜《たしなみ》もあって、色の白い美男である。只此人《ただこのひと》には肝癪持《かんしゃくもち》と云う病《やまい》があるだけである。さて二人が夫婦になったところが、るんはひどく夫を好《す》いて、手に据《す》えるように大切にし、七十八歳になる夫の祖母にも、血を分けたものも及ばぬ程《ほど》やさしくするので、伊織は好《い》い女房を持ったと思って満足した。それで不断《ふだん》の肝癪は全く迹《あと》を斂《おさ》めて、何事をも勘弁するようになっていた。

翌年《よくねん》は明和五年で伊織の弟宮重《みやしげ》はまだ七五郎《しちごろう》と云っていたが、主家《しゅうけ》の其時《そのとき》の当主松《まつ》平石見守乗穏《だいらいわみのかみのりやす》が大番頭になったので、自分も同時に大番組に入った。これで伊織、七五郎の兄弟は同じ勤をすることになったのである。

此《この》大番と云う役には、京都二条《じょう》の城と大坂《おおさか》の城とに交代して詰めることがある。伊織が妻《めと》を娶ってから四年立って、明和八年に松平石見守が二条在番《ざいばん》の事《こと》になった。そこで宮重七五郎が上京しなくてはならぬのに病気であった。当時は代人差立《だいにんさしたて》と云うことが出来たので、伊織が七五郎の代人として石見守に附いて上京することになった。伊織は、丁度《ちょうど》妊娠して臨月になっているるんを江戸に残して、明和八年四月に京都へ立った。

伊織は京都で其年《その》の夏を無事に勤めたが、秋風の立ち初《そ》める頃、或る日寺町通《てらまちどおり》の刀剣商の店で、質流れだと云う好《い》い古刀《ことう》を見出した。兼《かね》て好い刀が一腰《こし》欲しいと心掛けていたので、それを買いたく思ったが、代金百五十両と云うのが、伊織の身に取《と》っては容易《ようい》ならぬ大金であった。

伊織は万一の時の用心に、いつも百両の金を胴巻《どうまき》に入れて体に附《つ》けていた。それを出すのは惜《お》しくはない。しかし跡《あと》五十両の才覚《さいかく》が出来ない。そこで百五十両は高くはないと思いながら、商人にいろいろ説《と》いて、とうとう百三十両までに負けて貰うことにして、買い取る約束をした。三十両は借財《しゃくざい》をする積《つもり》なのである。

伊織が金を借りた人は相番《あいばん》＊の下島甚右衛門《しもじまじんえもん》と云うものである。平生《へいぜい》親しくはせぬが、拵《こしら》え工面《くめん》の好《い》いと云うことを聞いていた。そこで此《この》下島に三十両借りて刀を手に入れ、拵《こしら》えを直しに遣《や》った。

そのうち刀が出来て来たので、伊織はひどく嬉しく思って、恰《あたか》も好《よ》し八月十五夜に、親しい友達柳原小兵衛《やなぎはらこへえ》等《ら》二三人を招いて、刀の披露《ひろう》旁《かたがた》馳走《ちそう》をした。友達は皆《みな》刀を褒めた。酒酣《たけなわ》になった頃、ふと下島が其席《そのせき》へ来合《きあわ》せた。めったに来ぬ人なので、伊織は金の催促に来たのではないかと、先《ま》ず不快に思った。しかし金を借りた義理があるので、杯《さかずき》をさして団欒《まとい》に入れた。

暫《しばら》く話をしているうちに、下島の詞《ことば》に何となく角《かど》があるのに、一同気が附《つ》いた。下島は金の催促に来たのではないが、自分の用立てた金で買った刀の披露をするのに自分を招かぬのを不平に思って、わざと酒宴の最中《さいちゅう》に尋ねて来たのである。

下島は二言三言《ふたことみこと》伊織と言い合っているうちに、とうとうこう云う事を言った。「刀は御奉公のために大切な品だから、随分《ずいぶん》＊借財をして買っても好《よ》かろう。しかしそれに結構な拵《こしらえ》をするのは贅沢《ぜいたく》だ。其上《そのうえ》借財のある身分で刀の披露をしたり、月見をしたりするのは不心得《ふこころえ》だ」と云った。

此詞《このことば》の意味よりも、下島の冷笑を帯びた語気が、いかにも聞き苦しかったので、俯《うつ》向《む》いて聞いていた伊織は勿論《もちろん》、一座の友達が皆不快に思った。

伊織は顔を挙《あ》げて云った。「只《ただ》今のお詞は確《たしか》に承《うけたまわ》った。その御返事《ごへんじ》はいずれ恩借《おんしゃく》の金子《きんす》を持参した上で、改て申上《もうしあ》げる。親しい間柄と云いながら、今晩わざわざ請待《しょうたい》した客の手前がある。どうぞ此《この》席はこれでお立《たち》下されい」と云った。

下島は面色《かおいろ》が変《かわ》った。「そうか。返《かえ》れと云うなら返る。」こう言い放って立ちしなに、下島は自分の前に据えてあった膳《ぜん》を蹴返《けかえ》した。

「これは」と云って、伊織は傍《はた》にあった刀を取って立った。伊織の面色は此時変《かわ》っていた。

伊織と下島とが向き合って立って、二人が目と目を見合《みあわ》せた時、下島が一言《ひとこと》「たわけ」と叫んだ。其《その》声と共に、伊織の手に白刃《しらは》が閃《ひらめ》いて、下島は額《ひたい》を一刀《とう》切られた。

下島は切られながら刀を抜いたが、伊織に刃向《はむか》うかと思うと、そうでなく、白刃《しらは》を提《ひっさ》げた儘《まま》、身を飜《ひるがえ》して玄関へ逃げた。

伊織が続いて出ると、脇差《わきざし》を抜いた下島の仲間《ちゆうげん》*が立ち塞《ふさ》がった。「退《の》け」と叫んだ伊織の横に払った刀に仲間は腕を切られて後《うしろ》へ引いた。

其隙《そのひま》に下島との間に距離が生じたので、伊織が一飛《ひととび》に追い縋《すが》ろうとした時、跡《あと》から附《つ》いて来た柳原小兵衛が、「逃げるなら逃がせい」と云いつつ、背後《うしろ》からしっかり抱き締めた。相手が死なずに済んだなら、伊織の罪が軽減せられるだろうと思ったからである。

伊織は刀を柳原にわたして、しおしおと座に返った。そして黙って俯向《うつむ》いた。

柳原は伊織の向《むか》いにすわって云った。「今晩の事は己《おれ》を始《はじめ》、一同が見ていた。いかにも勘弁《かんべん》出来ぬと云えばそれまでだ。しかし先《さき》へ刀を抜いた所存《しよぞん》を、一応聞いて置《お》きたい」と云った。

伊織は目に涙を浮《うか》べて暫《しばら》く答えずにいたが、口を開《ひら》いて一首の歌を誦《じゆ》した。

「いまさらに何《なに》とか云《い》わん黒髪《くろかみ》の
　みだれ心《こころ》はもとすえもなし」

下島は額の創《きず》が存外《ぞんがい》重くて、二三日立って死んだ。伊織は江戸へ護送せられて取《とり》調《しらべ》を受けた。判決は「心得違《こころえちがえ》の廉《かど》を以《もっ》て、知行召放《ちぎょうめしはな》され、有馬左兵衛佐允純《ありまさひょうえのすけまさずみ》へ永《なが》の御《お》預《あずけ》*仰付《おおせつけ》らる」と云うことであった。伊織が幸橋《さいわいばし》*外《そと》の有馬邸から、越前国丸岡《えちぜんのくにまるおか》*へ遣《や》られたのは、安永《あんえい》と改元《かいげん》*せられた翌年の八月である。

跡《あと》に残った美濃部家の家族は、それぞれ親類が引き取った。伊織の祖母貞松院《ていしょういん》は宮重七五郎方《かた》に往《ゆ》き、父の顔を見ることの出来なかった嫡子平内《ちゃくしへいない》と、妻るんとは有竹の分家になっている笠原新八郎方《かさはらしんぱちろうかた》に往った。

二年程《ほど》立って、貞松院が寂しがってよめの所へ一しょになったが、間もなく八十三歳で、病気と云う程の容体《ようだい》もなく死んだ。安永三年八月二十九日の事である。翌年又《また》五歳になる平内が流行の疱瘡《ほうそう》*で死んだ。これは安永四年三月二十八日の事である。

るんは祖母をも息子をも、力の限《かぎり》介抱して臨終《りんじゅう》を見届け、松泉寺《しょうせんじ》に葬った。そこでるんは一生武家奉公をしようと思い立って、世話になっている笠原を始《はじめ》、親類に奉公先を捜すことを頼んだ。

暫《しばら》く立つと、有竹氏《ありたけうじ》の主家《しゅうけ》戸田淡路守氏養《うじやす》の隣邸《りんてい》、筑前国福岡《ちくぜんのくにふくおか》の領主黒田家《くろだけ》の当主松平筑前守治之《まつだいらちくぜんのかみはるゆき》の奥で、物馴《ものな》れた女中を欲しがっていると云う噂が聞《きこ》えた。笠原は人を頼んで、そこへるんを目見《めみ》え*に遣《や》った。氏養《うじやす》と云《い》うのは、六年前《ぜん》に氏之の跡を続《つ》いだ戸田家の当主である。

黒田家ではるんを一目《ひとめ》見て、すぐに雇い入れた。これが安永六年の春であった。るんはこれから文化五年七月まで、三十一年間黒田家に勤めていて、治之、治高《はるたか》、斉隆《なりたか》、斉清《なりきよ》四代《だい》の奥方《おくがた》に仕え、表使格《おもてづかいかく》に進められ、隠居して終身二人扶持《ににんぶち》*を貰うことになった。此間《このあいだ》るんは給料の中《うち》から松泉寺へ金を納めて、美濃部家の墓に香華《こうげ》*を絶やさなかった。

隠居を許された時、るんは一旦《たん》笠原方《かた》へ引き取ったが、間もなく故郷《こきょう》の安房《あわ》へ帰った。当時の朝夷郡真門村で、今の安房郡江見村《あわごおりえみむら》である。

其《その》翌年の文化六年に、越前国丸岡の配所《はいしょ》で、安永元年から三十七年間、人に手跡《しゅせき》や剣術を教えて暮《くら》していた夫伊織が、「三月八日浚明院殿《しゅんめいいんでん》*御《ご》追善《ついぜん》の為《ため》、御慈悲《ごじひ》の思召《おぼしめし》を以《もっ》て、永《なが》の御預御免仰出《おあずけごめんおおせいだ》されて、」江戸へ帰ることになった。それを聞いたるんは、喜んで安房から江戸へ来て、龍土町の家で、三十七年振《ぶり》に再会したのである。

最後の一句

元文《げんぶん》三年*十一月二十三日の事《こと》である。大阪《おおさか》で、船乗業《ふなのりぎょう》桂屋太郎兵衛《かつらやたろべえ》と云《い》うものを、木津川口《きづがわぐち》*で三日間曝《さら》した上、斬罪《ざんざい》に処すると、高札《こうさつ》に書いて立てられた。市中到《しちゅういた》る処《ところ》太郎兵衛の噂《うわさ》ばかりしている中《なか》に、それを最《もっと》も痛切に感ぜなくてはならぬ太郎兵衛の家族は、南組《みなみぐみ》*堀江橋《ほりえばし》*際《ぎわ》の家で、もう丸《まる》二年程《ほど》、殆《ほとん》ど全く世間との交通を絶って暮《くら》しているのである。

この予期すべき出来事を、桂屋へ知らせに来たのは、程遠からぬ平野町《ひらのまち》*に住んでいる太郎兵衛が女房の母であった。この白髪《しらが》頭の媼《おうな》の事を桂屋では平野町のおばあ様と云っている。おばあ様とは、桂屋にいる五人の子供がいつも好《い》い物をお土産に持って来てくれる祖母に名づけた名で、それを主人《しゅじん》も呼び、女房も呼ぶようになったのである。

おばあ様を慕《した》って、おばあ様にあまえ、おばあ様にねだる孫が、桂屋に五人いる。その四人は、おばあ様が十七になった娘を桂屋へよめによこしてから、今年《ことし》十六年目になるまでの間に生《うま》れたのである。長女いちが十六歳、二女まつが十四歳になる。其《その》次に、太郎兵衛が娘をよめに出す覚悟で、平野町の女房の里方《さとかた》から、赤子《あかご》のうちに貰い受けた、長太郎《ちょうたろう》と云う十二歳の男子がある。其次に又《また》生れた太郎兵衛の娘は、とくと云って八歳になる。最後に太郎兵衛の始《はじめ》て設《もう》けた男子の初五郎《はつごろう》がいて、これが六歳になる。

平野町の里方は有福《ゆうふく》なので、おばあ様のお土産はいつも孫達に満足を与えていた。それが一昨年太郎兵衛の入牢《にゅうろう》してからは、兎角《とかく》孫達に失望を起《おこ》させるようになった。おばあ様が暮《くら》し向《むき》の用に立つ物を主《おも》に持って来るので、おもちゃやお菓子は少くなったからである。

しかしこれから生《お》い立って行《ゆ》く子供の元気は盛んなもので、只《ただ》おばあ様のお土産が乏《とぼ》しくなったばかりでなく、おっ母《か》様の不機嫌になったのにも、程なく馴れて、格別萎《しお》れた様子もなく、相変《あいかわ》らず小さい争闘《そうとう》と小さい和睦《わぼく》との刻々に交代する、賑やかな生活を続けている。そして「遠い遠い所へ往《い》って帰らぬ」と言い聞《きか》された父の代《かわ》りに、このおばあ様の来るのを歓迎している。

これに反して、厄難《やくなん》に逢《あ》ってからこのかた、いつも同じような悔恨《かいこん》と悲痛との外《ほか》に、何物をも心に受け入れることの出来なくなった太郎兵衛の女房は、手厚くみついでくれ親切に慰めてくれる母に対しても、ろくろく感謝の意をも表することがない。母がいつ来ても、同じような繰言《くりごと》を聞《きか》せて帰すのである。

厄難に逢った初《はじめ》には、女房は只茫然《ぼうぜん》と目を睜《みは》っていて、食事も子供のために、器械《きかい》的《てき》に世話をするだけで、自分は殆《ほとん》ど何も食わずに、頻《しきり》に咽《のど》が乾くと云っては、湯を少しずつ呑んでいた。夜は疲れてぐっすり寝たかと思うと、度々《たびたび》目を醒《さ》まして溜息《ためいき》を衝《つ》く。それから起きて、夜《よ》なかに裁縫などをすることがある。そんな時は、傍《そば》に母の寝ていぬのに気が附《つ》いて、最初に四歳になる初五郎が目を醒ます。次いで六歳になるとくが目を醒ます。女房は子供に呼ばれて床にはいって、子供が安心して寝附くと、又大きく目をあいて溜息を衝いているのであった。それから二三日立って、ようよう泊《とま》り掛《がけ》に来ている母に繰言を言って泣くことが出来るようになった。それから丸二年程の間、女房は器械的に立ち働いては、同じように繰言を言い、同じように泣いているのである。

高札の立った日には、午《ひる》過ぎに母が来て、女房に太郎兵衛の運命の極《き》まったことを話した。しかし女房は、母の恐れた程驚きもせず、聞いてしまって、又いつもと同じ繰言を言って泣いた。母は余《あま》り手ごたえのないのを物足《ものた》らなく思う位《くらい》であった。此時《このとき》長女のいちは、襖《ふすま》の蔭《かげ》に立って、おばあ様の話を聞いていた。

桂屋にかぶさって来た厄難と云うのはこうである。主人《しゅじん》太郎兵衛は船乗《ふなのり》とは云っても、自分が船に乗るのではない。北国通《ほっこくがよ》い＊の船を持っていて、それに新七《しんしち》と云う男を乗せて、運送の業《ぎょう》を営《いとな》んでいる。大阪では此《この》太郎兵衛のような男を居船頭《いせんどう》＊と云っていた。居船頭の太郎兵衛が沖船頭《おきせんどう》＊の新七を使っているのである。

元文元年《げんぶんがんねん》の秋、新七の船は、出羽国《でわのくに》＊秋田《あきた》から米を積んで出帆《しゅっぱん》した。其《その》船が不幸にも航海中に風波《ふうは》の難に逢って、半難船《はんなんせん》の姿になって、積荷の半分以上を流失した。新七は残った米を売って金にして、大阪へ持って帰った。

さて新七が太郎兵衛に言うには、難船《なんせん》をしたことは港々《みなとみなと》で知っている。残った積荷を売った此金《このかね》は、もう米主《こめぬし》に返すには及ぶまい。これは跡《あと》の船をしたてる費用に当てようじゃないかと云った。

太郎兵衛はそれまで正直に営業していたのだが、営業上に大きい損失を見た直後に、現金を目の前に並べられたので、ふと良心の鏡が曇って、其金《そのかね》を受け取ってしまった。

すると、秋田の米主の方《ほう》では、難船の知らせを得た後《のち》に、残り荷のあったことやら、それを買った人のあったことやらを、人伝《ひとづて》に聞いて、わざわざ人を調べに出した。そして新七の手から太郎兵衛に渡った金高《かねだか》までを探り出してしまった。

米主は大阪へ出て訴えた。新七は逃走した。そこで太郎兵衛が入牢《にゅうろう》してとうとう死罪に行われることになったのである。

平野町のおばあ様が来て、恐ろしい話をするのを姉娘のいちが立聞《たちぎき》をした晩の事である。桂屋の女房はいつも繰言を言って泣いた跡《あと》で出る疲《つかれ》が出て、ぐっすり寐入《ねい》った。女房の両脇には、初五郎と、とくとが寝ている。初五郎の隣には長太郎が寝ている。とくの隣にまつ、それに並んでいちが寝ている。

暫《しばら》く立って、いちが何やら布団《ふとん》の中で独言《ひとりごと》を言った。「ああ、そうしよう。きっと出来るわ」と、云ったようである。

まつがそれを聞き附《つ》けた。そして「姉《ね》えさん、まだ寐ないの」と云った。

「大きい声をおしでない。わたし好《い》い事を考えたから。」いちは先《ま》ずこう云って妹を制《せい》して置《お》いて、それから小声《こごえ》でこう云う事をささやいた。お父《と》っさんはあさって殺されるのである。自分はそれを殺させぬようにすることが出来ると思う。どうするかと云うと、願書《ねがいしょ》と云うものを書いてお奉行《ぶぎょう》様に出すのである。しかし只《ただ》殺さないで置《お》いて下さいと云ったって、それでは聴《き》かれない。お父っさんを助けて、其代《そのかわ》りにわたくし共《ども》子供を殺して下さいと云って頼《たの》むのである。それをお奉行様が聴いて下《くだ》すって、お父っさんが助かれば、それで好《い》い。子供は本当に皆殺されるやら、わたしが殺されて、小さいものは助かるやら、それはわからない。只《ただ》お願《ねがい》をする時、長太郎だけは一しょに殺して下さらないように書いて置《お》く。あれはお父っさんの本当の子でないから、死《し》なくても好《い》い。それにお父っさんが此家《このいえ》の跡を取らせようと云って入《い》らっしゃったのだから、殺されない方《ほう》が好《い》いのである。いちは妹にそれだけの事を話した。

「でもこわいわねえ」と、まつが云った。

「そんなら、お父っさんが助けてもらいたくないの。」

「それは助けてもらいたいわ。」

「それ御覧《ごらん》。まつさんは只《ただ》わたしに附《つ》いて来て同じようにさえしていれば好《い》いのだよ。わたしが今夜願書《ねがいしょ》を書いて置《お》いて、あしたの朝早く持って行きましょうね。」

いちは起きて、手習《てならい》の清書をする半紙に、平仮名《ひらがな》で願書《がんしょ》を書いた。父の命を助けて、其代りに自分と妹のまつ、とく、弟の初五郎をおしおきにして戴《いただ》きたい、実子《じっし》でない長太郎だけはお許下《ゆるしくだ》さるようにと云うだけの事ではあるが、どう書き綴《つづ》って好《い》いかわからぬので、幾度も書き損《そこな》って、清書のためにもらってあった白紙《しらかみ》が残少《のこりずくな》になった。しかしとうとう一番鶏《どり》*の啼《な》く頃に願書が出来た。

願書を書いているうちに、まつが寐入《ねい》ったので、いちは小声で呼び起《おこ》して、床《とこ》の傍《わき》に畳《たた》んであった不断着《ふだんぎ》に著更《きか》えさせた。そして自分も支度をした。

女房と初五郎とは知らずに寐《ね》ていたが、長太郎が目を醒《さ》まして、「ねえさん、もう夜が明けたの」と云った。

いちは長太郎の床の傍《そば》へ往《い》ってささやいた。「まだ早いから、お前は寝ておいで。ねえさん達は、お父っさんの大事な御用で、そっと往って来る所があるのだからね。」

「そんならおいらも往《ゆ》く」と云って、長太郎はむっくり起き上がった。

いちは云った。「じゃあ、お起《おき》、著物を著《き》せて上《あ》げよう。長《ちょう》さんは小さくても男だから、一しょに往《い》ってくれれば、其方《そのほう》が好《い》いのよ」と云った。

女房は夢のようにあたりの騒がしいのを聞いて、少し不安になって寝がえりをしたが、目は醒めなかった。

三人の子供がそっと家を抜け出したのは、二番鶏*の啼《な》く頃であった。戸の外は霜《しも》の暁《あかつき》であった。提灯《ちょうちん》を持って、拍子木《ひょうしぎ》を敲《たた》いて来る夜廻《よまわり》の爺《じ》いさんに、お奉行様の所へはどう往《い》ったら往《ゆ》かれようと、いちがたずねた。爺いさんは親切な、物分《ものわか》りの好《い》い人で、子供の話を真面目に聞いて、月番《つきばん》の西奉行所《にしぶぎょうしょ》*のある所を、丁寧に教えてくれた。当時の町奉行は、東《ひがし》が稲垣淡路守種信《いながきあわじのかみたねのぶ》*で、西が佐佐又四郎成意《ささまたしろうなりむね》*である。そして十一月には西の佐佐が月番に当《あた》っていたのである。

爺《じ》いさんが教えているうちに、それを聞いていた長太郎が、「そんなら、おいらの知った町だ」と云った。そこで姉妹《きょうだい》は長太郎を先に立てて歩き出した。

ようよう西奉行所に辿《たど》り附《つ》いて見れば、門がまだ締まっていた。門番所《もんばんしょ》の窓の下に往《い》って、いちが「もしもし」と度々《たびたび》繰り返して呼んだ。

暫《しばら》くして窓の戸があいて、そこへ四十恰好《がっこう》の男の顔が覗《のぞ》いた。「やかましい。なんだ。」

「お奉行様にお願《ねがい》があってまいりました」と、いちが丁寧に腰を屈《かが》めて云った。

「ええ」と云ったが、男は容易に詞《ことば》の意味を解《かい》し兼《か》ねる様子であった。

いちは又《また》同じ事を言った。

男はようようわかったらしく、「お奉行様には子供が物を申し上げることは出来ない、親が出て来るが好《い》い」と云った。

「いいえ、父はあしたおしおきになりますので、それに就《つ》いてお願《ねがい》がございます。」

「なんだ。あしたおしおきになる。それじゃあ、お前は桂屋太郎兵衛の子か。」

「はい」といちが答えた。

「ふん」と云って、男は少し考えた。そして云った。「怪《け》しからん。子供までが上《かみ》を恐れんと見える。お奉行様はお前達にお逢《あい》はない。帰れ帰れ。」こう云って、窓を締めてしまった。

まつが姉に言った。「ねえさん、あんなに叱るから帰りましょう。」

いちは云った。「黙ってお出《いで》。叱られたって帰るのじゃありません。ねえさんのする通りにしてお出。」こう云って、いちは門の前にしゃがんだ。まつと長太郎とは附《つ》いてしゃがんだ。

三人の子供は門のあくのを大《だい》ぶ久しく待った。ようよう貫木《かんのき》をはずす音がして、門があいた。あけたのは、先《さき》に窓から顔を出した男である。

いちが先に立って門内に進み入《い》ると、まつと長太郎とが背後《うしろ》に続いた。

いちの態度が余《あま》り平気なので、門番の男は急に支《ささ》え留《とど》めようともせずにいた。そして暫《しばら》く三人の子供の玄関の方へ進むのを、目を睜《みは》って見送って居《い》たが、ようよう我に帰《かえ》って、「これこれ」と声を掛けた。

「はい」と云って、いちはおとなしく立ち留《と》まって振り返った。

「どこへ往《ゆ》くのだ。さっき帰れと云ったじゃないか。」

「そう仰《おっし》ゃいましたが、わたくし共《ども》はお願《ねがい》を聞いて戴《いただ》くまでは、どうしても帰らない積《つも》りでございます。」

「ふん。しぶとい奴《やつ》だな。兎《と》に角《かく》そんな所へ往《い》ってはいかん。こっちへ来い。」

子供達は引き返して、門番の詰所《つめしょ》へ来た。それと同時に玄関脇《げんかんわき》から、「なんだ、なんだ」と云って、二三人の詰衆《つめしゅう》が出て来て、子供達を取り巻いた。いちは殆《ほとん》どこうなるのを待ち構えていたように、そこに蹲《うずく》まって、懐中《かいちゅう》から書附《かきつけ》を出して、真先《まっさき》にいる与《よ》力《りき》*の前に差し附《つ》けた。まつと長太郎とも一しょに蹲って礼をした。

書附を前へ出された与力は、それを受け取ったものか、どうしたものかと迷うらしく、黙っていちの顔を見卸《みおろ》していた。

「お願《ねがい》でございます」と、いちが云った。

「こいつ等《ら》は木津川口《きづがわぐち》で曝し物になっている桂屋太郎兵衛の子供でございます。親の命乞《いのちごい》をするのだと云っています」と、門番が傍《かたわら》から説明した。

与力は同役《どうやく》の人達を顧《かえり》みて、「では兎に角書附を預かって置《お》いて、伺って見ることにしましょうかな」と云った。それには誰《たれ》も異議がなかった。

与力は願書《がんしょ》をいちの手から受け取って、玄関にはいった。

西町奉行の佐佐は、両奉行の中《うち》の新参《しんざん》で、大阪に来てから、まだ一年立っていない。役向《やくむき》の事は総《すべ》て同役の稲垣《いながき》に相談して、城代《じょうだい》*に伺って処置するのであった。それであるから、桂屋太郎兵衛の公事《くじ》*に就《つ》いて、前役《まえやく》*の申継《もうしつぎ》を受けてから、それを重要事件と

して気に掛けていて、ようよう処刑の手続《てつづき》が済んだのを重荷を卸《おろ》したように思っていた。

そこへ今朝になって、宿直《しゅくちょく》の与力が出て、命乞《いのちごい》の願《ねがい》に出たものがあると云ったので、佐佐は先《ま》ず切角《せっかく》運ばせた事に邪魔がはいったように感じた。

「参ったのはどんなものか。」佐佐の声は不機嫌であった。

「太郎兵衛の娘両人《むすめりょうにん》と倅《せがれ》とがまいりまして、年上《としうえ》の娘が願書《がんしょ》を差上《さしあ》げたいと申しますので、これに預っております。御覧になりましょうか。」

「それは目安箱*をもお設《もうけ》になっておる御趣意《ごしゅい》から、次第によっては受け取っても宜《よろ》しいが、一応はそれぞれ手続《てつづき》のあることを申聞《もうしき》かせんではなるまい。兎に角預かっておるなら、内見《ないけん》*しよう。」

与力は願書を佐佐の前に出した。それを披《ひら》いて見て佐佐は不審らしい顔をした。

「いちと云うのがその年上の娘であろうが、何歳になる。」

「取り調べはいたしませんが、十四五歳位《ぐらい》に見受けまする。」

「そうか。」佐佐は暫《しばら》く書附を見ていた。不束《ふつつか》*な仮名文字で書いてはあるが、条理が善《よ》く整っていて、大人でもこれだけの短文に、これだけの事柄を書くのは、容易であるまいと思われる程である。大人が書かせたのではあるまいかと云う念《ねん》が、ふと萌《きざ》した。続いて、上《かみ》を偽る横着物《おうちゃくもの》*の所為《しょい》ではないかと思議《しぎ》した。それから一応の処置を考えた。太郎兵衛は明日《みょうにち》の夕方迄《まで》曝すことになっている。刑を執行するまでには、まだ時がある。それまでに願書を受理しようとも、すまいとも、同役に相談し、上役に伺うことも出来る。又縦《またよ》しや其間《そのあいだ》に情偽《じょうぎ》*があるとしても、相当の手続をさせるうちには、それを探ることも出来よう。兎に角子供を帰そうと、佐佐は考えた。

そこで与力にはこう云った。此《この》願書は内見したが、これは奉行に出されぬから、持って帰って町年寄《まちどしより》*に出せと云えと云った。

与力は、門番が帰そうとしたが、どうしても帰らなかったと云うことを、佐佐に言った。佐佐は、そんなら菓子でも遣《や》って、賺《すか》して帰せ、それでも聴かぬなら引き立てて帰せと命じた。

与力の座《ざ》を起《た》った跡《あと》へ、城代太田備中守《おおたびっちゅうのかみ》資晴《すけはる》*が訪ねて来た。正式の見廻りではなく、私《わたくし》の用事があって来たのである。太田の用事が済むと、佐佐は只今かようかようの事があったと告げて、自分の考《かんがえ》を述べ、指図《さしず》を請《こ》うた。

太田は別に思案もないので、佐佐に同意して、午過《ひるす》ぎに東町奉行稲垣をも出《で》席させて、町年寄五人に桂屋太郎兵衛が子供を召し連れて出させることにした。情偽があろうかと云う、佐佐の懸念も尤《もっと》もだと云うので、白洲《しらす》*へは責道具《せめどうぐ》を並べさせることにした。これは子供を嚇《おど》して実《じつ》を吐《は》かせようと云う手段である。

丁度此《この》相談が済んだ所へ、前の与力が出て、入口に控えて気色《けしき》を伺った。

「どうじゃ、子供は帰ったか」と、佐佐が声を掛けた。

「御意《ぎょい》でございまする。お菓子を遣《つか》しまして帰そうと致しましたが、いちと申す娘がどうしても聴きませぬ。とうとう願書を懐《ふところ》へ押し込みまして、引き立てて帰しました。妹娘はしくしく泣きましたが、いちは泣かずに帰りました。」

「余程《よほど》情《じょう》の剛《こわ》い*娘と見えますな」と、太田が佐佐を顧《かえり》みて云った。

十一月二十四日の未《ひつじ》の下刻《げこく》*である。西町奉行所の白洲ははればれしい光景を呈している。書院*には両奉行が列座する。奥まった所には別席を設けて、表向《おもてむき》の出座《しゅつざ》ではないが、城代が取調《とりしらべ》の摸様《もよう》を余所《よそ》ながら見に来ている。縁側《えんがわ》には取調を命ぜられた与力が、書役《かきやく》を随《したが》えて著座《ちゃくざ》する。

同心《どうしん》*等《ら》が三道具《みつどうぐ》*を衝《つ》き立てて、厳《いか》めしく警固《けいご》している庭に、拷問に用いる、あらゆる道具が並べられた。そこへ桂屋太郎兵衛の女房と五人の子供とを連れて、町年寄五人が来た。

尋問《じんもん》は女房から始められた。しかし名を問われ、年を問われた時に、かつがつ*返事をしたばかりで、其外《そのほか》の事を問われても、「一向《いっこう》に存じませぬ」、「恐れ入りました」

と云うより外、何一つ申し立てない。

次に長女いちが調べられた。当年《とうねん》十六歳にしては、少し稚《おさな》く見える、痩肉《やせじし》の小娘である。しかしこれは些《ちと》の臆《おく》する気色《けしき》もなしに、一部始終の陳述をした。祖母の話を物蔭《ものかげ》から聞いた事、夜になって床《とこ》に入《い》ってから、出願《しゅつがん》を思い立った事、妹まつに打明《うちあ》けて勧誘した事、自分で願書《がんしょ》を書いた事、長太郎が目を醒《さま》したので同行を許し、奉行所の町名を聞いてから、案内をさせた事、奉行所に来て門番と応対し、次いで詰衆の与力に願書の取次《とりつぎ》を頼《たの》んだ事、与力等《ら》に強要せられて帰った事、凡《およ》そ前日来《ぜんじつらい》経歴した事を問われる儘《まま》に、はっきり答えた。

「それではまつの外には誰にも相談はいたさぬのじゃな」と、取調役が問うた。

「誰にも申しません。長太郎にも精《くわ》しい事は申しません。お父《と》っさんを助けて戴《いただ》く様《よう》に、お願《ねがい》に往《い》くと申しただけでございます。お役所から帰りまして、年寄衆のお目に掛かりました時、わたくし共四人の命を差し上げて、父をお助け下さるように願うのだと申しましたら、長太郎が、それでは自分も命が差し上げたいと申して、とうとうわたくしに自分《じぶん》だけのお願書《ねがいしょ》を書かせて、持ってまいりました。」

いちがこう申し立てると、長太郎が懐《ふところ》から書附を出した。

取調役《とりしらべやく》の指図《さしず》で、同心が一人長太郎の手から書附《かきつけ》を受け取って、縁側に出した。

取調役はそれを披《ひら》いて、いちの願書《がんしょ》と引き比べた。いちの願書は町年寄の手から、取調の始まる前に、出させてあったのである。

長太郎の願書には、自分も姉や姉弟《きょうだい》と一しょに、父の身代りになって死にたいと、前の願書と同じ手跡《しゅせき》で書いてあった。

取調役は「まつ」と呼びかけた。しかしまつは呼ばれたのに気が附かなかった。いちが「お呼《よび》になったのだよ」と云った時、まつは始めておそるおそる項垂《うなだ》れていた頭《こうべ》を挙《あ》げて、縁側の上の役人を見た。

「お前は姉と一しょに死にたいのだな」と、取調役が問うた。

まつは「はい」と云って頷《うなず》いた。

次に取調役は「長太郎」と呼び掛けた。

長太郎はすぐに「はい」と云った。

「お前は書附に書いてある通りに、兄弟一しょに死にたいのじゃな。」

「みんな死にますのに、わたしが一人生きていたくはありません」と、長太郎ははっきり答えた。

「とく」と取調役が呼んだ。とくは姉や兄が順序に呼ばれたので、こん度は自分が呼ばれたのだと気が附いた。そして只目《ただめ》を睜《みは》って役人の顔を仰《あお》ぎ見た。

「お前も死んでも好《い》いのか。」

とくは黙って顔を見ているうちに、唇に血色が亡《な》くなって、目に涙が一ぱい溜まって来た。

「初五郎」と取調役が呼んだ。

ようよう六歳になる末子《ばっし》の初五郎は、これも黙って役人の顔を見たが、「お前はどうじゃ、死ぬるのか」と問われて、活潑《かっぱつ》にかぶりを振った。書院の人々は覚えず、それを見て微笑《ほほえ》んだ。

此時《このとき》佐佐が書院の敷居《しきい》際《ぎわ》まで進み出て、「いち」と呼んだ。

「はい。」

「お前の申立《もうしたて》には譃《うそ》はあるまいな。若《も》し少しでも申した事に間違《まちがい》があって、人に教えられたり、相談をしたりしたのなら、今すぐに申せ。隠して申さぬと、そこに並べてある道具で、誠《まこと》の事を申すまで責めさせるぞ。」佐佐は責道具のある方角を指さした。

いちは指された方角を一目見て、少しもたゆたわずに、「いえ、申した事に間違はございません」と言い放った。其目《そのめ》は冷《ひやや》かで、其詞《ことば》は徐《しず》かであった。

「そんなら今一つお前に聞くが、身代りをお聞届《ききとど》けになると、お前達はすぐに殺されるぞよ。父の顔を見ることは出来ぬが、それでも好《い》いか。」

「よろしゅうございます」と、同じような、冷《ひや》やかな調子で答えたが、少し間《ま》を置いて、何か心に浮《うか》んだらしく、「お上《かみ》の事には間違《まちがい》はございますまいから」と言い足した。

佐佐の顔には、不意打《ふいうち》に逢ったような、驚愕の色が見えたが、それはすぐに消えて、険しくなった目が、いちの面《おもて》に注がれた。憎悪を帯びた驚異《きょうい》の目とでも云おうか。しかし佐佐は何も言わなかった。

次いで佐佐は何やら取調役にささやいたが、間もなく取調役が町年寄に、「御用が済んだから、引き取れ」と言い渡した。

白洲を下がる子供等《ら》を見送って、佐佐は太田と稲垣とに向いて、「生先《おいさき》*の恐ろしいものでございますな」と云った。心の中《うち》には、哀《あわれ》な孝行娘《こうこうむすめ》の影も残らず、人に教唆《きょうさ》*せられた、おろかな子供の影も残らず、只《ただ》氷のように冷《ひや》やかに、刃《やいば》のように鋭い、いちの最後の詞《ことば》の最後の一句が反響しているのである。元文頃《げんぶんごろ》の徳川家の役人は、固《もと》より「マルチリウム」*という洋語も知らず、又当時の辞書には献身と云う訳語もなかったので、人間の精神に、老若男女《ろうにゃくなんにょ》の別なく、罪人太郎兵衛の娘に現れたような作用があることを、知らなかったのは無理もない。しかし献身の中《うち》に潜む反抗の鋒《ほこさき》は、いちと語《ことば》を交えた佐佐のみではなく、書院にいた役人一同の胸をも刺した。

城代も両奉行もいちを「変な小娘だ」と感じて、その感じには物でも憑《つ》いているのではないかと云う迷信さえ加わったので、孝女《こうじょ》に対する同情は薄かったが、当時の行政司法の、元始《げんし》的な機関が自然に活動して、いちの願意は期せずして貫徹した。桂屋太郎兵衛の刑の執行は、「江戸へ伺《うかがい》中《ちゅう》日《ひ》延《のべ》」と云うことになった。これは取調のあった翌日、十一月二十五日に町年寄に達せられた。次いで元文四年三月二日に、「京都に於《お》いて大嘗会《だいじょうえ》*御《ご》執行相成候《しっこうあいなりそうろう》てより日限《にちげん》も不相立儀《あいたたざるぎ》に付《つき》、太郎兵衛事《こと》、死罪御赦《しざいごしゃ》免《めん》被仰出《おおせいだされ》、大阪北《おおさかきた》、南組《みなみぐみ》、天満《てんま》の三《み》口《くち》御構《おかまい》*の上《うえ》追放」と云うことになった。桂屋の家族は、再び西奉行所に呼び出されて、父に別《わかれ》を告げることが出来た。大嘗会と云うのは、貞享《じょうきょう》四年に東山《ひがしやま》天皇*の盛儀《せいぎ》*があってから、桂屋太郎兵衛の事を書いた高札の立った元文三年十一月二十三日の直前、同じ月の十九日に、五十一年目に、桜町《さくらまち》天皇*が挙行し給《たま》うまで、中絶していたのである。

高瀬舟《たかせぶね》*

高瀬舟は京都の高瀬川《たかせがわ》*を上下する小舟である。徳川《とくがわ》時代に京都の罪人が遠島《えんとう》*を申し渡されると、本人の親類が牢屋敷へ呼び出されて、そこで暇乞《いとまごい》*をすることを許された。それから罪人は高瀬舟に載《の》せられて、大阪へ廻《まわ》されることであった。それを護送するのは、京都町奉行《まちぶぎょう》の配下にいる同心《どうしん》で、此《この》同心は罪人の親類の中《うち》で、主立《おもだ》った一人を、大阪まで同船させることを許す慣例であった。これは上《かみ》へ通《とお》った事*ではないが、所謂《いわゆる》大目に見るのであった黙許《もっきょ》であった。

当時遠島を申し渡された罪人は、勿論《もちろん》重い科《とが》を犯したものと認められた人ではあるが、決して盗《ぬすみ》をするために、人を殺し火を放ったと云《い》うような、獰悪《どうあく》な人物が多数を占めていたわけではない。高瀬舟に乗る罪人の過半《かはん》は、所謂心得違《こころえちがい》のために、想《おも》わぬ科を犯した人であった。有《あ》り触《ふ》れた例を挙げて見れば、当時相対死《あいたいし》*と云った情死《じょうし》を謀《はか》って、相手の女を殺して、自分だけ活《い》き残った男と云うような類《たぐい》である。

そう云う罪人を載せて、入相《いりあい》の鐘*の鳴る頃に漕ぎ出された高瀬舟は、黒《くろ》ずんだ京都の町の家々を両岸に見つつ、東へ走って、加茂川《かもがわ》*を横ぎって下るのであった。此舟《このふね》の中《なか》で、罪人と其《その》親類の者とは夜どおし身の上を語り合う。いつもいつも悔やんでも還《かえ》らぬ繰言《くりごと》*である。護送の役をする同心は、傍《そば》でそれを聞いて、罪人を出した親戚眷族《けんぞく》の悲惨な境遇を細《こま》かに知ることが出来た。所詮《しょせん》町奉行所の白洲《しらす》で、表向《おもてむき》の口供《こうきょう》を聞いたり、役所の机の上で、口書《くちがき》*を読んだりする役人の夢にも窺うことの出来ぬ境遇である。

同心を勤める人にも、種々《いろいろ》の性質《せいしつ》があるから、此時只《このときただ》うるさいと思って、耳を掩《おお》いたく思う冷淡な同心があるかと思えば、又《また》しみじみと人の哀《あわれ》を身に引き受けて、役柄《やくがら》ゆえ気色《けしき》には見せぬながら、無言の中《うち》に私《ひそ》かに胸を痛める同心もあった。場合によって非常に悲惨な境遇に陥った罪人と其《その》親類とを、特に心弱い、涙脆《なみだもろ》い同心が宰領《さいりょう》*して行《ゆ》くことになると、其《その》同心は不覚の涙を禁じ得ぬのであった。

そこで高瀬舟の護送は、町奉行所の同心仲間で、不快な職務として嫌われていた。

いつの頃であったか。多分《たぶん》江戸で白河楽翁侯《しらかわらくおうこう》*が政柄《せいへい》*を執っていた寛政《かんせい》*の頃ででもあっただろう。智恩院《ちおんいん》*の桜が入相の鐘に散る春の夕《ゆうべ》に、これまで類《るい》のない、珍らしい罪人が高瀬舟に載せられた。

それは名を喜助《きすけ》と云って、三十歳ばかりになる、住所不定《ふじょう》の男である。固《もと》より牢屋敷に呼び出されるような親類はないので、舟にも只《ただ》一人で乗った。

護送を命ぜられて、一しょに舟に乗り込んだ同心羽田《はねだ》庄兵衛《しょうべえ》は、只喜助が弟殺しの罪人だと云うことだけを聞いていた。さて牢屋敷から桟橋《さんばし》まで連れて来る間、この痩《やせ》肉《じし》の、色の蒼白《あおじろ》い喜助の様子を見るに、いかにも神妙《しんびょう》に、いかにもおとなしく、自分をば公儀《こうぎ》の役人として敬《うやま》って、何事につけても逆《さか》わぬようにしている。しかもそれが、罪人の間に往々《おうおう》見受けるような、温順《おんじゅん》を装《よそお》って権勢《けんせい》に媚びる態度ではない。

庄兵衛は不思議に思った。そして舟に乗ってからも、単に役目の表《おもて》*で見張っているばかりでなく、絶えず喜助の挙動に、細かい注意をしていた。

其日《そのひ》は暮方《くれがた》から風が歇《や》んで、空一面を蔽《おお》った薄い雲が、月の輪廓《りんかく》をかすませ、ようよう近寄って来る夏の温《あたたか》さが、両岸の土からも、川床《かわどこ》の土からも、靄《もや》になって立ち昇るかと思われる夜《よ》であった。下京《しもきょう》*の町を離れて、加茂川を横ぎった頃からは、あたりがひっそりとして、只舳《へさき》に割《さ》かれる水のささやきを聞くのみである。

夜舟《よふね》で寝ることは、罪人にも許されているのに、喜助は横になろうともせず、雲の濃淡に従って、光の増したり減じたりする月を仰《あお》いで、黙っている。其額《ひたい》は晴《はれ》やかで、目には微《かす》かなかがやきがある。

庄兵衛はまともには見ていぬが、始終《しじゅう》喜助の顔から目を離さずにいる。そして不思議だ、不思議だと、心の内で繰り返している。それは喜助の顔が縦から見ても、横から見ても、いかにも楽しそうで、若《も》し役人に対する気兼《きがね》がなかったなら、口笛を吹きはじめるとか、鼻歌を歌い出すとかしそうに思われたからである。

庄兵衛は心の内に思った。これまで此《この》高瀬舟の宰領をしたことは幾度《いくたび》だか知れない。しかし載せて行《ゆ》く罪人は、いつも殆《ほとん》ど同じように、目も当てられぬ気の毒な様子をしていた。それに此男はどうしたのだろう。遊山船《ゆさんぶね》*にでも乗ったような顔をしている。罪は弟を殺したのだそうだが、よしや其《その》弟が悪い奴《やつ》で、それをどんな行掛《ゆきがか》りになって殺したにせよ、人の情《じょう》として好《い》い心持《こころもち》はせぬ筈《はず》である。この色の蒼い痩男《やせおとこ》が、その人の情と云うものが全く欠けている程《ほど》の、世にも稀な悪人であろうか。どうもそうは思われない。ひょっと気でも狂っているのではあるまいか。いやいや。それにしては何一つ辻褄《つじつま》の合わぬ言語《ことば》や挙動がない。此男はどうしたのだろう。庄兵衛がためには喜助の態度が考えれば考える程わからなくなるのである。

暫《しばら》くして、庄兵衛はこらえ切れなくなって呼び掛けた。「喜助。お前何を思っているのか。」

「はい」と云ってあたりを見廻した喜助は、何事をかお役人に見咎《みとが》められたのではないかと気遣《きづか》うらしく、居《い》ずまいを直して庄兵衛の気色《けしき》を伺《うかが》った。

庄兵衛は自分が突然問《とい》を発した動機を明《あか》して、役目を離れた応対を求める分疏《いいわけ》をしなくてはならぬように感じた。そこでこう云った。「いや。別にわけがあって聞いたのではない。実はな、己《おれ》は先刻《さっき》からお前の島へ往《ゆ》く心持が聞いて見たかったのだ。己はこれまで此《この》舟で大勢の人を島へ送った。それは随分《ずいぶん》いろいろな身の上の人だったが、どれもどれも島へ往《ゆ》くのを悲しがって、見送りに来て、一しょに舟に乗る親類のものと、夜どおし泣くに極《き》まっていた。それにお前の様子を見れば、どうも島へ往《ゆ》くのを苦にしてはいないようだ。一体お前はどう思っているのだい。」

喜助はにっこり笑った。「御親切に仰《おっし》ゃって下《くだ》すって、難有《ありがと》うございます。なる程島へ往《ゆ》くということは、外《ほか》の人には悲しい事でございましょう。其《その》心持はわたくしにも思い遣《や》って見ることが出来ます。しかしそれは世間で楽をしていた人だからでございます。京都は結構な土地ではございますが、その結構な土地で、これまでわたくしのいたして参ったような苦《くるし》みは、どこへ参ってもなかろうと存じます。お上《かみ》のお慈悲で、命を助けて島へ遣って下さいます。島はよしやつらい所でも、鬼の栖《す》む所ではございますまい。わたくしはこれまで、どこと云って自分のいて好《い》い所と云うものがございませんでした。こん度《ど》お上で島にいろと仰ゃって下さいます。そのいろと仰ゃる所に、落ち著《つ》いていることが出来ますのが、先《ま》ず何よりも難有《ありがた》い事でございます。それにわたくしはこんなにかよわい体ではございますが、ついぞ病気をいたしたことはございませんから、島へ往ってから、どんなつらい為事《しごと》をしたって、体を痛めるようなことはあるまいと存じます。それからこん度《ど》島へお遣下《やりくだ》さるに付《つ》きまして、二百文《もん》*の鳥目《ちょうもく》*を戴きました。それをここに持っております。」こう云い掛けて、喜助は胸に手を当てた。遠島を仰《おお》せ附《つ》けられるものには、鳥目二百銅《どう》を遣《つかわ》すと云うのは、当時の掟《おきて》であった。

喜助は語《ことば》を続《つ》いだ。「お恥《はず》かしい事を申し上げなくてはなりませぬが、わたくしは今日《こんにち》まで二百文と云うお足《あし》*を、こうして懐《ふところ》に入れて持っていたことはございませぬ。どこかで為事に取り附《つ》きたいと思って、為事を尋ねて歩きまして、それが見附かり次第、骨を惜《おし》まずに働きました。そして貰った銭《ぜに》は、いつも右から左へ人手に渡さなくてはなりませなんだ。それも現金で物が買って食べられる時は、わたくしの工面《くめん》の好《い》い時で、大抵《たいてい》は借りたものを返して、又跡《またあと》を借りたのでございます。それがお牢に這《は》入《い》ってからは、為事をせずに食べさせて戴きます。わたくしはそればかりでも、お上に対して済まない事をいたしているようでなりませぬ。それにお牢を出る時に、此《この》二百文を戴きましたのでございます。こうして相変《あいかわ》らずお上の物を食べていて見ますれば、此二百文はわたくしが使わずに持っていることが出来ます。お足を自分の物にして持っていると云うことは、わたくしに取っては、これが始《はじめ》でございます。島へ往って見ますまでは、どんな為事が出来るかわかりませんが、わたくしは此二百文を島でする為事の本手《もとで》にしようと楽《たのし》んでおります。」こう云って、喜助は口を噤《つぐ》んだ。

庄兵衛は「うん、そうかい」とは云ったが、聞く事毎《ごと》に余り意表に出たので、これも暫《しばら》く何も云うことが出来ずに、考え込んで黙っていた。

庄兵衛は彼此《かれこれ》初老*に手の届く年になっていて、もう女房に子供を四人生ませている。それに老母が生きているので、家は七人暮しである。平生《へいぜい》人には吝嗇《りんしょく》*と云われる程の、倹約な生活をしていて、衣類は自分が役目のために著《き》るものの外《ほか》、寝巻《ねまき》しか拵《こしら》えぬ位にしている。しかし不幸な事には、妻を好《い》い身代《しんだい》の商人の家から迎えた。そこで女房は夫の貰う扶持米《ふちまい》*で暮《くら》しを立てて行《ゆ》こうとする善意はあるが、裕《ゆたか》な家に可哀《かわい》がられて育った癖があるので、夫が満足する程《ほど》手元を引き締めて暮《くら》して行《ゆ》くことが出来ない。動《やや》もすれば月末になって勘定が足りなくなる。すると女房が内証《ないしょう》で里から金を持って来て帳尻《ちょうじり》を合わせる。それは夫が借財《しゃくざい》と云うものを毛虫のように嫌うからである。そう云う事は所詮《しょせん》夫に知れずにはいない。庄兵衛は五節句《せっく》*だと云っては、里方《さとかた》から物を貰い、子供の七五三の祝《いわい》だと云っては、里方から子供に衣類を貰うのでさえ、心苦しく思っているのだから、暮しの穴を塡《う》めて貰ったのに気が附《つ》いては、好《い》い顔はしない。格別平和を破るような事のない羽田の家に、折々波風《なみかぜ》の起《おこ》るのは、是《これ》が原因である。

庄兵衛は今喜助の話を聞いて、喜助の身の上をわが身の上に引き比べて見た。喜助は為事《しごと》をして給料を取っても、右から左へ人手に渡して亡くしてしまうと云った。いかにも哀《あわれ》な、気の毒な境界《きょうがい》である。しかし一転して我身《わがみ》の上を顧《かえり》みれば、彼《かれ》と我《われ》との間に、果《はた》してどれ程の差があるか。自分も上《かみ》から貰う扶持米《ふちまい》を、右から左へ人手に渡して暮しているに過ぎぬではないか。彼と我との相違は、謂《い》わば十露盤《そろばん》の桁が違っているだけで、喜助の難有《ありがた》がる二百文に相当する貯蓄だに、こっちはないのである。

さて桁を違えて考えて見れば、鳥目二百文をでも、喜助がそれを貯蓄と見て喜んでいるのに無理はない。其《その》心持はこっちから察して遣《や》ることが出来る。しかしいかに桁を違えて考えて見ても、不思議なのは喜助の慾《よく》のないこと、足ることを知っていることである。

喜助は世間で為事を見附けるのに苦《くるし》んだ。それを見附けさえすれば、骨を惜《おし》まずに働いて、ようよう口を糊《のり》することの出来るだけで満足した。そこで牢に入《い》ってからは、今まで得難《えがた》かった食《しょく》が、殆《ほとん》ど天から授《さず》けられるように、働かずに得られるのに驚いて、生《うま》れてから知らぬ満足を覚えたのである。

庄兵衛はいかに桁を違えて考えて見ても、ここに彼と我との間に、大いなる懸隔《けんかく》のあることを知った。自分の扶持米で立てて行《ゆ》く暮しは、折々足らぬことがあるにしても、大抵出納《たいていすいとう》が合っている。手一ぱいの生活である。然《しか》るにそこに満足を覚えたことは殆《ほとん》ど無い。常《つね》は幸《さいわい》とも不幸とも感ぜずに過《すご》している。しかし心の奥には、こうして暮していて、ふいとお役が御免になったらどうしよう、大病《たいびょう》にでもなったらどうしようと云う疑懼《ぎく》*が潜《ひそ》んでいて、折々妻が里方から金を取り出して来て穴塡《あなうめ》をしたことなどがわかると、此《この》疑懼が意識の閾《しきい》*の上《うえ》に頭を擡《もた》げて来るのである。

一体此《この》懸隔はどうして生じて来るだろう。只上辺《ただうわべ》だけを見て、それは喜助には身に係累《けいるい》*がないのに、こっちにはあるからだと云ってしまえばそれまでである。しかしそれは譃《うそ》である。よしや自分が一人者《ひとりもの》であったとしても、どうも喜助のような心持にはなられそうにない。この根柢《こんてい》はもっと深い処《ところ》にあるようだと、庄兵衛は思った。

庄兵衛は只漠然《ばくぜん》と、人の一生というような事を思って見た。人は身に病《やまい》があると、此病がなかったらと思う。其日《そのひ》其日の食がないと、食って行《ゆ》かれたらと思う。万一の時に備える蓄《たくわえ》がないと、少しでも蓄があったらと思う。蓄があっても、又其《その》蓄がもっと多かったらと思う。此《かく》の如《ごと》くに先から先へと考《かんがえ》て見れば、人はどこまで往《い》って踏み止《と》まることが出来るものやら分からない。それを今目の前で踏み止まって見せてくれるのが此《この》喜助だと、庄兵衛は気が附《つ》いた。

庄兵衛は今さらのように驚異の目を睜《みは》って喜助を見た。此時《このとき》庄兵衛は空を仰《あお》いでいる喜助の頭から毫光《ごうこう》がさすように思った。


庄兵衛は喜助の顔をまもりつつ*又、「喜助さん」と呼び掛けた。今度は「さん」と云ったが、これは十分の意識を以《もっ》て称呼《しょうこ》を改めたわけではない。其《その》声が我口《わがくち》から出て我耳に入《い》るや否《いな》や、庄兵衛は此《この》称呼の不穏当なのに気が附《つ》いたが、今さら既《すで》に出た詞《ことば》を取り返すことも出来なかった。

「はい」と答えた喜助も、「さん」と呼ばれたのを不審に思うらしく、おそるおそる庄兵衛の気色《けしき》を覗《うかが》った。庄兵衛は少し間の悪いのをこらえて云った。「色々の事を聞くようだが、お前が今度島へ遣《や》られるのは、人をあやめたからだと云う事だ。己《おれ》に序《ついで》にそのわけを話して聞《きか》せてくれぬか。」

喜助はひどく恐れ入った様子で、「かしこまりました」と云って、小声で話し出した。「どうも飛《と》んだ心得違《こころえちがい》で、恐ろしい事をいたしまして、なんとも申し上げようがございませぬ。跡《あと》で思って見ますと、どうしてあんな事が出来たかと、自分ながら不思議でなりませぬ。全く夢中でいたしましたのでございます。わたくしは小さい時に二親《ふたおや》が時疫《じえき》*で亡くなりまして、弟と二人跡《あと》に残りました。初《はじめ》は丁度軒下《ちょうどのきした》に生《うま》れた狗《いぬ》の子にふびんを掛けるように町内の人達がお恵下《めぐみくだ》さいますので、近所中の走使《はしりづかい》などをいたして、飢え凍えもせずに、育ちました。次第に大きくなりまして職を捜しますにも、なるたけ二人が離れないようにいたして、一しょにいて、助け合って働きました。去年の秋の事でございます。わたくしは弟と一しょに、西陣《にしじん》*の織場《おりば》に這入《はい》りまして、空引《そらびき》*と云うことをいたすことになりました。そのうち弟が病気で働けなくなったのでございます。其頃《そのころ》わたくし共は北山《きたやま》*の掘立小屋《ほったてごや》同様の所に寝起《ねおき》をいたして、紙屋川《かみやがわ》*の橋を渡って織場へ通っておりましたが、わたくしが暮れてから、食物《たべもの》などを買って帰ると、弟は待ち受けていて、わたくしを一人で稼がせては済まない済まないと申しておりました。或る日いつものように何心《なにごころ》なく帰って見ますと、弟は布団《ふとん》の上に突《つ》っ伏《ぷ》していまして、周囲《まわり》は血だらけなのでございます。わたくしはびっくりいたして、手に持っていた竹の皮包《かわづつみ》や何かを、そこへおっぽり出して、傍《そば》へ往《い》って『どうしたどうした』と申しました。すると弟は真蒼《まっさお》な顔の、両方の頬《ほほ》から腮《あご》へ掛けて血に染《そま》ったのを挙《あ》げて、わたくしを見ましたが、物を言うことが出来ませぬ。息をいたす度《たび》に、創口《きずぐち》でひゅうひゅうと云う音がいたすだけでございます。わたくしにはどうも様子がわかりませんので、『どうしたのだい、血を吐いたのかい』と云って、傍《そば》へ寄ろうといたすと、弟は右の手を床《とこ》に衝《つ》いて、少し体を起《おこ》しました。左の手はしっかり腮《あご》の下の所を押《おさ》えていますが、其《その》指の間から黒血《くろち》の固《かた》まりがはみ出しています。弟は目でわたくしの傍《そば》へ寄るのを留《と》めるようにして口を利《き》きました。ようよう物が言えるようになったのでございます。『済まない。どうぞ堪忍《かんにん》してくれ。どうせなおりそうにもない病気だから、早く死んで少しでも兄《あに》きに楽《らく》がさせたいと思ったのだ。笛《ふえ》*を切ったら、すぐ死ねるだろうと思ったが息がそこから漏れるだけで死ねない。深く深くと思って、力一ぱい押し込むと、横へすべってしまった。刃《は》は翻《こぼ》れはしなかったようだ。これを旨《うま》く抜いてくれたら己《おれ》は死ねるだろうと思っている。物を言うのがせつなくって可《い》けない。どうぞ手を借《か》して抜いてくれ』と云うのでございます。弟が左の手を弛《ゆる》めるとそこから又《また》息が漏《も》ります。わたくしはなんと云おうにも、声が出ませんので、黙って弟の喉《のど》の創《きず》を覗《のぞ》いて見ますと、なんでも右の手に剃刀《かみそり》を持って、横に笛《ふえ》を切ったが、それでは死に切れなかったので、其儘《そのまま》剃刀を、刳《えぐ》るように深く突っ込んだものと見えます。柄《え》がやっと二寸《すん》ばかり創口から出ています。わたくしはそれだけの事を見て、どうしようと云う思案《しあん》も附《つ》かずに、弟の顔を見ました。弟はじっとわたくしを見詰《みつ》めています。わたくしはやっとの事で、『待っていてくれ、お医者を呼んで来るから』と申しました。弟は怨《うら》めしそうな目附《めつき》をいたしましたが、又《また》左の手で喉をしっかり押《おさ》えて、『医者がなんになる、ああ苦しい、早く抜いてくれ、頼む』と云うのでございます。わたくしは途方《とほう》に暮れたような心持になって、只《ただ》弟の顔ばかり見ております。こんな時は、不思議なもので、目が物を言います。弟の目は『早くしろ、早くしろ』と云って、さも怨めしそうにわたくしを見ています。わたくしの頭の中では、なんだかこう車の輪のような物がぐるぐる廻《まわ》っているようでございましたが、弟の目は恐ろしい催促を罷《や》めません。それに其《その》目の怨めしそうなのが段々険しくなって来て、とうとう敵《かたき》の顔をでも睨むような、憎々《にくにく》しい目になってしまいます。それを見ていて、わたくしはとうとう、これは弟の言った通《とおり》にして遣《や》らなくてはならないと思いました。わたくしは『しかたがない、抜いて遣るぞ』と申しました。すると弟の目の色がからりと変《かわ》って、晴《はれ》やかに、さも嬉しそうになりました。わたくしはなんでも一と思《おもい》にしなくてはと思って膝を撞《つ》くようにして体を前へ乗り出しました。弟は衝《つ》いていた右の手を放して、今まで喉を押えていた手の肘を床《とこ》に衝いて、横になりました。わたくしは剃刀の柄をしっかり握って、ずっと引きました。此時《このとき》わたくしの内《うち》から締めて置いた表口《おもてぐち》の戸をあけて、近所の婆《ば》あさんが這入《はい》って来ました。留守の間《ま》、弟に薬を飲ませたり何かしてくれるように、わたくしの頼んで置いた婆あさんなのでございます。もう大《だい》ぶ内《うち》のなかが暗くなっていましたから、わたくしには婆あさんがどれだけの事を見たのだかわかりませんでしたが、婆あさんはあっと云った切《きり》、表口をあけ放しにして置いて駆け出してしまいました。わたくしは剃刀を抜く時、手早く抜こう、真直《まっすぐ》に抜こうと云うだけの用心はいたしましたが、どうも抜いた時の手応《てごたえ》は、今まで切れていなかった所を切ったように思われました。刃《は》が外の方へ向いていましたから、外の方が切れたのでございましょう。わたくしは剃刀を握った儘《まま》、婆あさんの這入《はい》って来て又《また》駆け出して行ったのを、ぼんやりして見ておりました。婆あさんが行ってしまってから、気が附《つ》いて弟を見ますと、弟はもう息が切れておりました。創口《きずぐち》からは大《たい》そうな血が出ておりました。それから年寄衆《としよりしゅう》*がお出《いで》になって、役場へ連れて行《ゆ》かれますまで、わたくしは剃刀を傍《そば》に置いて、目を半分あいた儘《まま》死んでいる弟の顔を見詰めていたのでございます。」

少し俯向《うつむ》き加減になって庄兵衛の顔を下から見上げて話していた喜助は、こう云ってしまって視線を膝の上に落《おと》した。

喜助の話は好《よ》く条理が立っている。殆《ほとん》ど条理*が立ち過ぎていると云っても好《い》い位《くらい》である。これは半年程《ほど》の間、当時の事を幾度《いくたび》も思い浮《うか》べて見たのと、役場で問われ、町奉行所で調べられる其度毎《そのたびごと》に、注意に注意を加えて浚《さら》って*見させられたのとのためである。

庄兵衛は其場《そのば》の様子を目《ま》のあたり見るような思いをして聞いていたが、これが果《はた》して弟殺しと云うものだろうか、人殺しと云うものだろうかと云う疑《うたがい》が、話を半分聞いた時から起《おこ》って来て、聞いてしまっても、其《その》疑を解くことが出来なかった。弟は剃刀を抜いてくれたら死なれるだろうから、抜いてくれと云った。それを抜いて遣って死なせたのだ、殺したのだとは云われる。しかし其儘《まま》にして置いても、どうせ死ななくてはならぬ弟であったらしい。それが早く死にたいと云ったのは、苦しさに耐《た》えなかったからである。喜助は其苦《く》を見ているに忍びなかった。苦から救って遣ろうと思って命を絶った。それが罪であろうか。殺したのは罪に相違ない。しかしそれが苦から救うためであったと思うと、そこに疑が生じて、どうしても解けぬのである。

庄兵衛の心の中《うち》には、いろいろに考えて見た末に、自分より上のものの判断に任す外《ほか》ないと云う念《ねん》、オオトリテエ*に従う外ないと云う念が生じた。庄兵衛はお奉行様の判断を、其儘自分の判断にしようと思ったのである。そうは思っても、庄兵衛はまだどこやらに腑《ふ》に落ちぬものが残っているので、なんだかお奉行様に聞いて見たくてならなかった。

次第に更《ふ》けて行《ゆ》く朧夜《おぼろよ》に、沈黙の人二人を載せた高瀬舟は、黒い水の面《おもて》をすべって行った。

附高瀬舟縁起《えんぎ》

京都の高瀬川《たかせがわ》は、五条から南は天正《てんしょう》十五年*に、二条から五条までは慶長《けいちょう》十七年*に、角倉了以《すみのくらりょうい》*が掘《ほ》ったものだそうである。そこを通《かよ》う舟は曳舟《ひきふね》である。原来《がんらい》たかせは舟の名で、其《その》舟の通う川を高瀬川と云うのだから、同名の川は諸国にある。しかし舟は曳舟には限らぬので、和名鈔《わみょうしょう》*には釈名《しゃくめい》*の「艇小而深者曰䑨《ていしょうにしてふかきものをきょうという》」とある䑨《きょう》の字をたかせに当ててある。竹柏園文庫《ちくはくえんぶんこ》*の和漢船用集《わかんせんようしゅう》*を借覧《しゃくらん》するに、「おもて*高く、とも*、よことにて、低く平《たいら》なるものなり」と云ってある。そして図には篙《さお》で行く舟がかいてある。

徳川《とくがわ》時代には京都の罪人が遠島《えんとう》を言い渡されると、高瀬舟で大阪へ廻《まわ》されたそうである。それを護送して行《ゆ》く京都町奉行附《まちぶぎょうづき》の同心《どうしん》が悲しい話ばかり聞《きか》せられる。或《あ》るとき此《この》舟に載せられた兄弟殺しの科《とが》を犯した男が、少しも悲しがっていなかった。其仔《そのし》細《さい》を尋ねると、これまで食を得《う》ることに困っていたのに、遠島を言い渡された時、銅銭二百文《もん》を貰ったが、銭《ぜに》を使わずに持っているのは始《はじめ》だと答えた。又《また》人殺しの科はどうして犯したかと問えば、兄弟で西陣《にしじん》に傭《やと》われて、空引《そらびき》と云《い》うことをしていたが、給料が少《すくな》くて暮《くら》しが立ち兼ねた、其内同胞《そのうちどうほう》*が自殺を謀《はか》ったが、死に切れなかった、そこで同胞が所詮《しょせん》助からぬから殺してくれと頼むので、殺して遣《や》ったと云った。

此話《このはなし》は翁草《おきなぐさ》*に出ている。池辺義象《いけべよしかた》*さんの校訂した活字本で一ペエジ余《よ》に書いてある。

私はこれを読んで、其中《そのなか》に二つの大きい問題が含まれていると思った。一つは財産と云うものの観念である。銭を持ったことのない人の銭を持った喜《よろこび》は、銭の多少には関《かん》せない。人の欲には限《かぎり》がないから、銭を持って見ると、いくらあればよいという限界は見出《みいだ》されないのである。二百文を財産として喜んだのが面白い。今一つは死に掛かっていて死なれずに苦《くる》しんでいる人を、死なせて遣ると云う事である。人を死なせて遣れば、即《すなわ》ち殺すと云うことになる。どんな場合にも人を殺してはならない。翁草にも、教《おしえ》のない民《たみ》だから、悪意がないのに人殺しになったと云うような、批評の詞《ことば》があったように記憶する。しかしこれはそう容易に杓子定木《しゃくしじょうぎ》で決してしまわれる問題ではない。ここに病人があって死に瀕《ひん》して苦《くる》しんでいる。それを救う手段は全くない。傍《そば》からその苦《くる》しむのを見ている人はどう思うであろうか。縦令教《たといおしえ》のある人でも、どうせ死ななくてはならぬものなら、あの苦《くる》しみを長くさせて置かずに、早く死なせて遣りたいと云う情は必ず起《おこ》る。ここに麻酔薬を与えて好《よ》いか悪いかと云う疑《うたがい》が生ずるのである。其《その》薬は致死量でないにしても、薬を与えれば、多少死期を早くするかも知れない。それゆえ遣らずに置いて苦《くるし》ませていなくてはならない。従来の道徳は苦《くるし》ませて置けと命じている。しかし医学社会には、これを非《ひ》とする論がある。即《すなわ》ち死に瀕して苦《くるし》むものがあったら、楽《らく》に死なせて、其苦《く》を救って遣るが好《い》いと云うのである。これをユウタナジイ*という。楽に死なせると云う意味である。高瀬舟の罪人は、丁度《ちょうど》それと同じ場合にいたように思われる。私にはそれがひどく面白い。

こう思って私は「高瀬舟」と云う話を書いた。中央公論《ちゅうおうこうろん》で公《おおやけ》にしたのがそれである。

魚玄機《ぎょげんき》＊

魚玄機が人を殺して獄《ごく》に下《くだ》った。風説《ふうせつ》は忽《たちま》ち長安《ちょうあん》＊人士《じんし》の間《あいだ》に流伝《りゅうでん》せられて、一人として事《こと》の意表《いひょう》に出《い》でたのに驚かぬものはなかった。

唐《とう》の代《よ》には道教《どうきょう》＊が盛《さかん》であった。それは道士《どうし》＊等《ら》が王室の李姓《りせい》＊であるのを奇貨《きか》として、＊老子《ろうし》を先祖だと言い做《な》し、老君《ろうくん》に仕うること宗廟《そうびょう》＊に仕うるが如《ごと》くならしめた為《た》めである。天宝《てんぽう》＊以来西の京の長安には太清宮《たいせいきゅう》＊があり、東の京の洛陽《らくよう》には太微宮《たいびきゅう》があった。其外《そのほか》都会ごとに紫極宮《しきょくきゅう》があって、どこでも日を定《さだ》めて厳《おごそ》かな祭が行われるのであった。長安には太清宮の下《しも》に許多《いくた》の楼観《ろうかん》＊がある。道教に観《かん》があるのは、仏教に寺があるのと同じ事で、寺には僧侶が居《お》り、観には道士が居る。其《その》観の一つを咸宜観《かんぎかん》と云って女道《じょどう》士《し》魚玄機はそこに住んでいたのである。

玄機は久しく美人を以《もっ》て聞《きこ》えていた。趙痩《ちょうそう》＊と云《い》わんよりは、寧《むし》ろ楊肥《ようひ》＊と云うべき女である。それが女道士になっているから、脂粉《しふん》の顔色《がんしょく》を涴《けが》すを嫌っていたかと云うと、そうではない。平生《へいぜい》粧《よそおい》を凝《こら》し容《かたち》を治《かざ》っていたのである。獄に下った時は懿宗《いそう》＊の咸通《かんつう》九年*で、玄機は恰《あたか》も二十六歳になっていた。

玄機が長安人士の間に知られていたのは、独り美人として知られていたのみではない。此《この》女は詩を善《よ》くした。詩が唐の代《だい》に最も隆盛であったことは言《げん》を待たない。隴西《ろうせい》の李白《りはく》*、襄陽《じょうよう》の杜甫《とほ》*が出て、天下の能事《のうじ》*を尽《つく》した後《のち》に太原《たいげん》の白居易《はくきょい》*が踵《つ》いで起《おこ》って、古今《ここん》の人情を曲尽《きょくじん》*し、長恨歌《ちょうこんか》*や琵琶行《びわこう》*は戸《こ》ごとに誦《そら》んぜられた。白居易の亡くなった宣宗《せんそう》*の大中《たいちゅう》元年*に、玄機はまだ五歳の女児《じょじ》であったが、ひどく怜悧《れいり》で、白居易は勿論《もちろん》、それと名を斉《ひとし》ゅうしていた元微之《げんびし》*の詩をも、多く諳記《あんき》して、其数《そのすう》は古今体《ここんたい》*を通じて数十篇《へん》に及んでいた。十三歳の時玄機は始《はじめ》て七言絶句《しちごんぜっく》*を作った。それから十五歳の時には、もう魚家《ぎょか》の少女の詩と云うものが好事者《こうずしゃ》の間に写し伝えられることがあったのである。

そう云《い》う美しい女詩人が人を殺して獄に下ったのだから、当時世間の視聴を聳動《しょうどう》*したのも無理はない。

魚玄機の生《うま》れた家は、長安の大道《たいどう》から横に曲がって行《ゆ》く小さい街にあった。所謂《いわゆる》狭邪《きょうしゃ》*の地でどの家にも歌女《かじょ》を養っている。魚家《ぎょか》も其倡家《そのしょうか》*の一つである。玄機が詩を学びたいと言い出した時、両親が快く諾《だく》して、隣街《りんがい》の窮措大《きゅうそだい》*を家に招いて、平仄《ひょうそく》*や押《おう》韻《いん》*の法を教えさせたのは、他日《たじつ》此子《このこ》を揺金樹《ようきんじゅ》*にしようと云う願《ねがい》があったからである。

大中十一年の春であった。魚家の妓《ぎ》数人が度々《たびたび》或る旗亭《きてい》*から呼ばれた。客は宰相《さいしょう》令狐綯《れいことう》の家の公子《こうし》で令狐滈《かく》と云う人である。貴公子仲間の裴誠《ひせい》がいつも一しょに来る。それに今一人の相伴《しょうばん》があって、此人《このひと》は温姓《おんせい》で、令狐や裴に鍾馗《しょうき》鍾馗と呼《よ》ばれている。公子二人は美服《びふく》しているのに、温は独り汚《よご》れ垢《あか》ついた衣《きぬ》を著《き》ていて、兎角《とかく》公子等《ら》に頤《い》使《し》*せられるので、妓等《ぎら》は初め僮僕《どうぼく》*ではないかと思った。然《しか》るに酒《さけ》酣《たけなわ》に耳熱《みみねつ》して来ると、温鍾馗は二公子を白眼《はくがん》に視《み》て、叱咤怒号《しったどごう》する。それから妓に琴を弾かせ、笛を吹かせて歌い出す。曾《かつ》て聞いたことのない、美しい詞《ことば》を朗《ほがら》かな声で歌うのに、其音調《そのおんちょう》が好《よ》く整っていて、しろう人《と》とは思われぬ程である。鍾馗《しょうき》の諢名《あだな》のある于思旰目《うしかんもく》*の温《おん》が、二人の白面郎《はくめんろう》*に侮《あなど》られるのを見て、嘲謔《ちょうぎゃく》の目標にしていた妓等は、此時《このとき》温の傍《そば》に一人寄り二人寄って、とうとう温を囲んで傾聴した。此時から妓等は温と親しくなった。温は妓の琴を借りて弾いたり、笛を借りて吹いたりする。吹弾《すいたん》の技《ぎ》*も妓等の及ぶ所ではない。

妓等が魚家に帰って、頻《しきり》に温の噂《うわさ》をするので、玄機がそれを聞いて師匠にしている措大《そだい》に話すと、其男《そのおとこ》が驚いて云った。「温鍾馗と云うのは、恐らくは太原の温岐《おんき》の事だろう。又の名は庭筠《ていいん》、字《あざな》は飛卿《ひけい》である。挙場《きょじょう》*にあって八たび手を叉《こまぬ》けば八韻《いん》の詩が成《な》るので、温八叉《おんはっしゃ》と云う諢名《あだな》もある。鍾馗と云うのは、容貌が醜怪《しゅうかい》だから言うのだ。

当今《とうこん》の詩人では李商隠《りしょういん》を除いて、あの人の右に出るものはない。此《この》二人に段成式《だんせいしき》を加えて三名家と云っているが、段は稍《やや》劣っている」と云った。

それを聞いてからは、妓等が令狐の筵会《えんかい》*から帰る毎《ごと》に、玄機が温の事を問う。妓等も亦《また》温に逢う毎に玄機の事を語るようになった。そしてとうとう或る日温が魚家に訪ねて来た。美しい少女が詩を作ると云う話に、好奇心を起《おこ》したのである。

温と玄機とが対面した。温の目に映《えい》じた玄機は将《まさ》に開《ひら》かんとする牡丹《ぼたん》の花のような少女である。温は貴公子連《れん》と遊んではいるが、もう年は四十に達して、鍾馗の名に負《そむ》かぬ容貌をしている。開成《かいせい》*の初《はじめ》に妻を迎えて、家には玄機と殆《ほとん》ど同年になる憲《けん》と云う子がいる。

玄機は襟を正《ただ》して恭《うやうやし》く温を迎えた。初め妓等に接するが如き態度を以て接しようとした温は、覚えず容《かたち》を改めた。さて語《ご》を交《まじ》えて見て、温は直《すぐ》に玄機が尋常の女でないことを知った。何故《なぜ》と云うに、この花の如《ごと》き十五歳の少女には、些《ちと》の嬌羞《きょうしゅう》の色もなく、其口吻《そのこうふん》は男子に似ていたからである。

温は云った。「卿《けい》の詩を善《よ》くすることを聞いた。近業《きんぎょう》があるなら見せて下さい」と云った。

玄機は答えた。「児《じ》*は不幸にして未《いま》だ良師《りょうし》を得ません。どうして近業の言うに足るものがありましょう。今伯楽《はくらく》の一顧《いっこ》*を得て、奔蹄《ほんてい》*して千里を致すの思《おもい》があります。願わくは題を課《か》してお試《こころ》み下さい」と云ったのである。

温は微笑を禁じ得なかった。此《この》少女が良驥《りょうき》*を以《もっ》て自《みずか》ら比《ひ》するのは、いかにもふさわしくないように感じたからである。

玄機は起《た》って筆墨《ひつぼく》を温の前に置いた。温は卒然《そつぜん》「江辺柳《こうへんりゅう》」の三字を書《しょ》して示した。玄機が暫《しばら》く考えて占出《せんしゅっ》*した詩はこうである。

賦得江辺柳《こうへんのやなぎをふしえたり》
翠色連荒岸《すいしょくこうがんにつらなり》　烟姿入遠楼《えんしえんろうにいる》
影鋪秋水面《かげはしくしゅうすいのおもて》　花落釣人頭《はなはおっちょうじんのこうべ》
根老蔵魚窟《ねおいてぎょくつをぞうし》　枝低繋客舟《えだたれてかくしゅうをつなぐ》
蕭々風雨夜《しょうしょうたりふううのよ》　驚夢復添愁《ゆめをおどろかしまたうれいをそう》

温《おん》は一誦《しょう》して善《よ》しと称した。温はこれまで七たび挙場《きょじょう》に入《い》った。そして毎《つね》に堂々たる男子が苦索《くさく》して一句を成し得ないのを見た。彼輩《かのはい》は皆《みな》遠く此《この》少女に及ばぬのである。此《これ》を始《はじめ》として温は度々《たびたび》魚家を訪ねた。二人の間には詩筒《しとう》*の往反《おうへん》織《お》るが如くになった。

温は大中元年に、三十歳で太原から出て、始《はじめ》て進士《しんし》の試《し》*に応じた。自己の詩文は燭《しょく》一寸《すん》を燃《もや》さぬうちに成ったので、隣席のものが呻吟《しんぎん》するのを見て、これに手を仮《か》して遣《や》った。其後《そのご》挙場に入《い》る毎《ごと》に七八人の為《た》めに詩文を作る。其中《そのなか》には及第するものがある。只《ただ》温のみはいつまでも及第しない。

これに反して場外の名は京師《けいし》に騒いで、*大中四年に宰相になった令狐綯《れいことう》も、温を引見《いんけん》して度々筵席《たびたびえんせき》*に列せしめた。或る日席上で綯《とう》が一の故事を問うた。それは荘子《そうし》に出ている事であった。温が直《ただ》ちに答えたのは好《い》いが、其詞《そのことば》は頗《すこぶ》る不謹慎であった。「それは南華《なんか》*に出ております。余《あま》り僻書《へきしょ》*ではございません。相公《しょうこう》も燮理《しょうり》*の暇《いとま》には、時々読書をもなさるが宜《よろ》しゅうございましょう」と云ったのである。

又宣宗《せんそう》が菩薩蛮《ぼさつばん》*の詞《ことば》を愛するので、綯が塡詞《てんし》*して上《たてまつ》った。実は温に代作させて口止《くちどめ》をして置いたのである。然《しか》るに温は酔って其事《そのこと》を人に漏《もら》した。其上嘗《そのうえかつ》て「中書堂《ちゅうしょどう》*内《ない》坐将軍《しょうぐんをざせしむ》」と云ったことがある。綯が無学なのを譏《そし》ったのである。

温の名は遂に宣宗にも聞《きこ》えた。それは或る時宣宗が一句を得て対《たい》を挙人《きょじん》*中《ちゅう》に求めると、温は宣宗の「金歩揺《きんほよう》*」に対するに「玉条脱《ぎょくじょうだつ》*」を以《もっ》てして、帝《てい》に激賞せられたのである。然るに宣宗は微行《びこう》をする癖があって、温の名を識《し》ってから間もなく、旗亭《きてい》で温に邂逅《かいこう》した。温は帝の顔を識《し》らぬので、暫《しばら》く語《ご》を交えているうちに傲慢《ごうまん》無礼の言《げん》をなした。

既《すで》にして挙場では、沈詢《ちんじゅん》が知挙《ちきょ》*になってから、温を別席に居《お》らせて、隣に空席《くうせき》を置くことになった。詩名《しめい》は愈《いよいよ》高く、帝も宰相も其才《さい》を愛しながら、其人を鄙《いやし》んだ。趙《ちょう》顓《せん》の妻になっている温の姉などは、弟のために要路《ようろ》*に懇請したが、何の甲斐もなかった。

温の友に李億《りおく》と云う素封家《そほうか》*があった。年は温より十ばかりも少《すくな》くて頗《すこぶ》る詞賦《しふ》を解《かい》していた。

咸通《かんつう》元年の春であった。久しく襄陽《じょうよう》に往《い》っていた温が長安に還《かえ》ったので、李《り》が其寓《ぐう》居《きょ》を訪ねた。襄陽では、温は刺史《しし》*徐商《じょしょう》の下《もと》で小吏《しょうり》になって、稍《やや》久しく勤めていたが、終《つい》に厭倦《えんけん》*を生《しょう》じて罷《や》めたのである。

温の机の上に玄機の詩稿《しこう》があった。李はそれを見て歎称《たんしょう》した。そしてどんな女かと云った。温は三年前から詩を教えている、花の如き少女だと告げた。それを聞くと、李は精《くわ》しく魚家のある街を問うて、何か思うことありげに、急いで座を起《た》った。

李は温の所を辞《じ》して、径《ただ》ちに魚家に往《い》って、玄機を納《い》れて側室にしようと云った。

玄機の両親は幣《へい》*の厚いのに動《うごか》された。

玄機は出《いで》て李と相見《あいみ》た。今年はもう十八歳になっている。その容貌の美しさは、温の初《はじめ》て逢った時の比ではない。李も亦白皙《またはくせき》*の美丈夫《びじょうぶ》である。李は切《せつ》に請《こ》い、玄機は必ずしも拒まぬので、約束は即時《そくじ》に成就《じょうじゅ》して、数日の後《のち》に、李は玄機を城外の林亭《りんてい》*に迎え入れた。

此時《このとき》李は遽《にわか》に発した願《ねがい》が遽に愜《かな》ったように思った。しかしそこに意外の障礙《しょうがい》が生じた。それは李が身を以《もっ》て、近《ちか》づこうとすれば、玄機は回避して、強いて逼《せま》れば号泣するのである。林亭は李が夕《ゆうべ》に望《のぞみ》を懐《いだ》いて往《ゆ》き、朝《あした》に興《きょう》を失って還《かえ》るの処《ところ》となった。

李は玄機が不具ではないかと疑って見た。しかし若《も》しそうなら、初《はじめ》に聘《へい》*を卻《しりぞ》けた筈《はず》である。李は玄機に嫌われているとも思うことが出来ない。玄機は泣く時に、一旦避《さ》けた身を李に靠《もた》せ掛けてさも苦痛に堪えぬらしく泣くのである。

李《り》は屢《しばしば》催して曾《かつ》て遂げぬ欲望の為《た》めに、徒《いたず》らに精神を銷磨《しょうま》*して、行住座臥《こうじゅうざが》の間、恍惚《こうこつ》として失する所あるが如くになった。

李には妻がある。妻は夫の動作が常に異なるのを見て、其去住《そのきょじゅう》*に意を注いだ。そして僮僕《どうぼく》に啗《くら》わしめて、*玄機の林亭にいることを知った。夫妻は反目《はんもく》した。或る日岳《がく》父《ふ》が壻《むこ》の家に来て李を面責《めんせき》し、李は遂に玄機を逐《お》うことを誓った。

李は林亭に往って、玄機に魚家に帰ることを勧めた。しかし魚は聴かなかった。縦令《たとい》二親《ふたおや》は寛仮《かんか》*するにしても、女伴《じょはん》*の侮《あなどり》を受けるに堪えないと云うのである。そこで李は兼《かね》て交《まじわ》っていた道士趙錬師《ちょうれんし》を請待《しょうだい》*して、玄機の身の上を託した。玄機が咸宜観《かんぎかん》に入《い》って女道士になったのは、こうした因縁《いんねん》である。

玄機は才智に長《た》けた女であった。其《その》詩には人に優れた剪裁《せんさい》の工《たくみ》*があった。温を師として詩を学ぶことになってからは、一面には典籍の渉猟《しょうりょう》に努力し、一面には字句の錘《つい》錬《れん》*に苦心して、殆《ほとんど》寝食を忘れる程であった。それと同時に詩名《しめい》を求める念《ねん》が漸《ようや》く増長した。

李に聘《へい》せられる前の事である。或る日玄機は崇真観《しゅうしんかん》に往《い》って、南楼《なんろう》に状元《じょうげん》*以下の進士等《ら》が名を題したのを見て、慨然《がいぜん》*として詩を賦《ふ》した。

遊崇真観南楼。《しゅうしんかんのなんろうにあそび》　観新及第題名処。《あらたにきゅうだいせしものなをだいせるところをみる》
雲峰満目放春晴。《うんぽうまんもくしゅんせいをほしいままにす》　歴々銀鉤指下生。《れきれきとしてぎんこうはしかにしょうず》
自恨羅衣掩詩句。《みずからうらむらいのしくをおおうことを》　挙頭空羨榜中名。《こうべをあげてむなしくうらやむぼうちゅうのな》

玄機が女子の形骸《けいがい》を以て、男子の心情を有していたことは、此《この》詩を見ても推知《すいち》することが出来る。しかし其《その》形骸が女子であるから、吉士《きっし》*を懐《おも》うの情がないことはない。只《ただ》それは蔓草《つるくさ》が木の幹に纏《まと》い附《つ》こうとするような心であって、房帷《ぼうい》*の欲ではない。玄機は彼*があったから、李の聘《へい》に応《おう》じたのである。此《これ》*がなかったから、林亭の夜は索莫《さくばく》であったのである。

既《すで》にして玄機は咸宜観に入《い》った。李が別《わかれ》に臨《のぞ》んで、衣食に窮せぬだけの財を餽《おく》ったので、玄機は安《やす》んじて観内《かんない》で暮らすことが出来た。趙《ちょう》が道書《どうしょ》を授けると、玄機は喜んでこれを読んだ。此《この》女の為《た》めには経《けい》を講じ史《し》を読むのは、家常《かじょう》の茶飯《ちゃはん》であるから、道《どう》家《か》の言《げん》が却《かえ》ってその新《しん》を趁《お》い奇《き》を求める心を悦《よろこ》ばしめたのである。

当時道家には中気真術《ちゅうきしんじゅつ》と云うものを行《おこな》う習《ならい》があった。毎月朔望《まいげつさくぼう》*の二度、予《あらかじ》め三日の斎《ものいみ》*をして、所謂《いわゆる》四《し》目《もく》四《し》鼻《び》孔《こう》云々《うんぬん》の法を修《しゅう》するのである。玄機は逭《のが》るべからざる規律の下《もと》にこれを修することと一年余《よ》にして忽然悟入《こつぜんごにゅう》する所があった。玄機は真《しん》に女子になって、李の林亭にいた日に知らなかった事を知った。これが咸通二年の春の事である。

玄機は共に修行する女道士中《じょどうしちゅう》の稍文字《ややもんじ》ある一人《にん》と親しくなって、これと寝食を同じゅうし、これに心胸《しんきょう》を披瀝《ひれき》した。此《この》女は名を采蘋《さいひん》と云《い》った。或る日玄機が采蘋に書いて遺《や》った詩がある。

贈隣女《となりのおんなにおくる》

羞日遮羅袖《ひをはじてらしゅうをさえぎり》。　愁春懶起粧《はるをうれいてきしょうにものうし》。
易求無価宝《むかのたからをもとむるはやすく》。　難得有心郎《ゆうしんのろうをえるはかたし》。

枕上潜垂涙《ちんじょうひそかになみだをたれ》。花間暗断腸《かかんあんにはらわたをたつ》。
自能窺宋玉《みずからよくそうぎょくをうかがう》。何必恨王昌《なんぞかならずしもおうしょうをうらまん》。

采蘋は体が小《ちい》さくて軽率であった。それに年が十六で、もう十九になっている玄機よりは少《わか》いので、始終沈重《ちんちょう》な魚機に制馭《せいぎょ*》せられていた。そして二人で争うと、いつも采蘋が負けて泣いた。そう云う事は日毎《ひごと》にあった。しかし二人は直《ただち》に又和睦《わぼく》する。女道士仲間では、こう云う風に親しくするのを対食《たいしょく*》と名づけて、傍《かたわら》から揶揄《やゆ》する。それには羨《せん》と妬《と》とも交《まじ》っているのである。

秋になって采蘋は忽《たちまち》失踪《しっそう》した。それは趙の所で塑像《そぞう》を造っていた旅の工人《こうじん》が、暇《いとま》を告げて去ったのと同時であった。前に対食を嘲《あざけ》った女等《ら》が、趙に玄機の寂しがっていることを話すと、趙は笑って「蘋也飄蕩《ひんやひょうとう》、蕙也幽独《けいやゆうどく*》」と云った。玄機は字《あざな》を幼微《ようび》と云い、又蕙蘭《けいらん》とも云ったからである。

趙は修法《しゅうほう》の時に規律を以て束縛するばかりで、楼観《ろうかん》の出入《しゅつにゅう》などを厳《げん》にすることはなかった。玄機の所へは、詩名《しめい》が次第に高くなった為《た》めに、書を索《もと》めに来る人が多かった。そう云う人は玄機に金を遣《や》ることもある。物を遣ることもある。中には玄機の美しいことを聞いて、名を索書《さくしょ*》に藉《か》りて訪《と》うものもある。或る士人《しじん》は酒を携えて来て玄

機に飲ませようとすると、玄機は僮僕《どうぼく》を呼んで、其人《その》を門外に逐《お》い出させたそうである。

然るに采蘋が失踪した後《のち》、玄機の態度は一変して、稍文字《ややもんじ》を識《し》る士人《しじん》が来て詩を乞い書を求めると、それを留《とど》めて茶を供《きょう》し、笑語晷《しょうごひかげ》を移す*ことがある。一たび款待《かんたい》せられたものは、友を誘《いざな》って再び来る。玄機が客《かく》を好むと云う風聞は、幾《いくばく》もなくして長安人士の間に伝わった。もう酒を載せて尋ねても、逐われる虞《おそれ》はなくなったのである。

これに反して徒《いたずら》に美人の名に誘《さそ》われて、目に丁字《ていじ》なし*と云う輩《やから》が来ると、玄機は毫《ごう》も仮借《かしゃく》せずに、これに侮辱を加えて逐い出してしまう。熟客《じゅくかく》*と共に来た無学の貴介《きかい》子弟*などは、幸《さいわい》にして謾罵《まんば》を免れることが出来ても、坐客《ざかく》が或《あるい》は句を聯《つら》ね或《あるい》は曲《きょく》を度《ど》す*る間にあって、自《みずか》ら視《み》て欠然《けつぜん》*たる処《ところ》から、独り竊《ひそか》に席を逃《のが》れて帰るのである。

客《かく》と共に謔浪《ぎゃくろう》*した玄機は、客の散《さん》じた後《のち》に、怏々《おうおう》として楽《たのし》まない。夜が更けても眠らずに、目に涙を湛《たた》えている。そう云う夜旅中《よりょちゅう》の温に寄せる詩を作ったことがある。

寄飛卿《ひけいによす》

堦砌乱蛩鳴《かいぜいにらんきょうなき》。　庭柯烟露清《ていかにえんろきよし》。
月中隣楽響《げっちゅうにりんがくひびき》。　楼上遠山明《ろうじょうにえんざんあきらかなり》。

珍簟涼風到《ちんてんにりょうふういたり》。　瑤琴寄恨生《ようきんにきこんしょうず》。
嵆君懶書札《けいくんしょさつにものうし》。　底物慰秋情《なにものかしゅうじょうをなぐさめん》。

玄機は詩筒《しとう》を発した後《のち》、日夜《にちや》温の書の来《きた》るのを待った。さて日を経て温の書が来ると、玄機は失望したように見えた。これは温の書の罪ではない。玄機は求むる所のものがあって、自《みずか》らその何物なるかを知らぬのである。

或る夜《よ》玄機は例の如く、燈《ともしび》の下《もと》に眉を蹙《ひそ》めて沈思《ちんし》していたが、漸《ようや》く不安になって席を起《た》ち、あちこち室内を歩いて、机の上の物を取っては、又直《すぐ》に放下《ほうか》しなどしていた。良久《ややひさ》しゅうして後《のち》、玄機は紙を展《の》べて詩を書いた。それは楽人陳某《がくじんちんぼう》に寄せる詩であった。陳某は十日ばかり前に、二三人の貴公子と共に只《ただ》一度玄機の所に来たのである。体格が雄偉《ゆうい》で、面貌《めんぼう》の柔和《にゅうわ》な少年で、多く語らずに、始終微笑を帯びて玄機の挙止《きょし》を凝視していた。年は玄機より少《わか》いのである。

感懐寄人《かんかいひとによす》

恨寄朱絃上《うらみをしゅげんのうえによせ》。　含情意不任《じょうをふくんでいたえず》。
早知雲雨会《つとにうんうのかいをしるも》。　未起蕙蘭心《いまだけいらんのこころをおこさず》。
灼々桃兼李《しゃくしゃくたるももとすもも》。　無妨国士尋《こくしのたずぬるをさまたぐるなし》。
蒼々松与桂《そうそうたるまつとかつら》。　仍羨世人欽《なおせじんのとうとぶをうらやむ》。

月色庭階浄《げっしょくはていかにきよく》。　歌声竹院深《かせいはちくいんにふかし》。
門前紅葉地《もんぜんこうようのち》。　不掃待知音《はらわずしてちいんをまつ》。

陳は翌日詩を得て、直《ただち》に咸宜観に来た。玄機は人を屏《しりぞ》けて引見《いんけん》し、僮僕《どうぼく》に客《かく》を謝《しゃ》することを命じた。玄機の書斎からは只微《ただかす》かに低語《ていご》の声が聞《きこ》えるのみであった。初夜《しょや》*を過ぎて陳は辞し去った。これからは陳は姓名《せいめい》を通《つう》ぜずに玄機の書斎に入《い》ることになり、玄機は陳を迎える度《たび》に客を謝することになった。

陳の玄機を訪《と》うことが頻《しきり》なので、客は多《おお》く卻《しりぞ》けられるようになった。書を索《もと》めるものは、只《ただ》金を贈って書を得《う》るだけで、満足しなくてはならぬことになったのである。

一月ばかり後《のち》に、玄機は僮僕に暇《いとま》を遣《や》って、老婢《ろうひ》一人を使うことにした。この醜悪な、いつも不機嫌な媼《おうな》は殆《ほとんど》人に物を言うこともないので、観内《かんない》の状況は世間に知られることが少《すく》なく、玄機と陳とは余《あま》り人に煩聒《はんかつ》*せられずにいることが出来た。

陳は時々旅行することがある。玄機はそう云う時にも客《かく》を迎えずに、籠居《ろうきょ》して多く詩を作り、それを温に送って政《せい》*を乞《こ》うた。温は此詩《このし》を受けて読む毎《ごと》に、語中に閨人《けいじん》の柔情《じゅうじょう》*が漸《ようや》く多く、道家《どうか》の逸思《いっし》*が殆《ほとんど》無いのを見て、訝《いぶか》しげに首を傾けた。玄機が李の妾《しょう》になって、幾《いくばく》もなく李と別れ、咸宜観に入《い》って女道士になつた顛末《てんまつ》は、悉《ことごと》く李の口から温の耳に入っていたのである。

七年程の月日が無事に立った。其《そ》の時夢にも想《おも》わぬ災害が玄機の身の上に起《おこ》って来た。

咸通八年の暮《くれ》に、陳が旅行をした。玄機は跡《あと》に残って寂しく時を送った。其頃《そのころ》温に寄せた詩の中《うち》に、「満庭木葉愁風起《にわにみつこのはにかぜのおこるをうれい》、透幌紗窓惜月沈《とばりをすかしてしやそうにつきのしずむをおしむ》」と云う、例に無い悽惨《せいさん》な句がある。

九年の初春に、まだ陳が帰らぬうちに、老婢が死んだ。親戚の恃《たの》むべきものもない嫗は、兼《かね》て棺材《かんざい》まで準備していたので、玄機は送葬《そうそう》の事を計《はか》らって遣《や》った。其の跡へ緑翹《りょくぎょう》と云う十八歳の婢《ひ》が来た。顔は美しくはないが、聡慧《そうけい》*で媚《び》態《たい》があった。

陳が長安に帰って咸宜観に来たのは、艶陽《えんよう》*三月の天であった。玄機がこれを迎える情《じょう》は、渇《かつ》した人が泉に臨《のぞ》むようであった。暫《しば》らくは陳が殆《ほとん》ど虚日《きょじつ》*のないように来た。其《その》間に玄機は、度々陳が緑翹《りょくぎょう》を揶揄《やゆ》するのを見た。しかし玄機は初《はじ》め意に介せなかった。なぜと云うに、玄機の目中《もくちゅう》には女子としての緑翹はないと云って好《よ》い位であったからである。

玄機は今年二十六歳になっている。眉目端正な顔が、迫り視《み》るべからざる程の気高い美しさを具《そな》えて、新《あらた》に浴《よく》を出た時には、琥珀色《こはくいろ》の光を放っている。豊かな肌は瑕《きず》のない玉のようである。緑翹は額の低い、頤《おとがい》の短い猧子《かし》*に似た顔で、手足は粗大である。領《えり》や肘《ひじ》はいつも垢膩《こうじ》*に汚《けが》れている。玄機に緑翹を忌《い》む心のなかったのは無理もない。

そのうち三人の関係が少《すこ》しく紛糾して来た。これまでは玄機の挙措《きょそ》が意に満たぬ時、陳は寡言《かげん》になったり、又は全く口を噤《つぐ》んでいたりしたのに、今は陳がそう云う時、多く緑翹と語った。其の上そう云う時の陳の詞《ことば》は極《きわめ》て温和である。玄機はそれを聞く度に胸を刺されるように感じた。

或る日玄機は女道士仲間に招かれて、某《ぼう》の楼観《ろうかん》に往《い》った。書斎を出る時、緑翹に其《その》観の名を教えて置いたのである。さて夕方になって帰ると、緑翹が門《かど》に出迎えて云った。「お留守に陳さんがお出《いで》なさいました。お出になった先を申しましたら、そうかと云ってお帰《かえり》なさいました」と云った。

玄機は色を変《へん》じた。これまで留守の間《ま》に陳の来たことは度々あるが、いつも陳は書斎に入《い》って待っていた。それに今日は程近い所にいるのを知っていて、待たずに帰ったと云う。玄機は陳と緑翹との間《あいだ》に何等《なにら》かの秘密があるらしく感じたのである。

玄機は黙って書斎に入《い》って、暫《しばら》く坐《ざ》して沈思《ちんし》していた。猜疑《さいぎ》は次第に深くなり、忿《ふん》恨《こん》は次第に盛んになった。門《かど》に迎えた緑翹の顔に、常に無い侮蔑の色が見えたようにも思われて来る。温言《おんげん》を以《もっ》て緑翹を賺《すか》す陳の声が歴々として耳に響くようにも思われて来る。

そこへ緑翹が燈《ともしび》に火を点《てん》じて持って来た。何気なく見える女の顔を、玄機は甚だしく陰険なように看取《かんしゅ》した。玄機は突然起《た》って扉に鎖《じょう》を下《おろ》した。そして震《ふる》う声で詰問しはじめた。女は只《ただ》「存じません、存じません」と云った。玄機にはそれが甚だしく狡《こう》獪《かい》なように感ぜられた。玄機は床の上に跪《ひざまず》いている女を押し倒した。女は慴《おそ》れて目を睜《みは》っている。「なぜ白状しないか」と叫んで玄機は女の吭《のど》を扼《やく》した。*女は只《ただ》手足をもがいている。玄機が手を放して見ると、女は死んでいた。

玄機の緑翹を殺したことは、稍《やや》久しく発覚せずにいた。殺した翌日陳の来た時には、玄機は陳が緑翹の事を問うだろうと予期していた。しかし陳は問わなかった。玄機がとうとう「あの緑翹がゆうべからいなくなりましたが」と云って陳の顔色を覗《うかが》うと、陳は「そうかい」と云っただけで、別に意に介せぬらしく見えた。玄機は前夜のうちに観《かん》の背後《うしろ》に土を取った穴のある処《ところ》へ、緑翹の屍《かばね》を抱いて往《い》って、穴の中《なか》へ推《お》し墜《おと》して、上から土を掛けて置いたのである。

玄機は「生ける秘密」の為《た》めに、数年前《すうねんぜん》から客を謝《しゃ》していた。然るに今は「死せる秘密」の為めに懼《おそれ》を懐《いだ》いて、若《も》し客を謝したら、緑翹の蹤跡《そうせき》＊を尋ねるものが、観内《かんない》に目を著《つ》けはすまいかと思った。そこで切に会見を求めるものがあると、強いて拒まぬことにした。

初夏の頃に、或る日二三人の客《きゃく》があった。其中《そのうち》の一人が涼《りょう》を求めて観の背後《うしろ》に出ると、土を取った跡らしい穴の底に新しい土が塡《う》まっていて、其上《その》に緑色に光る蠅《はえ》が群《むら》がり集まっていた。其人《その》は只なんとなく訝《いぶか》しく思って、深い思慮をも費《ついや》さずに、これを自己の従者に語った。従者は又これを兄に語った。兄は府《ふ》の衙卒《がそつ》＊を勤めているものである。此卒《この》は数年前に、陳が払暁《ふつぎょう》に咸宜観から出るのを認めたことがある。そこで奇貨《きか》措《お》くべしとなして、玄機を脅《おびやか》して金を獲《え》ようとしたが、玄機は笑《わら》って顧《かえり》みなかった。卒はそれから玄機を怨《うら》んでいた。今弟の語《ことば》を聞いて、小婢《しょうひ》の失踪したのと、土穴《どけつ》に腥羶《せいせん》＊の気があるのとの間に、何等《なにら》かの関係があるように思った。そして同班《どうはん》の卒数人と共に、鍤《すき》を持って咸宜観に突入して、穴の底を掘った。緑翹の屍は一尺に足らぬ土の下に埋《うず》まっていたのである。

京兆《けいちょう》の尹《いん》＊温璋《おんしょう》は衙卒《がそつ》の訴《うったえ》に本《もと》づいて魚玄機を逮捕させた。玄機は毫《ごう》も弁疏《べんそ》＊することなくして罪に服した。楽人陳某は鞫問《きくもん》＊を受けたが、情を知らざるものとして釈《ゆる》された。

李億《りおく》を始《はじめ》として、曾《かつ》て玄機を識《し》っていた朝野《ちょうや》の人士《じんし》は、皆其才《みなそのさい》を惜《おし》んで救おうとした。只温岐《おんき》一人は方城《ほうじょう》の吏《り》になって、遠く京師《けいし》を離れていたので、玄機がために力を致すことが出来なかった。

京兆の尹は、事が余りにあらわになったので、法を枉《ま》げることが出来なくなった。立秋の頃に至って、遂に懿宗《いそう》に上奏《じょうそう》して、玄機を斬《ざん》に処《しょ》した。

玄機の刑《けい》せられたのを哀《あわれ》むものは多かったが、最も深く心を傷《いた》めたものは、方城にいる温岐であった。

玄機が刑せられる二年前《ぜん》に、温は流離《りゅうり》して揚州《ようしゅう》に往《い》っていた。揚州は大中十三年に宰相を罷《や》めた令狐綯が刺史《しし》になっている地である。温は綯が自己を知っていながら用いなかったのを怨《うら》んで名刺をも出さずにいるうちに、或る夜妓院《ぎいん》*に酔って虞候《ぐこう》*に撃たれ、面《おもて》に創《きず》を負い前歯を折られたので、怒《いか》ってこれを訴えた。綯が温と虞候とを対決させると、虞候は盛んに温の汙行《おこう》*を陳述して、自己は無罪と判決せられた。事は京師に聞《きこ》えた。温は自《みずか》ら長安に入《い》って、要路《ようろ》に上書《じょうしょ》して分疏《ぶんそ》*した。此時徐商《じょしょう》と楊収《ようしゅう》とが宰相に列していて、徐は温を庇護したが楊が聴かずに、温を方城に遣《や》って吏務《りむ》に服せしめたのである。其制辞《せいじ》*は「孔門以徳行為先《こうもんはとくこうをもってせんとなし》、文章為末《ぶんしょうはすえとなす》、爾既徳行無取《なんじすでにとくこうのとるなし》、文章《ぶんしょうの》何以称焉《なにをもってかしようせられんや》、徒負不羈之才《いたずらにふきのさいをたのみて》、罕有適時之用《てきじのようあることまれなり》」と云うのであった。温は後《のち》に隋《ずい》縣《けん》に遷《うつ》されて死んだ。子の憲も弟の庭皓《ていこう》も、咸通中《ちゅう》に官《かん》に擢《ぬきん》でられたが、庭皓は龐勛《ほうくん》の乱《らん》に、徐州《じょしゅう》で殺された。玄機が斬られてから三月《つき》の後《のち》の事である。

参照

其一　魚玄機

三水小牘《しょうとく》　南部新書
太平広記　北夢瑣言《ほくむさげん》
続談助　唐才子伝
唐詩紀事　全唐詩（姓名下小伝）
全唐詩話　唐女郎魚玄機詩

其二　温飛卿

旧唐書　漁隠叢話《ぎょいんそうわ》
新唐書　北夢瑣言
全唐詩話　桐薪《どうしん》

唐詩紀事
六一詩話
滄浪《そうろう》詩話
彦周《げんしゅう》詩話
三山老人語録
雪浪斎《せつろうさい》日記

玉泉子
南部新書
握蘭集《あくらんしゅう》
金筌集《きんせんしゅう》
漢南真稿
温飛卿詩集

寒山拾得《かんざんじっとく》

唐《とう》の貞観《じょうがん》*の頃《ころ》だと云《い》うから、西洋は七世紀の初《はじめ》日本は年号《ねんごう》と云うもののやっと出来掛《か》かった時である。閭丘胤《りょきゅういん》*と云う官吏《かんり》がいたそうである。尤《もっと》もそんな人はいなかったらしいと云う人もある。なぜかと云うと、閭は台州《たいしゅう》*の主簿《しゅぼ》*になっていたと言い伝えられているのに、新旧《しんきゅう》の唐書《とうしょ》*に伝《でん》が見えない。主簿と云えば、刺史《しし》とか太守《たいしゅ》とか云うと同じ官《かん》である。支那《しな》全国が道《どう》に分《わか》れ、道が州《しゅう》又は郡《ぐん》に分れ、それが県《けん》に分れ、県の下に郷《ごう》があり郷の下に里《り》がある。州には刺史と云い、郡には太守*と云う。一体日本で県より小さいものに郡の名を附《つ》けているのは不都合だと、吉田東伍《よしだとうご》*さんなんぞは不服を唱えている。閭が果《はた》して台州の主簿であったとすると日本の府県知事位《くらい》の官吏である。そうして見ると、唐書の列伝《れつでん》に出ている筈《はず》だと云うのである。しかし閭がいなくては話が成り立たぬから、兎《と》も角《かく》もいたことにして置くのである。

さて閭が台州に著任《ちゃくにん》してから三日目になった。長安《ちょうあん》で北支那の土埃《つちほこり》を被《かぶ》って、濁った水を飲んでいた男が台州に来て中央支那の肥えた土を踏み、澄んだ水を飲むことになったので、上機嫌である。それに此《この》三日の間に、多人数の下役《したやく》が来て謁見《えっけん》をする。受持受持《うけもち》の事務を形式的に報告する。その慌《あわ》ただしい中に、地方長官の威勢の大きいことを味《あじわ》って、意気揚々《ようよう》としているのである。

閭は前日に下役のものに言って置いて、今朝は早く起きて、天台県《てんだいけん》＊の国清寺《こくせいじ》＊をさして出掛けることにした。これは長安にいた時から、台州に著《つ》いたら早速往《ゆ》こうと極《き》めていたのである。

何の用事があって国清寺へ往《ゆ》くかと云うと、それには因縁《いんねん》がある。閭が長安で主簿の任命を受けて、これから任地へ旅立とうとした時、生憎《あいにく》こらえられぬ程の頭痛が起《おこ》った。単純なレウマチス性の頭痛ではあったが、閭は平生《へいぜい》から少し神経質であったので、掛かり附《つけ》の医者の薬を飲んでもなかなかなおらない。これでは旅立《たびだち》の日を延ばさなくてはなるまいかと云って、女房と相談していると、そこへ小女《こおんな》が来て、「只今《ただいま》御門の前へ乞食坊主がまいりまして、御主人にお目に掛かりたいと申しますがいかがいたしましょう」と云った。

「ふん、坊主か」と云って閭は暫《しばら》く考えたが、「兎《と》に角逢《かくあ》って見るから、ここへ通せ」と言い附《つ》けた。そして女房を奥へ引っ込ませた。

元来閭《がんらい》は科挙《かきょ》＊に応ずるために、経書《けいしょ》＊を読んで、五言《ごごん》の詩を作ることを習ったばかりで、仏典《ぶってん》を読んだこともなく、老子《ろうし》を研究したこともない。しかし僧侶や道士《どうし》と云うものに対しては、何故《なぜ》と云うこともなく尊敬の念を持っている。自分の会得《えとく》せぬものに対する、盲目《もうもく》の尊敬とでも云おうか。そこで坊主と聞いて逢おうと云ったのである。間もなく這入《はい》って来たのは、一人の背の高い僧であった。垢《あか》つき弊《やぶ》れた法衣《ほうえ》を着て、長く伸びた髪を、眉の上で切っている。目に被《かぶ》さってうるさくなるまで打《う》ち遣《や》って置いたものと見える。手には鉄鉢《てっぱつ》を持っている。

僧は黙って立っているので閭が問うて見た。「わたしに逢いたいと云われたそうだが、なんの御用かな。」

僧は云った。「あなたは台州へお出《いで》なさることにおなりなすったそうでございますね。それに頭痛に悩んでお出なさると申すことでございます。わたくしはそれを直して進ぜようと思って参りました。」

「いかにも言われる通《とおり》で、其《その》頭痛のために出立の日を延ばそうかと思っていますが、どうして直してくれられる積《つもり》か。何か薬方《やくほう》でも御存じか。」

「いや。四大《しだい》*の身を悩ます病《やまい》は幻でございます。只《ただ》清浄《しょうじょう》な水が此受糧器《このじゅりょうき》に一ぱいあれば宜《よろ》しい。呪《まじない》で直して進ぜます。」

「はあ呪をなさるのか。」こう云って少し考えたが「仔細《しさい》あるまい、一つまじなって下さい」と云った。これは医道《いどう》の事などは平生《へいぜい》深く考えてもおらぬので、どう云う治療ならさせる、どう云う治療ならさせぬと云う定見《ていけん》がないから、只《ただ》自分の悟性《ごせい》*に依頼して、其《その》折々に判断するのであった。勿論そう云う人だから、掛かり附《つけ》の医者と云うのも善《よ》く人選《にんせん》をしたわけではなかった。素問《そもん》や霊枢《れいすう》*でも読むような医者を捜して極《き》めていたのではなく、近所に住んでいて呼ぶのに面倒のない医者に懸《か》かっていたのだから、ろくな薬は飲ませて貰うことが出来なかったのである。今乞食坊主に頼む気になったのは、なんとなくえらそうに見える坊主の態度に信《しん》を起《おこ》したのと、水一ぱいですむ呪《まじない》なら間違った処《ところ》で危険な事もあるまいと思ったのとのためである。丁度《ちょうど》東京で高等官《とうかん》連中が紅療治《べにりょうじ》*や気合術《きあいじゅつ》*に依頼するのと同じ事である。

閭は小女《こおんな》を呼んで、汲立《くみたて》の水を鉢《はち》に入れて来いと命じた。水が来た。僧はそれを受け取って、胸に捧げて、じっと閭を見詰めた。清浄な水でも好《よ》ければ、不潔な水でも好《い》い、湯でも茶でも好《い》いのである。不潔な水でなかったのは、閭がために は勿怪《もっけ》の幸《さいわい》であった。暫《しばら》く見詰めているうちに、閭は覚えず精神を僧の捧げている水に集注《しゅうちゅう》した。

此時《このとき》僧は鉄鉢《てっぱつ》の水を口に銜《ふく》んで、突然ふっと閭の頭に吹き懸けた。

閭はびっくりして、背中に冷汗《ひやあせ》が出た。

のである。


「お頭痛は」と僧が問うた。

「あ。癒《なお》りました。」実際閭はこれまで頭痛がする、頭痛がすると気にしていて、どうしても癒らせずにいた頭痛を、坊主の水に気を取られて、取り逃がしてしまったのである。

　僧は徐《しず》かに鉢に残った水を床《ゆか》に傾けた。そして「そんならこれでお暇《いとま》をいたします」と云うや否《いな》や、くるりと閭に背中を向けて、戸口《とぐち》の方《ほう》へ歩き出した。

「まあ、一寸《ちょっと》」と閭が呼び留《と》めた。

　僧は振り返った。「何か御用で。」

「寸志《すんし》のお礼がいたしたいのですが。」

「いや。わたくしは群生《ぐんしょう》*を福利し、憍慢《きょうまん》を折伏《しゃくぶく》*するために、乞食《こつじき》はいたしますが、療治《りょうじ》代《だい》は戴きませぬ。」

「なる程《ほど》。それでは強いては申しますまい。あなたはどちらのお方《かた》か、それを伺って置きたいのですが。」

「これまでおった処でございますか。それは天台の国清寺で。」

「はあ。天台におられたのですな。お名は。」

「豊干《ぶかん》*と申します。」

「天台国清寺の豊干と仰《おっ》しゃる。」閭はしっかりおぼえて置こうと努力するように、眉を顰《ひそ》めた。「わたしもこれから台州へ往《ゆ》くものであって見れば、殊《こと》さらお懐《なつ》かしい。序《ついで》だから伺いたいが、台州には逢いに往って為《た》めになるような、えらい人はおられませんかな。」

「さようでございます。国清寺に拾得《じっとく》と申すものがおります。実は普賢《ふげん》でございます。それから寺の西の方《ほう》に、寒巌《かんがん》と云う石窟《せっくつ》があって、そこに寒山《かんざん》と申すものがおります。実は文殊《もんじゅ》でございます。*さようならお暇《いとま》をいたします。」こう言ってしまって、ついと出て行った。

こう云う因縁があるので、閭は天台の国清寺をさして出懸《でか》けるのである。

全体世の中の人の、道《みち》とか宗教とか云うものに対する態度に三通《みとお》りある。自分の職業に気を取られて、唯営々役々《ただえいえいえきえき》*と年月《としつき》を送っている人は、道と云うものを顧《かえり》みない。これは読書人《どくしょじん》でも同じ事である。勿論《もちろん》書を読んで深く考えたら、道に到達せずにはいられまい。しかしそうまで考えないでも、日々の務《つとめ》だけは弁じて行《ゆ》*かれよう。これは全く無頓著《むとんちゃく》な人である。

次に著意《ちゃくい》*して道を求める人がある。専念に道を求めて、万事を抛《なげう》つこともあれば、日々の務《つとめ》は怠らずに、絶えず道に志していることもある。儒学に入《い》っても、道教に入《い》っても、仏法に入《い》っても基督教《クリストきょう》に入《い》っても同じ事である。こう云う人が深く這入《はい》り込むと日々の務が即《すなわ》ち道そのものになってしまう。約《つづ》めて*言えばこれは皆道を求める人である。

この無頓著《むとんちゃく》な人と、道を求める人との中間《ちゅうかん》に、道と云うものの存在を客観的に認めていて、それに対して全く無頓著だと云うわけでもなく、さればと云って自ら進んで道を求めるでもなく、自分をば道に疎遠な人だと諦《あきら》め、別に道に親密な人がいるように思って、それを尊敬する人がある。尊敬はどの種類の人にもあるが、単に同じ対象を尊敬する場合を顧慮《こりょ》して云って見ると、道を求める人なら遅れているものが進んでいるものを尊敬することになり、ここに言う中間人物《ちゅうかんじんぶつ》なら、自分のわからぬもの、会得《えとく》することの出来ぬものを尊敬することになる。そこに盲目《もうもく》の尊敬が生ずる。盲目の尊敬では、偶《たまたま》それをさし向ける対象が正鵠《せいこく》*を得《え》ていても、なんにもならぬのである。

閭は衣服を改め輿《よ》*に乗って、台州の官舎を出た。従者が数十人ある。

時は冬の初《はじめ》で、霜が少し降っている。椒江《しょうこう》*の支流で、始豊渓《しほうけい》*と云う川の左岸を迂回しつつ北へ進んで行《ゆ》く。初め陰《くも》っていた空がようよう晴れて、蒼白い日が岸の紅葉《もみじ》を照《てら》している。路《みち》で出合う老幼《ろうよう》は、皆輿を避《さ》けて跪《ひざまず》く。輿の中では閭がひどく好《い》い心持になっている。牧民《ぼくみん》*の職にいて賢者を礼すると云うのが、手柄のように思われて、閭に満足を与えるのである。

台州から天台県までは六十里《り》である。日本の六里半程《ほど》である。ゆるゆる輿を舁《か》かせて来たので、県から役人の迎えに出たのに逢った時、もう午《ひる》を過ぎていた。知県《ちけん》*の官舎で休んで、馳走になりつつ聞いて見ると、ここから国清寺までは、爪尖上《つまさきあが》りの道が又六十里ある。往《ゆ》き著《つ》くまでには夜《よ》に入《い》りそうである。そこで閭は知県の官舎に泊《とま》ることにした。

翌朝《よくちょう》知県に送られて出た。きょうもきのうに変《かわ》らぬ天気である。一体天台一万八千丈《じょう》とは、いつ誰《たれ》が測量したにしても、所詮《しょせん》高過ぎるようだが、兎《と》に角《かく》虎のいる山である。道はなかなかきのうのようには捗《はかど》らない。途中で午飯《ひるめし》を食って、日が西に傾き掛かった頃、国清寺の三門に著《つ》いた。智者大師《ちしゃだいし》*の滅後《めつご》に、隋《ずい》の煬帝《ようだい》*が立てたと云う寺である。

寺でも主簿の御参詣《ごさんけい》だと云うので、おろそかにはしない。道翹《どうぎょう》*と云う僧が出迎えて、閭を客間に案内した。さて茶菓《ちゃか》の饗応が済むと、閭が問うた。「当寺に豊干と云う僧がおられましたか。」

道翹が答えた。「豊干と仰《おっし》ゃいますか。それは先頃まで、本堂の背後《うしろ》の僧院におられましたが、行脚《あんぎゃ》に出られた切《きり》、帰られませぬ。」

「当寺ではどう云う事をしておられましたか。」

「さようでございます。僧共の食べる米を舂《つ》いておられました。」

「はあ。そして何か外《ほか》の僧達と変《かわ》ったことはなかったのですか。」

「いえ。それがございましたので、初め只骨惜《ただほねおし》みをしない、親切な同宿*だと存じていました豊干さんを、わたくし共が大切にいたすようになりました。すると或る日ふいと出て行ってしまわれました。」

「それはどう云う事があったのですか。」

「全く不思議な事でございました。或る日山から虎に騎《の》って帰って参られたのでございます。そして其儘《そのまま》廊下へ這入《はい》って、虎の背で詩を吟じて歩かれました。一体詩を吟ずることの好《すき》な人で、裏の僧院でも、夜になると詩を吟ぜられました。」

「はあ。活《い》きた阿羅漢《あらかん》*ですな。其《その》僧院の址《あと》はどうなっていますか。」

「只今《ただいま》も明家《あきや》になっておりますが、折々夜になると、虎が参って吼《ほ》えております。」

「そんなら御苦労ながら、そこへ御案内を願いましょう。」こう云って、閭は座を起《た》った。

道翹は蛛の網を払《い》いつつ先に立って、閭を豊干のいた明家に連れて行った。日がもう暮れ掛かったので、薄暗い屋内を見廻すに、がらんとして何一つ無い。道翹は身を屈《かが》めて石畳の上の虎の足跡を指さした。偶《たまたま》山風が窓の外を吹いて通って、堆《うずたか》い庭の落葉《おちば》を捲《ま》き上げた。其音《そのおと》が寂寞《せきばく》を破ってざわざわと鳴ると、閭は髪の毛の根を締め附けられるように感じて、全身の肌に粟《あわ》を生じた。*

閭は忙《せわ》しげに明家を出た。そして跡《あと》から附《つ》いて来る道翹に言った。「拾得と云う僧は、まだ当寺におられますか。」

道翹は不審らしく閭の顔を見た。「好《よ》く御存じでございます。先刻あちらの厨《くりや》で、寒山と申すものと火に当《あた》っておりましたから、御用がおありなさるなら、呼び寄せましょうか。」

「ははあ。寒山も来ておられますか。それは願っても無い事です。どうぞ御苦労序《ついで》に厨に御案内を願いましょう。」

「承知いたしました」と云って、道翹は本堂に附《つ》いて西へ歩いて行《ゆ》く。

閭が背後《うしろ》から問うた。「拾得さんはいつ頃から当寺におられますか。」

「もう余程《よほど》久しい事でございます。あれは豊干さんが松林の中から拾って帰られた捨《すて》子《ご》でございます。」

「はあ。そして当寺では何をしておられますか。」

「拾われて参ってから三年程立ちました時、食堂《しょくどう》で上座《じょうざ》の像に香《こう》を上《あ》げたり、燈明《とうみょう》を上げたり、其外《そのほか》供えものをさせたりいたしましたそうでございます。そのうち或る日上座の像に食事を供えて置いて、自分が向き合って一しょに食べているのを見付けられましたそうでございます。賓頭盧尊者《びんずるそんじゃ》*の像がどれだけ尊《たっと》いものか存ぜずにいたしたことと見えます。唯今《ただいま》では厨で僧共の食器を洗わせております。」

「はあ」と言って、閭は二足《ふたあし》三足《あし》歩いてから問うた。「それから唯今《ただいま》寒山と仰《おっ》しゃったが、それはどう云う方《かた》ですか。」

「寒山でございますか。これは当寺から西の方《ほう》の寒巌と申す石窟に住んでおりますものでございます。拾得が食器を滌《あら》います時、残っている飯《めし》や菜《さい》を竹の筒に入れて取って置きますと、寒山はそれを貰いに参るのでございます。」

「なる程《ほど》」と云って、閭は附《つ》いて行《ゆ》く。心の中《うち》では、そんな事をしている寒山、拾得が文殊、普賢なら、虎に騎《の》った豊干はなんだろうなどと、田舎者が芝居を見て、どの役がどの俳優かと思い惑う時のような気分になっているのである。


「甚《はなは》だむさくるしい所で」と云いつつ、道翹は閭を厨の中《うち》に連れ込んだ。

ここは湯気《ゆげ》が一ぱい籠《こ》もっていて、遽《にわか》に這入《はい》って見ると、しかと物を見定めることも出来ぬ位《くらい》である。その灰色の中に大きい竈《かまど》が三つあって、どれにも残った薪《まき》が真赤《まっか》に燃えている。暫《しばら》く立ち止まって見ているうちに、石の壁に沿《そ》うて造り附《つ》けてある卓《つくえ》の上で大勢の僧が飯《めし》や菜《さい》や汁《しる》を鍋釜《なべかま》から移しているのが見えて来た。

この時道翹が奥の方へ向いて、「おい、拾得」と呼び掛けた。

閭が其《その》視線を辿《たど》って、入口から一番遠い竈の前を見《み》ると、そこに二人の僧の蹲《うずくま》って火に当《あた》っているのが見えた。

一人は髪の二三寸伸びた頭を剃《む》き出して、足には草履《ぞうり》を穿《は》いている。今一人は木の皮で編んだ帽《ぼう》を被《かぶ》って、足には木履《ぼくり》を穿《は》いている。どちらも痩《や》せて身すぼらしい小男で、豊干のような大男ではない。

道翹が呼び掛けた時、頭を剃き出した方《ほう》は振り向いてにやりと笑ったが、返事はしなかった。これが拾得だと見える。帽を被った方は身動きもしない。これが寒山なのであろう。

閭はこう見当を附《つ》けて二人の傍《そば》へ進み寄った。そして袖を掻《か》き合《あわ》せて恭《うやうや》しく礼をして、「朝儀大夫《ちょうぎたいふ》、使持節《しじせつ》、台州の主簿、上柱国《じょうちゅうこく》、賜緋魚袋《しひぎょたい》*、閭丘胤と申すものでございます」と名告《なの》った。

二人は同時に閭を一目見た。それから二人で顔を見合《みあわ》せて腹の底から籠《こ》み上げて来るような笑声《わらいごえ》を出したかと思うと、一しょに立ち上がって、厨《くりや》を駆け出して逃げた。逃げしなに寒山が「豊干がしゃべったな」と云ったのが聞《きこ》えた。

驚いて跡《あと》を見送っている閭が周囲には、飯や菜や汁を盛《も》っていた僧等《そうら》が、ぞろぞろと来てたかった。道翹は真蒼《まっさお》な顔をして立ち竦《すく》んでいた。

附寒山拾得縁起

徒然草《つれづれぐさ》＊に最初の仏はどうして出来たかと問われて困ったと云うような話があった。子供に物を問われて困ることは度々《たびたび》である。中にも宗教上の事には、答に窮《きゅう》することが多い。しかしそれを拒んで答えずにしまうのは、殆《ほとん》どそれは譃《うそ》だと云うと同じようになる。近頃帰一協会《きいつきようかい》＊などでは、それを子供のために悪いと云って気遣《きづか》っている。

寒山詩《かんざんし》が所々《しよしよ》で活字本にして出されるので、私の内の子供が其《その》広告を読んで買って貰いたいと云った。

「それは漢字ばかりで書いた本で、お前にはまだ読めない」と云うと、重ねて「どんな事が書いてあります」と問う。多分広告に、修養のために読むべき書だと云うような事が書いてあったので、子供が熱心に内容を知りたく思ったのであろう。

私は取り敢《あ》えずこんな事を言った。床の間《とこま》に先頃掛けてあった画《え》をおぼえているだろう。唐子《からこ》＊のような人が二人で笑っていた。あれが寒山と拾得《じつとく》とをかいたものである。寒山詩は其の寒山の作った詩なのだ。詩はなかなかむずかしいと云った。

子供は少し見当が附《つ》いたらしい様子で、「詩はむずかしくてわからないかも知れませんが、その寒山と云う人だの、それと一しょにいる拾得と云う人だのは、どんな人でございます」と云った。私は已《や》むことを得《え》ないで、寒山拾得の話をした。

　私は丁度其時《そのとき》、何か一つ話を書いて貰いたいと頼まれていたので、子供にした話を、殆《ほとんど》其儘《そのまま》書いた。いつもと違《ちがっ》て、一冊の参考書をも見ずに書いたのである。此《この》「寒山拾得」と云う話は、まだ書肆《しょし》*の手にわたしはせぬが、多分《たぶん》新小説《しんしょうせつ》に出ることになるだろう。

　子供は此《この》話には満足しなかった。大人の読者は恐らくは一層満足しないだろう。子供には、話した跡《あと》でいろいろの事を問われて、私は又《また》已むことを得ずに、いろいろな事を答えたが、それを悉《ことごと》く書くことは出来ない。最も窮《きゅう》したのは、寒山が文殊《もんじゅ》で、拾得は普賢《ふげん》だと云ったために、文殊だの普賢だのの事を問われ、それをどうかこうか答えると、又その文殊が寒山で、普賢が拾得だと云うのがわからぬと云われた時である。私はとうとう宮崎虎之助《みやざきとらのすけ》*さんの事を話した。宮崎さんはメッシアス*だと自分で云っていて、又《また》其メッシアスを拝みに往《ゆ》く人もあるからである。これは現在にある例で説明したら、幾らかわかり易《やす》かろうと思ったからである。

　しかし此《この》説明は功を奏せなかった。子供には昔の寒山が文殊であったのがわからぬと同じく、今の宮崎さんがメッシアスであるのがわからなかった。私は一つの関を踰《こ》えて、又一つの関に出逢ったように思った。そしてとうとうこう云った。「実はパパアも文殊なのだが、まだ誰も拝みに来ないのだよ。」

興津《おきつ》弥《や》五《ご》右《え》衛門《もん》の遺書

某儀明日年来《それがしぎみようにちねんらい》の宿望《しゆくもう》*相達候《あいたつしそろ》て、妙解院殿《みようげいんでん》*御墓前《ごぼぜん》に於《お》いて首尾《しゆび》好《よ》く切腹《せつぷく》いたし候《そろ》事《こと》と相成候《あいなりそろ》。然《しか》れば子孫《しそん》の為《た》め事の顛末《てんまつ》書き残し置き度《たく》、京都なる弟又次郎《またじろう》宅に於いて筆を取り候《そろ》。

某《それがし》祖父は興津《おきつ》右兵衛《うひようえ》景通《かげみち》と申候《もうしそろ》。永正《えいしよう》十一年*駿河国《するがのくに》興津*に生《うま》れ、今川治部大輔《いまがわじぶたいふ》*殿《どの》に仕え、同国清見《きよみ》が関《せき》*に住居いたし候《そろ》。永禄《えいろく》三年*五月二十日今川殿陣亡《じんぼう》*被遊候時《あそばされそろとき》、景通も御供《おとも》いたし候《そろ》。年齢四十一歳に候《そろ》。法名《ほうみよう》は千山宗及居士《せんざんそうきゆうこじ》と申候《もうしそろ》。

父才八《さいはち》は永禄元年出生候《しゆつしようそろ》て、三歳《さい》にして怙《ちち》*を失い、母の手に養育いたされ候《そろ》て人と成り候《そろ》。壮年《そうねん》に及びて弥五右衛門《やごえもん》景一《かげかず》と名《な》告り、母の族《ぞく》なる播磨国《はりまのくに》*の人佐野官十郎《さのかんじゆうろう》方《かた》に寄居《ききよ》*いたし居候《おりそろ》。さて其縁故《そのえんこ》を以《もつ》て赤松左兵衛督《あかまつさひようえのかみ》*殿《どの》に仕え、天正《てんしよう》九年*千石《ごく》を給《たま》わり候《そろ》。十三年四月赤松殿阿波国《あわのくに》*を併せ領《りよう》せられ候《そろ》に及びて、景一は三百石を加増《かぞう》せられ、阿波郡代《ぐんだい》*となり、同国渭津《いのつ》*に住居いたし、慶長《けいちよう》*の初《はじめ》まで勤続《きんぞく》いたし候《そろ》。慶長五年七月赤松殿石田《いしだ》三成《かずしげ》*に荷担《かたん》いたされ、丹波国《たんばのくに》*なる小野木《おのぎ》縫殿介《ぬいのすけ》*と倶《とも》に丹後国田辺《たんごのくにたなべ》城《しろ》*を攻められ候《そろ》。当時田辺城には松向寺殿三斎《しょうこうじどのさんさい》* 忠興公《ただおきこう》御立籠《おんたてこもり》 被遊《あそばされ》 居候処《おりそろところ》、神君《しんくん》*上《うえ》杉景勝《すぎかげかつ》*を討たせ給《たも》うにより、三斎公も随従被遊《ずいじゅうあそばされ》、跡《あと》には泰勝院殿幽斎《たいしょういんどのゆうさい》* 藤孝公御留守《ふじたかこうおんるす》被遊候《あそばされそろ》。景一は京都赤松殿邸《やしき》にありし時、烏丸光広《からすまるみつひろ》* 卿《きょう》と相識《そうしき》に相成居候《あいなりおりそろ》。これは光広卿が幽斎公和歌《わか》の御弟子《おんでし》にて、嫡子光賢《ちゃくしみつかた》* 卿に松向寺殿の御息女万姫君《ごそくじょまんひめぎみ》を妻《めあ》せ居《お》られ候故《そろゆえ》に候《そろ》。さて景一光広卿を介《かい》して御当家御父子《ごふし》とも御心《おんこころ》安く相成居候《あいなりおりそろ》。田辺攻《ぜめ》の時、関東に御出被遊候《おんいであそばされそろ》三斎公は、景一が外戚《がいせき》*の従弟《じゅうてい》たる森三右衛門《もりさんえもん》を使《つかい》に田辺へ差《さし》立《た》てられ候《そろ》。森は田辺に着《ちゃく》いたし、景一に面会して御旨《おんむね》を伝え、景一は又《また》赤松家の物《もの》頭《がしら》* 井門亀右衛門《いかどかめえもん》と謀《はか》り、田辺城の妙庵丸櫓《みょうあんまるやぐら》* へ矢文《やぶみ》*を射掛《いか》け候《そろ》。翌朝《よくちょう》景一は森を斥《せっ》候《こう》*の中に交《ま》ぜて陣所《じんしょ》を出《い》だし遣《や》り候《そろ》。森は首尾好《よ》く城内に入《い》り、幽斎公の御《ご》親書《しんしょ》を得て、翌晩関東へ出立《しゅったつ》いたし候《そろ》。此歳《このとし》赤松家滅亡《めつぼう》せられ候《そろ》により、景一は森の案内にて豊前国《ぶぜんのくに》*へ参り、慶長六年*御当家に召抱《めしかか》えられ候《そろ》。元和《げんな》五年*御当代光尚《ごとうだいみつひさ》* 公《こう》御誕生被遊《あそばされ》、御幼名六丸君《ごようみょうろくまるぎみ》と申候《もうしそろ》。景一は六丸君御附《おつき》と相成候《あいなりそろ》。元和七年三斎公御致仕《ごちし》*被 遊候《あそばされそろ》時、景一も剃髪《ていはつ》*いたし、宗也《そうや》と名告《なの》り候《そろ》。寛永《かんえい》九年*十二月九日御先代妙解院殿《みょうげいんでん》* 忠利公《ただとしこう》肥《ひ》後《ご》へ御入国被 遊候時《あそばされそろとき》、景一も御供《おんとも》いたし候《そろ》。十八年三月十七日に妙解院殿卒去被遊《そつきょあそばされ》、次《つ》いで九月二日景一も病死いたし候。享年《きょうねん》八十四歳に候《そろ》。

兄九郎兵衛《ろべえ》一友《かずとも》は景一が嫡子にして、父に附《つ》きて豊前へ参り、慶長十七年三斎公に召《め》し出《いだ》され、御次勤《おんつぎづとめ》*仰付《おおせつ》けられ、後《のち》病気に依《よ》り外様勤《とざまづとめ》*と相成候《あいなりそろ》。妙解院殿の御代《おんだい》に至り、寛永十四年冬島原攻《しまばらぜめ》*の御供《おんとも》いたし、翌十五年二月二十七日兼田弥一右衛門《かねたやいちえもん》と倶《とも》に、御当家攻口《せめくち》の一番乗《いちばんのり》と名告《なの》り、海に臨《のぞ》める城壁の上にて陣亡《じんぼう》いたし候《そろ》。法名を義《ぎ》心英立居士《しんえいりゆうこじ》と申候《もうしそろ》。

　某《それがし》は文禄《ぶんろく》四年景一*が二男に生《うま》れ、幼名才助《さいすけ》と申候《もうしそろ》。七歳の時父に附《つ》きて豊前国小《こ》倉《くら》*へ参り、慶長十七年十九歳にて三斎公に召《め》し出《いだ》され候《そろ》。元和七年三斎公致仕《ちし》被遊《あそばされ》候《そろ》時、父も剃髪《ていはつ》いたし候《そうら》えば、某《それがし》二十八歳にて弥五右衛門景吉《やごえもんかげよし》と名告り、三斎公の御供いたし候《そろ》て、豊前国興津《おきつ》*に参り候《そろ》。

　寛永元年五月安南船《あんなんせん》*長崎に到着候時《そろとき》、三斎公は御薙髪《ごていはつ》*被遊候《あそばされそろ》てより三年目なりしが、御茶事《おんちゃじ》に御用《おんもちい》被成候《なされそろ》珍らしき品《しな》買い求《もと》め候様被　仰含《そろようおおせふくめられ》、相役《あいやく》*横田清兵衛《よこたせいべえ》と両人《りょうにん》にて、長崎へ出向候《でむきそろ》。幸《さいわ》なる事《こと》には異なる伽羅《きゃら》*の大木《たいぼく》渡来いたし居候《おりそろ》。然処《しかるところ》其《その》伽羅に本木《もとき》と末木《うらき》*との二つありて、遥々仙台《はるばるせんだい》より被差下候《さしくだされそろ》伊達《だて》権中納言殿《ごんちゅうなごんどの》*の役人是非共《ぜひとも》本木の方《ほう》を取らんとし、某《それがし》も同じ本木に望《のぞみ》を掛け互《たがい》にせり合い、次第に値段を附上《つけあ》げ候《そろ》。

　其時《そのとき》横田申候《もうしそろ》は、仮令主命《たといしゅうめい》なりとも、香木《こうぼく》は無用の翫物《がんぶつ》*に有之《これあり》、過分《かぶん》の大金を擲《なげうち》候事《そろこと》は不可然《しかるべからず》、所詮《しょせん》本木を伊達家に譲り、末木《うらき》を買求めたき由申候《よしもうしそろ》。某申候《それがしもうしそろ》は、某は左様《さよう》には存じ不申《もうさず》、主君の申附《もうしつ》けられ候《そろ》は、珍らしき品を買い求め参れとの事なるに、此度《このたび》渡来候《そろ》品の中にて、第一の珍物《ちんぶつ》は彼《かの》伽羅に有之《これあり》、其《その》木に本末《もとすえ》あれば、本木の方《ほう》が尤物《ゆうぶつ》*中《ちゅう》の尤物たること勿論《もちろん》なり、それを手に入れてこそ主命《しゅうめい》を果《はた》すに当《あた》るべけれ、伊達*家の伊達を増長為致《ぞうちょういたさせ》、本木を譲り候《そろ》ては、細川家の流《ながれ》を潰《けが》す事と相成可申《あいなりもうすべく》と申候《もうしそろ》。横田嘲笑《あざわら》いて、それは力瘤《ちからこぶ》の入《い》れ処《ところ》が相違《そうい》せり、一国一城を取るか遣《や》るかと申す場合ならば、飽《あ》く迄《まで》伊達家に楯《たて》を衝《つ》くが宜《よろ》しからん、高《たか》が四畳半*の炉《ろ》にくべらる木の切れならずや、それに大金を棄《す》てんこと存じも不寄《よらず》、主君御自身にてせり合われ候《そうら》わば、臣下として諫《いさ》め止《とど》め可申儀《もうすべきぎ》なり、仮令《たとい》主君が強《し》いて本木を手に入れたく思《おぼ》召《しめ》されんとも、それを遂《と》げさせ申す事、阿諛《あゆ》便佞《べんねい》*の所為《しょい》なるべしと申候《もうしそろ》。当時三十一歳の某《それがし》、此詞《このことば》を聞きて立腹致《りっぷくいたし》候《そうら》え共《ども》、尚《なお》忍んで申候《もうしそろ》は、それは奈何《いか》にも賢人らしき申条《もうしじょう》なり、乍去《さりながら》某《それがし》は只《ただ》主命と申物《もうすもの》が大切なるにて、主君あの城を落《おと》せと被仰候《おおせられそうら》わば、鉄壁《てっぺき》なりとも乗り取り可申《もうすべく》、あの首を取れと被仰候《おおせられそうら》わば、鬼神《きじん》なりとも討ち果たし可《もう》申《すべく》と同じく、珍らしき品を求め参れと被仰候《おおせられそうら》えば、此上《このうえ》なき名物《めいぶつ》*を求めん所存《しょぞん》なり、主命たる以上は、人倫《じんりん》の道に悖《もと》り*候事《そろこと》は格別、其《その》事柄に立入り候《そろ》批判がましき儀《ぎ》は無用なりと申候《もうしそろ》。横田《よこた》愈《いよいよ》嘲笑《あざわら》いて、お手前とても其《そ》の通り道に悖《もと》りたる事はせぬと申さるるにあらずや、これが武具《ぶぐ》抔《など》ならば、大金に代《か》うとも惜《お》しからじ、香木に不相応なる価《あたい》を出《いだ》さんとせらるるは若輩《じゃくはい》の心得違《こころえちがい》なりと申候《もうしそろ》。某申候《それがしもうしそろ》は、武具と香木との相違は某《それがし》若輩ながら心得居《こころえお》る、泰勝院殿《たいしょういんでん》の御代《おんだい》に、蒲生殿《がもうどの》＊被申候《もうされそろ》は、細川家には結構なる御道具《おどうぐ》許多有之由《あまたこれあるよし》なれば拝見に罷出《まかりい》ずべしとの事なり、扨《さて》約束せられし当日に相成《あいな》り、蒲生殿被参候《まいられそろ》に、泰勝院殿は甲冑《かっちゅう》刀剣弓鎗《ゆみやり》の類《るい》を陳《つら》ねて御見《おみ》せ被成《なされ》、蒲生殿意外《いがい》に被思《おぼされ》ながら、一応御覧あり、さて実《じつ》は茶器《ちゃき》拝見致度《いたしたく》参上したる次第なりと被申《もうされ》、泰勝院殿御笑被成《おわらいなされ》、先《さ》きには道具と被仰候故《おおせられそろゆえ》、武家の表道具《おもてどうぐ》＊を御覧に入れたり、茶器ならば、それも少々持合《もちあわ》せ候《そろ》とて、始《はじ》めて御取《おんと》り出《いだ》し被成《なされ》し由《よし》、御当家に於かせられては、代々武道の御心掛《おんこころがけ》深くおわしまし、旁《かたがた》歌道茶事《ちゃじ》迄《まで》も堪能《たんのう》に為渡《わたらせ》らるるが、天下に比類なき所ならずや、茶儀《ちゃぎ》は無用の虚礼《きょれい》なりと申《もう》さば、国家の大礼《たいれい》、先祖の祭《さい》祀《し》も総《すべ》て虚礼なるべし、我等《われら》此度仰《このたびおおせ》を受けたるは茶事に御用に立つべき珍らしき品を求むる外他事《ほかたじ》なし、これが主命《しゅうめい》なれば、身命《しんめい》に懸《か》けても果《はた》さでは相成《あいな》らず、貴殿《きでん》が香木に大金を出《いだ》す事不相応《ふそうおう》なりと被思候《おぼされそろ》は、其《その》道の御心得《おこころえ》なき故《ゆえ》、一徹《いってつ》に左様《さよう》思わるるならんと申候《もうしそろ》。横田聞きも果てず、いかにも某《それがし》は茶事の心得なし、一徹なる武辺者《ぶへんもの》＊なり、諸芸に堪能なるお手前《てまえ》の表芸《おもてげい》＊が見たしと申すや否《いな》や、つと立ち上がり、脇差《わきざし》を抜きて投げ附《つ》け候《そろ》。某《それがし》は身をかわして避《よ》け、刀は違棚《ちがいだな》の下《した》なる刀掛《かたなかけ》に掛けありし故《ゆえ》、飛びしざりて刀を取り抜き合《あわ》せ、只一打《ただひとうち》に横田を討ち果たし候《そろ》。

斯《か》くて某《それがし》は即時に伽羅の本木を買い取り、仲津《なかつ》へ持ち帰り候《そろ》。伊達家の役人は無是非《ぜひなく》末木を買い取り、仙台へ持ち帰り候《そろ》。某《それがし》は香木を三斎公に為参《まいらせ》、扨御願申候《さておんねがいもうしそろ》は、主命大切と心得候為《こころえそろた》めとは申ながら、御役《おんやく》に立つべき侍一人討ち果たし候段《そろだん》、恐れ入り候《そうら》えば、切腹被仰附度《せっぷくおおせつけられたく》と申候《もうしそろ》。三斎公被聞召《きこしめされ》、某《それがし》に被仰候《おおせられそろ》は其方《そのほう》が申条《もうしじょう》一々

尤至《もっともし》極《ごく》なり、仮令《たとい》香木は貴《とうと》からずとも、此方《このほう》が求め参れと申し附《つ》けたる珍品《ちんぴん》に相違なければ大切と心得候事《こころえそろこと》当然なり、総《すべ》て功利《こうり》の念《ねん》*を以《もっ》て物を視候《みそうら》わば、世の中に尊《とうと》き物は無くなるべし、矧《まして》や其方《そのほう》が持ち帰り候伽羅《そろきやら》は早速焚《た》き試《こころ》み候《そろ》に、希代《きたい》の名木《めいぼく》なれば「聞く度《たび》に珍らしければ郭公《ほととぎす》いつも初音《はつね》の心地《ここち》こそすれ」*と申す古歌《こか》に本《もと》づき、銘《めい》を初音と附《つ》けたり、斯《か》程《ほど》の品《しな》を求め帰り候事《そろこと》天晴《あっぱれ》なり、但被討候《ただしうたれそろ》横田清兵衛が子孫遺《い》恨《こん》を含居《ふくみい》ては不相成《あいならず》と被仰候《おおせられそろ》。斯《か》くて直《ただ》ちに清兵衛が嫡子を被召《めされ》、御前《ごぜん》に於《おい》て盃《さかずき》を被《もう》申付《しつけられ》、某《それがし》は彼者《かのもの》と互《たがい》に意趣*を存《そん》ず間敷旨誓言《まじきむねせいごん》いたし候《そろ》。然るに横田家の者共《ものども》兎角異《かくい》志《し》*を存《そん》する由相聞《よしあいきこ》え、遂《つい》に筑前国《ちくぜんのくに》*へ罷越候《まかりこしそろ》。某《それがし》へは三斎公御名《おんな》忠興《ただおき》の興の字を賜わり、沖津《おきつ》を興津と相改《あいあらた》め候様御《そろようご》沙《さ》汰《た》有之候《これありそろ》。

此《これ》より二年目、寛永三年九月六日主上《しゅじょう》*二条の御城《おんしろ》*へ行幸被遊《ぎょうこうあそばされ》妙解院殿《でん》へ彼名香《かのめいこう》を御所望有之即之《ごしょもうこれありすなわちこれ》を被献《けんぜらる》、主上叡感《えいかん》*有《あり》て「たぐいありと誰《たれ》かはいわむ末匂《すえにお》う秋より後《のち》のしら菊の花」*と申す古歌の心にて、白菊と為名附給由承《なづけさせたまうよしうけたまわ》り候《そろ》。某《それがし》が買い求め候《そろ》香木、畏《かしこ》くも至尊《しそん》*の御賞美《ごしょうび》を被《こうむ》り、御当家の誉《ほまれ》と相成候事《あいなりそろこと》、不存寄儀《ぞんじよらざるぎ》と存じ、落涙候事《らくるいそろこと》に候《そろ》。

其後《そのご》某《それがし》は御先代《ごせんだい》妙解院殿よりも出格《しゅっかく》*の御引立《おんひきたて》を蒙《こうむ》り、寛永九年御国替《おんくにがえ》*の砌《みぎり》には、三斎公の御居城八代《やつしろ》*に相詰候事《あいつめそろこと》と相成《あいなり》、剰《あまつさ》え殿《との》御上京の御供《おんとも》にさえ被召具候《めしぐせられそろ》。然処《しかるところ》寛永十四年島原征伐《しまばらせいばつ》の事有之候《ことこれありそろ》。某《それがし》をば妙解院殿御弟君《おんおとうとぎみ》中務少輔殿《なかつかさしょうゆうどの》*立孝公《たつたかこう》の御《おん》旗下《はたもと》に加えられ御幟《おんのぼり》を御預被成候《おんあずけなされそろ》。十五年二月廿二日*御当家御攻口《おんせめくち》にて、御幟を一番に入《い》れ候時《そろとき》、銃丸《じゅうがん》左の股《もも》に中《あた》り、ようよう引き取り候《そろ》。其時《そのとき》某《それがし》四十五歳に候《そろ》。手創《てきず》平癒《へいゆ》候《そろ》て後《のち》、某は十六年に江戸《えど》詰《づめ》*被仰付候《おおせつけられそろ》。

寛永十八年妙解院殿不存寄《ぞんじよらざる》御病気にて、御父上《おんちちうえ》に先立《さきだち》、御卒去被遊《ごそつきょあそばされ》、当代肥後守《ひごのかみ》殿光尚公《どのみつひさこう》の御代《みよ》と相成候《あいなりそろ》。同年九月二日には父弥五右衛門景一死去いたし候《そろ》。次《つ》いで正保《しょうほう》二年*三斎公も御卒去被遊候《あそばされそろ》。是《これ》より先《さ》き寛永十三年には、同じ香木の本末《もとすえ》を分《わ》けて珍重被成候《ちんちょうなされそろ》仙台中納言殿《ちゅうなごんどの》さえ、少林《わかばやし》城《じょう》*に於《おい》て御薨去被成候《ごこうきょなされそろ》。彼末木《かのうらき》の香は「世の中の憂《う》*きを身に積む柴舟《しばぶね》やたかぬ先よりこがれ行《ゆく》らん」と申す歌の心にて、柴舟と銘《めい》し、御珍蔵被成候由《ごちんぞうなされそろよし》に候《そろ》。

某熟《それがしつらつら》先考《せんこう》*御当家に奉仕候《つかえたてまつりそろ》てより以来の事を思うに、父兄悉《ことごと》く出格《しゅっかく》の御引立《おんひきたて》を蒙《こうむ》りしは言うも更《さら》なり、某《それがし》一身《しん》に取りては、長崎に於いて相役《あいやく》横田清兵衛を討ち果たし候時《そろとき》、松向寺殿《しょうこうじどの》一命を御救助被下《ごきゅうじょくだされ》、此再造《このさいぞう》*の大恩《だいおん》ある主君御卒去被遊《ごそつきょあそばされ》候《そろ》に、某争《それがしいか》でか存命いたさるべきと決心いたし候《そろ》。

先年《せんねん》妙解院殿御卒去の砌《みぎり》には、十九人の者共殉死《ものどもじゅんし》いたし、又《また》一昨年松向寺殿御卒去の砌にも、蓑田平七正元《みのたへいしちまさもと》、小野伝兵衛友次《おのでんべえともつぐ》、久野与右衛門宗直《くのよえもんむねなお》、宝泉院勝延《ほうせんいんしょうえん》 行者《ぎょうじゃ》の四人直《ただ》ちに殉死《じゅんし》いたし候《そろ》。蓑田《みのた》は曾祖父《そうそふ》和泉《いずみ》と申す者相良《さがら》 遠江守《とおとうみのかみ》 殿《どの》の家老にて、主《しゅ》と倶《とも》に陣亡《じんぼう》し、祖父若狭《わかさ》、父牛之助《うしのすける》流浪《ろう》せしに、平七は三斎公に五百石にて召し出《いだ》されしものに候《そろ》。平七は二十三歳にて切腹し、小姓《こしょう》* 磯部長五郎《いそべちょうごろう》介錯《かいしゃく》いたし候《そろ》。小野は丹後国にて祖父今安太郎左衛門《いまやすたろざえもん》の代に召し出《いだ》されしものなるが、父田中甚左衛門《たなかじんざえもん》御旨《おんむね》に忤《さか》い*、江戸御邸《おんやしき》より逐電《ちくてん》*したる時、御近習《ごきんじゅ》*を勤め居《い》たる伝兵衛に、父を尋《たず》ね出《いだ》して参れ、若《も》し尋ね出《いだ》さずして帰候《かえりそうら》わば、父の代《かわ》りに処刑いたすべしと仰《おお》せられ、伝兵衛諸国を遍歴せしに廻《まわ》り合わざる趣《おもむき》にて罷《まか》り帰り候《そろ》。三斎公其時《そのとき》死罪を顧《かえり》みずして帰参《きさん》候《そろ》は殊勝《しゅしょう》なりと被仰候《おおせられそろ》て、助命被遊候《あそばされそろ》。伝兵衛は此《この》恩義を思候《おもいそろ》て、切腹いたし候《そろ》。介錯は磯田十郎《いそだじゅうろう》に候《そろ》。久野は丹後の国に於いて幽斎公に召し出《いだ》され、田辺御籠城《ごろうじょう》の時功《こう》ありて、新知《しんち》*百五十石賜わり候者《そろもの》に候《そろ》。矢野又三郎《やのまたさぶろう》介錯いたし候《そろ》。宝泉院は陣貝吹《じんがいふき》*の山伏《やまぶし》にて、筒井順慶《つついじゅんけい》*の弟石井備後守吉村《いしいびんごのかみよしむら》が子に候《そろ》。介錯は入魂《じっこん》の山伏の由《よし》に候《そろ》。

某《それがし》は此等《これら》の事を見聞候《みききそろ》につけ、いかにも羨《うらや》ましく技癢《ぎよう》*に不堪候《たえずそうら》えども、江戸詰《えどづめ》御留《おんる》守居《すい》の御用残《のこ》り居《お》り、他人には始末難相成《あいなりがたく》、空《むな》しく月日の立つに任せ候《そろ》。然処《しかるところ》 松向寺殿御遺骸《ごいがい》は八代なる泰勝院にて茶毗《だび》*せられしに、御遺言に依《よ》り、去年正月十一日泰勝院専誉《せんよ》御遺骨《ごゆいこつ》を京都へ護送いたし候《そろ》。御供《おんとも》には長岡河内《ながおかかわち》景則《かげのり》、加来作左衛門家次《かくさくざえもんいえつぐ》、山田三右衛門《やまださんえもん》、佐方源左衛門秀信《さかたげんざえもんひでのぶ》、吉田兼庵《よしだけんあん》相立《あいた》ち候《そろ》。二十四日には一同京都に着《ちゃく》し、紫野大徳寺《むらさきのだいとくじ》*中《ちゅう》 高桐院《こうとういん》*に御納骨いたし候《そろ》。御生前に於《お》いて同寺清巌和尚《せいがんおしょう》*に御約束有之《おんやくそくこれあり》候《そろ》 趣《おもむき》に候《そろ》。

さて今年《こんねん》御用相片附候《あいかたづきそうら》えば、御当代*に宿望言上《しゅくもうごんじょう》いたし候《そろ》に、已《や》み難《がた》き某《それがし》が志を御聞届《おんききとどけ》 被遊候《あそばされそろ》。十月二十九日朝御暇乞《あさおんいとまごい》に参り、御振舞《おんふるまい》*に預《あずか》り、御手《おんて》ずから御茶《おんちゃ》を被下《くだされ》、引出物《ひきでもの》として九曜《くよう》の紋《もん》* 赤裏《あかうら》の小袖《こそで》*二襲《かさね》を賜わり候《そろ》。退出候後《たいしゅつそろのち》、林外記殿《はやしげきどの》、藤崎作左衛門殿《ふじさきさくざえもんどの》を御使《おんつかい》として被遣後々《つかわされのちのち》の事《こと》心配致間敷旨被仰《いたすまじきむねおおせられ》、御歌《おんうた》を被下《くだされ》、又《また》京都へ参らば、万事《ばんじ》古橋小左衛門《ふるはしこざえもん》と相談して執《と》り行えと懇《ねんごろ》に被仰候《おおせられそろ》。其外堀田加賀守《そのほかほったかがのかみ》* 殿《どの》、稲葉能登守《いなばのとのかみ》* 殿《どの》も御歌《おんうた》を被下候《くだされそろ》。十一月二日江戸出立の時は、御当代《ごとうだい》の御使として田中左兵衛《たなかさへえ》殿品川迄被見送候《どのしながわまでみおくられそろ》。

当地に着候《ちゃくそろ》てよりは、当家の主人たる弟又次郎《またじろう》の世話に相成候《あいなりそろ》。就《つ》いては某《それがし》 相果候後《あいはてそろのち》、短刀を記念《かたみ》に遣《つかわ》し候《そろ》。

餞別《せんべつ》として詩歌を被贈候《おくられそろ》人々は烏丸大納言資慶《からすまるだいなごんすけよし》*卿《きょう》、裏松宰相《うらまつさいしょう》 資清《すけきよ》*卿《きょう》、大徳寺《だいとくじ》清巌和尚《せいがんおしょう》、南禅寺《なんぜんじ》、妙心寺《みょうしんじ》、天龍寺《てんりゅうじ》、相国寺《そうこくじ》、建仁寺《けんにんじ》、東福寺《とうふくじ》* 並《ならびに》 南都《なんと》興福寺《こうふくじ》*の長老*達に候《そろ》。

明日《みょうにち》切腹候《そろ》場所は、古橋殿《ふるはしどの》 取計《とりはからい》にて、船岡山《ふなおかやま》*の下に仮屋《かりや》*を建て、大徳寺門前より仮屋迄《まで》十八町＊の間、藁筵《わらむしろ》三千八百枚余《よ》を敷き詰め、仮屋の内《うち》には畳一枚を敷き、上《うえ》に白布《はくふ》を覆有之候由《おおいこれありそろよし》に候《そろ》。いかにも晴《はれ》がましく候て、心苦しく候え共《そうらえども》、是亦《これまた》主命なれば無是非候《ぜひなくそろ》。立会《たちあい》は御当代の御名代《ごみょうだい》＊谷内蔵之允《たにくらのすけ》殿、御家老長岡与八郎《ながおかよはちろう》殿、同半左衛門《どうはんざえもん》殿《どの》にて、大徳寺清巌実堂《じつどう》和尚も被臨場候《りんじょうせられそろ》。倅才右衛門《せがれさいえもん》も可参候《まいるべくそろ》。介錯は兼《かね》て乃美市《のみいち》郎兵衛《ろべえ》勝嘉殿《かつよしどの》に頼置候《たのみおきそろ》。

某《それがし》法名は孤峰不白《こほうふはく》と自選《じせん》いたし候《そろ》。身不肖《みふしょう》ながら見苦しき最期も致間敷存居候《いたすまじくぞんじおりそろ》。

此《この》遺書は倅《せがれ》才右衛門宛《あて》にいたし置候《おきそうら》えば、子々孫々相伝《あいつたえ》、某《それがし》が志を継ぎ、御当家に奉対《たいしたてまつり》、忠誠を可擢候《ぬきんずべくそろ》。

正保四年丁亥《ていがい》＊十二月朔日《さくじつ》＊

興津弥五右衛門景吉華押《かおう》＊

興津才右衛門殿

正徳《しょうとく》四年＊十二月二日、興津弥五右衛門景吉《おきつやごえもんかげよし》は高桐院《こうとういん》の墓＊に詣《もう》でて、船岡山《ふなおかやま》の麓《ふもと》に建てられた仮屋《かりや》に入《い》った。畳《たたみ》の上に進んで、手に短刀を取った。背後《うしろ》に立って居る乃美《のみ》市郎兵衛《いちろべえ》の方《ほう》を振り向いて、「頼む」と声を掛けた。白無垢《しろむく》の上から腹を三文字《さんもんじ》に切った。乃美は項《うなじ》を一刀《いっとう》切ったが、少し切り足りなかった。弥五右衛門は「喉笛《のどぶえ》を刺されい」と云った。併《しか》し乃美が再び手を下《くだ》さぬ間に、弥五右衛門は絶息《ぜっそく》した。仮屋の周囲には京都の老若男女《ろうにゃくなんにょ》が堵《と》の如く*に集《あつま》って見物した。落首《らくしゅ》*の中に「比類なき名をば雲井に揚げおきつやごえを掛けて追腹《おいばら》を切る」*と云うのがあった。

興津家の系図は大略左《たいりゃくさ》の通りである。

○右兵衛景通—弥五右衛門景一
- 九郎兵衛一友
- ○弥五右衛門景吉
- 作太夫景行—弥五太夫
- 四郎右衛門景時
- 八助、後宗春
- 又次郎—市郎左衛門

（四郎右衛門景時）—四郎兵衛—作右衛門—登—四郎右衛門—宇平太—順次—熊喜—登

（弥五右衛門景吉）—才右衛門一貞—弥五右衛門—弥忠太—九郎次—九郎兵衛—栄喜—才右衛門—弥五右衛門

弥五右衛門景吉の嫡子《ちゃくし》才右衛門《さいえもん》一貞《かずさだ》は知行《ちぎょう》*二百石を給《たま》わって、鉄砲三十挺頭《ちょうがしら》*まで勤めたが、宝永《ほうえい》元年*に病死した。右兵衛《うひょうえ》景通《かげみち》から四代目である。五世弥五右衛門《やごえもん》は鉄砲十挺頭まで勤めて、元文《げんぶん》四年*に病死した。六世弥忠太《やちゅうた》は番方《ばんかた》を勤め、宝暦《ほうれき》六年*に致仕《ちし》した。七世九郎次《くろうじ》は番方*を勤め、安永《あんえい》五年*に致仕した。八世九郎兵衛《くろべえ》は養子で、番方を勤め、文化《ぶんか》元年*に病死した。九世栄喜《えいき》は養子で、番方を勤め、文政《ぶんせい》九年*に病死した。十世弥忠太《やちゅうた》は栄喜《えいき》の嫡子で、後才右衛門《のちさいえもん》と改名し、番方を勤め、万延《まんえん》元年*に病死した。十一世弥五右衛門《やごえもん》は才右衛門《さいえもん》の二男で、後宗也《のちそうや》と改名し、犬追物《いぬおうもの》*が上手《じょうず》であった。明治《めいじ》三年に番士《ばんし》*にせられていた。

弥五右衛門景吉の父景一《かげかず》には男子が六人あって、長男が九郎兵衛一友《くろべえかずとも》で、二男が景吉であった。三男半三郎《はんざぶろう》は後作太夫景行《のちさくだゆうかげゆき》と名告《なの》っていたが、慶安《けいあん》五年*に病死した。其《その》子弥五太夫《やごだゆう》が寛文《かんぶん》十一年*に病死して家が絶《た》えた。景一の四男忠太《ちゅうた》は後四郎右衛門景時《のちしろうえもんかげとき》と名告った。元和《げんな》元年*大阪夏の陣*に、三斎公に従って武功を立てたが、行賞《こうしょう》*の時思う旨《むね》があると云って辞退したので追放せられた。それから寺本氏《てらもとし》に改めて、伊勢国亀山《いせのくにかめやま》*に往《い》って、本多下総守俊次《ほんだしもうさのかみとしつぐ》に仕えた。次《つ》いで坂下《さかのした》、関《せき》、亀山*三箇所の奉行《ぶぎょう》にせられた。寛政十四年*の冬、島原の乱に西国《さいこく》の諸侯が江戸から急いで帰る時、細川越中守綱利《つなとし》*と黒田右衛門佐光之《くろだうえもんのすけみつゆき》*とが同日に江戸を立った。東海道に掛かると、人馬《じんば》が不足した。光之は一日丈《だけ》先へ乗り越した。此時《このとき》寺本四郎兵衛《しろべえ》*が京都にいる弟又次郎《またじろう》の金を七百両借りて、坂下、関、亀山三箇所の人馬を買い締《し》めて、山の中に隠して置いた。さて綱利の到着するのを待ち受けて、其《その》人馬を出したので、綱利は土山水口《つちやまみなぐち》*の駅で光之を乗り越した。綱利は喜んで、後《のち》に江戸にいた四郎右衛門の二男四郎《しろ》兵衛《べえ》を召し抱《かか》えた。四郎兵衛の嫡子作右衛門《ちゃくしさくえもん》は五人扶持《ふち》二十石を給わって、中小姓《ちゅうこしょう》*組《ぐみ》に加わって、元禄《げんろく》四年*に病死した。作右衛門の子登《のぼる》は越中守宣紀《のぶのり》*に任用せられ、役料《やくりょう》*共《とも》七百石を給わって、越中守宗孝《むねたか》*の代に用人《ようにん》*を勤めていたが、元文三年に致仕した。登の子四郎兵衛《しろべえ》*は物奉行《ものぶぎょう》*を勤めているうちに、寛延《かんえん》三年*に旨《むね》に忤《さか》って知行《ちぎょう》宅地を没収せられた。其子《そのこ》宇平太《うへいた》は始め越中守重賢《しげかた》*の給仕《きゅうじ》を勤め、後《のち》に中務大輔治年《なかつかさたいふはるとし》*の近習《きんじゅ》になって、擬作高《ぎさくだか》*百五十石を給わった。次いで物頭列《ものがしられつ》*にせられて紀姫《つなひめ》*附《つき》になった。文化二年に致仕した。宇平太の嫡子順次《じゅんじ》は軍学《ぐんがく》、射術《しゃじゅつ》に長《ちょう》じていたが、文化五年に病死した。順次の養子熊《くま》喜《き》は実《じつ》は山野《やまの》勘左衛門《かんざえもん》の三男で、合力米《ごうりきまい》*二十石を給わり、中小姓を勤め、天保《てんぽう》八年*に病死した。熊喜の嫡子衛《えい》一郎《ろう》は後四郎右衛門《のちしろえもん》と改名し、玉名郡代《たまなぐんだい》*を勤め、物頭列《ものがしられつ》にせられた。明治三年に鞠獄大属《きくごくだいぞく》*になって、名を登《のぼる》と改めた。景一の五男八助《はちすけ》は三歳の時足を傷《きずつ》けて行歩《ぎょうほ》不自由になった。宗春《むねはる》と改名して寛文《かんぶん》十二年に病死した。景一の六男又次郎は京都に住《す》んでいて、播磨国《はりまのくに》*の佐野《さの》官《かん》十郎《ろう》の孫市郎左衛門《まごいちろうざえもん》を養子《ようし》にした。

阿部《あべ》一族《いちぞく》

従四位下《じゅしいのげ》左近衛少将《さこんえのしょうしょう》兼《けん》越中守《えっちゅうのかみ》細川忠利《ほそかわただとし》*は、寛永《かんえい》十八年*辛巳《しんし》の春、余所《よそ》よりは早く咲く領地肥後国《ひごのくに》*の花を見棄《みす》てて、五十四万石の大名の晴々《はればれ》しい行列に前後を囲ませ、南より北へ歩みを運ぶ春と倶《とも》に、江戸《えど》を志《こころざ》して参勤《さんきん》の途《みち》に上《のぼ》ろうとしているうち、図らず病《やまい》に罹《かか》って、典医《てんい》*の方剤《ほうざい》も功を奏せず、日に増《ま》し重くなるばかりなので、江戸へは出発日延《ひのべ》の飛脚《ひきゃく》が立つ。徳川《とくがわ》将軍は名君の誉《ほまれ》の高い三代目の家光《いえみつ》で、島原一揆《しまばらいっき》の時賊将《ぞくしょう》天草四郎時貞《あまくさしろうときさだ》*を討ち取って大功《たいこう》を立てた忠利の身の上を気遣《きづか》い、三月二十日には松平伊豆守《まつだいらいずのかみ》、阿部豊後守《あべぶんごのかみ》、阿部対馬守《あべつしまのかみ》*の連名の沙汰書《さたしょ》*を作らせ、針医《はりい》*以策《いさく》と云うものを、京都から下向《げこう》*させる。続いて二十二日には同じく執政《しっせい》三人の署名した沙汰書を持たせて、曾我又左衛門《そがまたざえもん》と云う侍を上使《じょうし》*に遣《つかわ》す。大名に対する将軍家の取扱《とりあつかい》としては、鄭重《ていちょう》を極《きわ》めたものであった。島原征伐《せいばつ》が此年《このとし》から三年前《ぜん》寛永十五年《ねん》の春平定《へいてい》してから後《のち》、江戸の邸《やしき》に添地《そえち》*を賜《たま》わったり、鷹狩《たかがり》の鶴を下《くだ》されたり、不断慇懃《ふだんいんぎん》を尽《つく》していた将軍家の事であるから、此度《このたび》の大病を聞いて、先例の許す限《かぎり》の慰問をさせたのも尤《もっとも》である。

将軍家がこう云う手続《てつづき》をする前に、熊本花畑《くまもとはなばたけ》*の館《やかた》では忠利の病が革《すみや》かになって、*とうとう三月十七日申《さる》の刻《こく》*に五十六歳で亡くなった。奥方《おくがた》は小笠原兵部大輔秀政《おがさわらひょうぶたいふひでまさ》の娘を将軍が養女にして妻《めあわ》せた人で、今年四十五歳になっている。名をお千《せん》の方《かた》と云う。嫡《ちゃく》子六丸《ろくまる》は六年前に元服して将軍家から光《みつ》の字を賜わり、光貞《みつさだ》と名告《なの》って、従四位下侍《じ》従《じゅう》兼肥後守《けんひごのかみ》にせられている。今年十七歳*である。江戸参勤中で遠江国《とおとうみのくに》*浜松《はままつ》まで帰ったが、訃音《ふいん》*を聞いて引き返した。光貞は後名《のちな》を光尚《みつひさ》*と改めた。二男鶴千代《つるちよ》は小さい時から立田山《たつたやま》の泰勝寺《たいしょうじ》*に遣《や》ってある。京都妙心寺《みょうしんじ》出身の大淵和尚《たいえんおしょう》の弟子になって宗玄《そうげん》と云っている。三男松之助《まつのすけ》は細川家に旧縁のある長岡氏《ながおかし》に養われている。四男勝千代《かつちよ》は家臣南条大膳《かしんなんじょうだいぜん》の養子になっている。女子は二人ある。長女藤姫《ふじひめ》は松平周防守忠弘《まつだいらすおうのかみただひろ》の奥方になっている。二女竹姫《たけひめ》は後《のち》に有吉頼母英長《ありよしたのもひでなが》の妻になる人である。弟には忠利が三斎《さんさい》*の三男に生《うま》れたので、四男中務大輔立孝《なかつかさたいふたつたか》、五男刑部興孝《ぎょうぶおきたか》、六男長岡式部寄之《ながおかしきぶよりゆき》の三人がある。妹《いもと》には稲葉一通《いなばかずみち》に嫁《か》した多羅姫《たらひめ》、烏丸中納言光賢《からすまるちゅうなごんみつかた》に嫁した万姫《まんひめ》がある。此《この》万姫の腹に生れた禰々姫《ねねひめ》が忠利の嫡子光尚の奥方になって来るのである。目上には長岡氏を名告る兄が二人、前野《まえの》長岡両家に嫁した姉が二人ある。隠居三斎宗立《そうりゅう》もまだ存命で、七十九歳になっている。此中《このなか》には嫡子光貞のように江戸にいたり、又《また》京都、其《その》外遠国《ほかえんごく》にいる人達《ひとだち》もあるが、それが後《のち》に知らせを受けて歎《なげ》いたのと違って、熊本の館《やかた》にいた限《かぎり》の人達の歎きは、分《わ》けて痛切なものであった。江戸への注進《ちゅうしん》には六島少吉《むつしましょうきち》、津田六左衛門《つだろくざえもん》の二人が立った。

三月二十四日には初七日《しょなぬか》の営みがあった。四月二十八日にはそれまで館《やかた》の居間の床《とこ》板《いた》を引き放って、土中《どちゅう》に置いてあった棺《かん》を舁《か》き上《あ》げて、江戸からの指図《さしず》に依《よ》って、飽《あき》田郡春日村《たごおりかすがむら》岫雲院《しゅううんいん》*で遺骸《いがい》を茶毘《だび》にして、高麗門《こうらいもん》*の外の山に葬った。此霊屋《このみたまや》*の下《した》に、翌年の冬になって、護国山妙解寺《ごこくざんみょうげじ》が建立《こんりゅう》せられて、江戸品川東海寺《しながわとうかいじ》から沢庵和尚《たくあんおしょう》*の同門の啓室《けいしつ》和尚が来て住持《じゅうじ》になり、それが寺内《じない》の臨流庵《りんりゅうあん》に隠居してから、忠利の二男で出家していた宗玄《そうげん》が、天岸《てんがん》和尚と号《ごう》して跡続《あとつぎ》になるのである。忠利の法号は妙解院殿《みょうげいんでん》台雲宗伍大居士《たいうんそうごだいこじ》と附《つ》けられた。

岫雲院《しゅううんいん》で茶毘《だび》になったのは、忠利の遺言《いごん》によったのである。いつの事であったか、忠利が方目狩《ばん*がり》に出《で》て、此《この》岫雲院で休んで茶を飲んだことがある。その時忠利はふと腮《あご》髯《ひげ》の伸びているのに気が附いて住持に剃刀《かみそり》は無いかと云った。住持が盥《たらい》に水を取って、剃刀を添えて出した。忠利は機嫌好《よ》く児小姓《こごしょう》*に髯を剃《そ》らせながら、住持に云った。

「どうじゃな。此《この》剃刀では亡者《もうじゃ》の頭を沢山《たくさん》剃ったであろうな」と云った。住持はなんと返事をして好《い》いか分からぬので、ひどく困った。此《この》時から忠利は岫雲院の住持と心安くなっていたので、荼毘所《だびしょ》を此寺《このてら》に極《き》めたのである。丁度《ちょうど》荼毘の最中《さいちゅう》であった。柩《ひつぎ》の供《とも》をして来ていた家臣達の群《むれ》に、「あれ、お鷹《たか》がお鷹が」と云う声がした。境内の杉の木立《こだち》に限られて、鈍《にぶ》い青色をしている空の下、円形《まるがた》の石の井筒《いづつ》の上に笠《かさ》のように垂《た》れ掛かっている葉桜《はざくら》の上の方《ほう》に、二羽の鷹が輪をかいて飛んでいたのである。人々が不思議がって見ているうちに、二羽が尾と嘴《くちばし》と触れるように跡先《あとさき》に続いて、さっと落《おと》して来て、桜の下の井の中に這入《はい》った。寺の門前で暫《しばら》く何かを言い争っていた五六人の中から、二人の男が駈《か》け出して、井の端《はた》に来《き》て、石の井筒に手を掛けて中を覗《のぞ》いた。その時鷹は水底《すいてい》深く沈んでしまって、歯朶《しだ》の茂みの中に鏡のように光っている水面は、もう元の通りに平らになっていた。二人の男は鷹匠衆《たかじょうしゅう》*であった。井の底にくぐり入って死んだのは、忠利が愛していた有明《ありあけ》、明石《あかし》と云う二羽の鷹であった。その事が分かった時、人々の間に、「それではお鷹も殉死《じゅんし》したのか」と囁《ささや》く声が聞《きこ》えた。それは殿様がお隠《かく》れになった当日から一昨日《おとつい》までに殉死した家臣が十余人《よにん》あって、中にも一昨日は八人一時《いちじ》に切腹《せっぷく》し、昨日《きのう》も一人切腹したので、家中誰一人《かちゅうたれいちにん》殉死の事を思わずにいるものは無かったからである。二羽の鷹はどう云う手ぬかりで鷹匠衆の手を離れたか、どうして目に見えぬ獲物《えもの》を追うように、井戸の中に飛び込んだか知らぬが、それを穿鑿《せんさく》しようなどと思うものは一人も無い。鷹は殿様の御寵愛《ごちょうあい》なされたもので、それが茶毗の当日に、しかもお茶毗所の岫雲院の井戸に這入《はい》って死んだと云う丈《だけ》の事実を見て、鷹が殉死したのだと云う判断をするには十分であった。それを疑って別に原因を尋ねようとする余地は無かったのである。

中陰《ちゅういん》*の四十九日が五月五日に済んだ。これまでは宗玄《そうげん》を始《はじめ》として、既西堂《きせいどう》、金両堂《こんりょうどう》、天授庵《てんじゅあん》、聴松院《ちょうしょういん》、不二庵《ふじあん》等の僧侶が勤行《ごんぎょう》*をしていたのである。扨《さて》五月六日になったが、まだ殉死する人がぽつぽつある。殉死する本人や親兄弟妻子は言うまでもなく、なんの由縁《ゆかり》も無いものでも、京都から来るお針医《はりい》と江戸から下《くだ》る御上使《ごじょうし》との接待の用意なんぞはうわの空でしていて、只《ただ》殉死の事ばかり思っている。例年簷《のき》に葺《ふ》く端午《たんご》の菖蒲《しょうぶ》も摘《つ》まず、ましてや初幟《はつのぼり》の祝《いわい》*をする子のある家も、その子の生《うま》れたことを忘れたようにして、静まり返っている。

殉死にはいつどうして極《き》まったともなく、自然に掟《おきて》が出来ている。どれ程《ほど》殿様を大切に思えばと云って、誰《たれ》でも勝手に殉死が出来るものでは無い。泰平《たいへい》の世の江戸参勤のお供、いざ戦争と云う時の陣中へのお供と同じ事で、死天《しで》の山*三途《さんず》の川*のお供をするにも是非《ぜひ》殿様のお許《ゆるし》を得なくてはならない。その許もないのに死んでは、それは犬《いぬ》死《じに》である。武士は名聞《みょうもん》*が大切だから、犬死はしない。敵陣に飛び込んで討死《うちじに》をするのは立派ではあるが、軍令《ぐんれい》に背《そむ》いて抜駈《ぬけがけ》*をして死んでは功《こう》にはならない。それが犬死であると同じ事で、お許の無いに殉死しては、これも犬死である。偶《たま》にそう云う人で犬死にならないのは、値遇《ちぐう》*を得た君臣の間に黙契《もくけい》があって、お許はなくてもお許があったのと変《かわ》らぬのである。仏涅槃《ぶつねはん》*の後《のち》に起《おこ》った大乗《だいじょう》の教《おしえ》*は、仏のお許はなかったが、過《か》現未《げんみ》を通じて知らぬ事の無い仏は、そう云う教が出て来るものだと知って懸許《けんきょ》*して置いたものだとしてある。お許が無いのに殉死の出来るのは、金口《こんく》*で説《と》かれると同じように、大乗の教を説くようなものであろう。

そんならどうしてお許を得るかと云うと、此度《このたび》殉死した人々の中の内藤長十郎元《ないとうちょうじゅうろうもと》続《つぐ》が願った手段などが好《よ》い例である。長十郎は平生《へいぜい》忠利の机廻《つくえまわ》りの用*を勤めて、格別の御懇意《ごこんい》を蒙《こうむ》ったもので、病牀《びょうしょう》を離れずに介抱をしていた。最早本復《もはやほんぷく》*は覚束《おぼつか》ないと、忠利が悟《さと》った時、長十郎に「末期《まつご》が近《ちこ》うなったら、あの不二《ふじ》と書いてある大文字《だいもじ》の懸《かけ》物《もの》*を枕許《まくらもと》に懸けてくれ」と言い附《つ》けて置いた。三月十七日に容態《ようだい》が次第に重くなって、忠利が「あの懸物を懸けぇ」と云《い》った。長十郎はそれを懸けた。忠利はそれを一目見て、暫《しばら》く瞑目《めいもく》していた。それから忠利が「足がだるい」と云った。長十郎は搔巻《かいまき》の裾《すそ》を徐《しず》かにまくって、忠利の足をさすりながら、忠利の顔をじっと見《み》ると、忠利《ただとし》もじっと見返《みかえ》した。

「長十郎お願《ねがい》がございまする。」

「なんじゃ。」

「御病気はいかにも御重体のようにはお見受《みうけ》申しまするが、神仏の加護《かご》良薬《りょうやく》の功験《こうけん》で、一日も早《はよ》う御全快遊ばすようにと、祈願いたしております。それでも万一と申すことがございまする。若《も》しもの事がございましたら、どうぞ長十郎奴《め》にお供を仰《おお》せ附《つ》けられますように。」

　こう云いながら長十郎は忠利の足をそっと持ち上げて、自分の額《ひたい》に押し当てて戴《いただ》いた。目には涙が一ぱい浮かんでいた。

「それはいかんぞよ。」こう云って忠利は今まで長十郎と顔を見合《みあわ》せていたのに、半分寝返りをするように脇を向いた。

「どうぞそう仰《おっし》ゃらずに。」長十郎は又《また》忠利の足を戴いた。

「いかんいかん。」顔を背向《そむ》けた儘《まま》で云った。

列座《れつざ》の者の中から、「弱輩《じゃくはい》の身を以《もっ》て推参《すいさん》じゃ、控えたら好《よ》かろう」と云ったものがある。長十郎は当年十七歳である。

「どうぞ。」咽《のど》に支《つか》えたような声で云って、長十郎は三度目に戴いた足をいつまでも額《ひたい》に当てて放さずにいた。

「情《じょう》の剛《こわ》い奴《やつ》じゃな。」声はおこって叱《しか》るようであったが、忠利は此詞《このことば》と倶《とも》に二度頷《うなず》いた。

長十郎は「はっ」と云って、両手で忠利の足を抱《かか》えた儘《まま》、床《とこ》の背後《うしろ》に俯伏《うつぷ》して、暫《しばら》く動かずにいた。その時長十郎が心の中《うち》には、非常な難所を通《かよ》って往《ゆ》き着かなくてはならぬ所へ往き着いたような、力の弛《ゆる》みと心《こころ》の落着きとが満ち溢《あふ》れて、その外《ほか》の事は何も意識に上《のぼ》らず、備後畳《びんごたたみ》*の上に涙の飜《こぼ》れるのも知らなかった。

長十郎はまだ弱輩で何一つ際立《きわだ》った功績《こうせき》もなかったが、忠利は始終《しじゅう》目を掛けて側近《そば》く使っていた。酒が好きで、別人なら無礼のお咎《とがめ》もありそうな失錯《しっさく》をしたことがあるのに、忠利は「あれは長十郎がしたのでは無い、酒がしたのじゃ」と云って笑っていた。それでその恩に報《むく》いなくてはならぬ、その過《あやまち》を償《つぐの》わなくてはならぬと思い込んでいた長十郎は、忠利の病気が重《おも》ってからは、その報謝《ほうしゃ》と賠償《ばいしょう》との道は殉死の外《ほか》無いと牢《かた》く信ずるようになった。併《しか》し細《こま》かに此《この》男の心中《しんちゅう》に立ち入って見ると、自分の発意《はつい》で殉死しなくてはならぬと云う心持《こころもち》の旁《かたわら》、人が自分を殉死する筈《はず》のものだと思っているに違いないから、自分は殉死を余儀《よぎ》なくせられていると、人にすがって死の方向へ進んで行《ゆ》くような心持が、殆《ほと》んど同じ強さに存在していた。反面から云うと、若《も》し自分が殉死せずにいたら、恐ろしい屈辱を受けるに違いないと心配していたのである。こう云う弱みのある長十郎ではあるが、死を怖《おそ》れる念は微塵《みじん》も無い。それだからどうぞ殿様に殉死を許して戴《いただ》こうと云う願望《がんもう》は、何物の障碍《しょうがい》をも被《こうむ》らずに此《この》男の意志の全幅《ぜんぷく》を領《りょう》していたのである。

暫《しばら》くして長十郎は両手で持っている殿様の足に力が這入《はい》って少し踏み伸《の》ばされるように感じた。これは又だるくおなりになったのだと思ったので、又最初のように徐《しず》かにさすり始めた。此時《このとき》長十郎の心頭《しんとう》には老母と妻との事が浮かんだ。そして殉死者の遺族が主家の優待を受けると云うことを考えて、それで己《おのれ》は家族を安穏《あんのん》な地位に置いて、安《やす》んじて死ぬることが出来ると思った。それと同時に長十郎の顔は晴々《はればれ》した気色《きしょく》になった。

四月十七日の朝、長十郎は衣服を改めて母の前に出て、始《はじめ》て殉死の事を明かして暇《いとま》乞《ごい》をした。母は少しも驚かなかった。それは互《たがい》に口に出しては言わぬが、きょうは倅《せがれ》が切腹する日だと、母も疾《と》うから思っていたからである。若《も》し切腹しないとでも云ったら、母はさぞ驚いたことであろう。

母はまだ貰ったばかりのよめが勝手にいたのを其席《そのせき》へ呼んで只支度《ただしたく》が出来たかと問うた。よめはすぐに起《た》って、勝手から兼ねて用意してあった杯盤《はいばん》を自身に運んで出た。よめも母と同じように、夫がきょう切腹すると云うことを疾うから知っていた。髪を綺麗《きれい》に撫《な》で附《つ》けて、好《よ》い分《ぶん》の不断着《ふだんぎ》に着換《きか》えている。母もよめも改まった、真面目《まじめ》な顔をしているのは同じ事であるが、只《ただ》よめの目の縁《ふち》が赤くなっているので、勝手にいた時泣いたことが分かる。杯盤が出ると、長十郎は弟左平次《さへいじ》を呼んだ。

四人は黙って杯《さかずき》を取り交《かわ》した。杯が一順した時母が云った。

「長十郎や。お前の好きな酒じゃ。少し過《す》ごしてはどうじゃな。」

「ほんにそうでござりまするな」と云って、長十郎は微笑を含んで、心地好《よ》げに杯を重ねた。

暫くして長十郎が母に言った。「好い心持に酔いました。先日から彼此《かれこれ》と心遣《こころづかい》を致しましたせいか、いつもより酒が利《き》いたようでござります。御免を蒙《こうむ》ってちょっと一休みいたしましょう。」

こう云って長十郎は起《た》って居間に這入《はい》ったが、すぐに部屋の真ん中に転がって、鼾《いびき》をかき出した。女房が跡《あと》からそっと這入って枕を出して当てさせた時、長十郎は「ううん」とうなって寝返りをした丈《だけ》で、又鼾をかき続けている。女房はじっと夫の顔を見ていたが、忽《たちま》ち慌《あわ》てたように起って部屋へ往《い》った。泣いてはならぬと思ったのである。

家《うち》はひっそりとしている。丁度主人の決心を母と妻とが言わずに知っていたように、家来も女中も知っていたので、勝手からも厩《うまや》の方《ほう》からも笑声《わらいごえ》なぞは聞《きこ》えない。

母は母の部屋に、よめはよめの部屋に、弟は弟の部屋に、じっと物を思っている。主人は居間で鼾をかいて寝ている。開け放ってある居間の窓には、下に風鈴《ふうりん》を附《つ》けた吊葱《つりしのぶ》*が吊《つ》ってある。その風鈴が折々思い出したように微《かす》かに鳴る。その下には丈《たけ》の高い石の頂《いただき》を掘り窪《くぼ》めた手水鉢《ちょうずばち》*がある。その上に伏せてある捲物《まきもの》*の柄杓《ひしゃく》に、やんまが一疋《ぴき》止まって、羽《はね》を山形《やまがた》に垂れて動かずにいる。

一時《ひととき》*立つ。二時《ふたとき》立つ。もう午《ひる》を過ぎた。食事の支度は女中に言い附《つ》けてあるが、姑《しゅうとめ》が食べると云われるか、どうだか分からぬと思って、よめは聞きに行《ゆ》こうと思いながらためらっていた。若《も》し自分丈《だけ》が食事の事なぞを思《おも》うように取られはすまいかとためらっていたのである。

その時兼《かね》て介錯《かいしゃく》を頼まれていた関小平次《せきこへいじ》が来た。姑はよめを呼《よ》んだ。よめが黙って手を衝《つ》いて機嫌を伺っていると、姑が云った。

「長十郎はちょっと一休みすると云うたが、いかい時《とき》*が立つような。丁度関殿も来られた。もう起《おこ》して遣《や》ってはどうじゃろうの。」

「ほんにそうでござります。余《あま》り遅くなりません方《ほう》が。」よめはこう云って、すぐに起《た》って夫を起しに往《い》った。

夫の居間に来た女房は、先に枕をさせた時と同じように、又じっと夫の顔を見ていた。死なせに起《おこ》すのだと思うので、暫《しばら》くは詞《ことば》を掛け兼ねていたのである。熟睡《じゅくすい》していても、庭からさす昼の明《あか》りがまばゆかったと見えて、夫は窓の方を背にして、顔をこっちへ向けている。

「もし、あなた」と女房は呼んだ。

長十郎は目を醒《さ》まさない。

女房がすり寄って、聳《そび》えている肩に手を掛けると、長十郎は「あ、ああ」と云って臂《ひじ》を伸ばして、両眼《りょうがん》を開《ひら》いて、むっくり起きた。

「大《たい》そう好《よ》くお休みになりました。お袋様が余《あま》り遅くなりはせぬかと仰《おっし》ゃりますから、お起《おこ》し申しました。それに関様がお出《いで》になりました。」

「そうか。それでは午《ひる》になったと見《み》える。少しの間《あいだ》だと思ったが、酔ったのと疲れがあったのとで、時の立つのを知らずにいた。その代《かわ》りひどく気分が好《よ》うなった。茶漬《ちゃづけ》でも食べて、そろそろ東光院《とうこういん》*へ往《ゆ》かずばなるまい。お母《か》あ様にも申し上げてくれ。」

武士はいざと云う時には飽食《ほうしょく》はしない。併《しか》し又空腹で大切な事に取り掛かることも無い。長十郎は実際ちょっと寐《ね》ようと思ったのだが、覚えず気持好《よ》く寐過《すご》し、午にもなったと聞いたので、食事をしようと云ったのである。これから形《かた》ばかりではあるが、一家《け》四人のものが不断のように膳《ぜん》に向かって、午の食事をした。

長十郎は心静かに支度をして、関を連れて菩提所東光院へ腹を切りに往った。

長十郎が忠利の足を戴《いただ》いて願ったように、平生《へいぜい》恩顧を受けていた家臣の中《うち》で、これと前後して思い思いに殉死の願《ねがい》をして許されたものが、長十郎を加えて十八人あった。いずれも忠利の深く信頼していた侍共《さむらいども》である。だから忠利の心では、此人《この》々を子息光尚の保護のために残して置きたいことは山々であった。又此人《この》々を自分と一しょに死なせるのが残刻だとは十分感じていた。併《しか》し彼等《かれら》一人一人に「許す」と云う一言を、身を割《さ》くように思いながら与えたのは、勢《いきおい》已むことを得なかったのである。

自分の親しく使っていた彼等が、命を惜《おし》まぬものであるとは、忠利は信じている。随《したが》って殉死を苦痛とせぬことも知っている。これに反して若《も》し自分が殉死を許さずに置いて、彼等が生きながらえていたら、どうであろうか。家中一同は彼等を死ぬべき時に死なぬものとし、恩知らずとし、卑怯者として共に歯《よわい》せぬであろう。*それ丈《だけ》ならば、彼等も或《あるい》は忍んで命を光尚に捧《ささ》げる時の来るのを待つかも知れない。併《しか》しその恩知らず、その卑怯者をそれと知らずに、先代の主人が使っていたのだと云うものがあったら、それは彼等の忍び得ぬ事であろう。彼等はどんなにか口惜《くちお》しい思《おもい》をするであろう。こう思って見ると、忠利は「許す」と云わずにはいられない。そこで病苦にも増したせつない思《おもい》をしながら、忠利は「許す」と云ったのである。

殉死を許した家臣の数が十八人になった時、五十余年の久しい間治乱《ちらん》*の中《うち》に身を処《しょ》して、人情世故《せいこ》*に飽《あ》くまで通じていた忠利は病苦の中《なか》にも、つくづく自分の死と十八人の侍の死とに就《つ》いて考えた。生《しょう》あるものは必ず滅《めっ》する。老木《ろうぼく》の朽枯《くちか》れる傍《そば》で、若木《わかぎ》は茂り栄《さか》えて行《ゆ》く。嫡子光尚の周囲にいる少壮者共《わかものども》から見れば、自分の任用している老成人等《としよりら》は、もういなくて好《よ》いのである。邪魔にもなるのである。自分は彼等を生きながらえさせて、自分にしたと同じ奉公を光尚にさせたいと思うが、其《その》奉公を光尚にするものは、もう幾人《いくにん》も出来ていて、手ぐすね引いて待っているかも知れない。自分の任用したものは、年来それぞれの職分《しょくぶん》を尽《つく》して来るうちに、人の怨《うらみ》をも買っていよう。少《すくな》くも娼嫉《そねみ》の的になっているには違いない。そうして見れば、強《し》いて彼等にながらえていろと云うのは、通達《つうたつ》*した考《かんがえ》ではないかも知れない。殉死を許して遣《や》ったのは慈悲であったかも知れない。こう思って忠利は多少の慰藉《いしゃ》を得たような心持《こころもち》になった。

殉死を願って許された十八人は寺本八左衛門直次《てらもとはちざえもんなおつぐ》、大塚喜兵衛種次《おおつかきへえたねつぐ》、内藤長十郎《ないとうちょうじゅうろう》元続《もとつぐ》、太田小十郎正信《おおたこじゅうろうまさのぶ》、原田十次郎之直《はらだじゅうじろうゆきなお》、宗像加兵衛景定《むなかたかへえかげさだ》、同吉太夫景好《どうきちだいうかげよし》、橋谷市蔵《はしたにいちぞう》重次《しげつぐ》、井原十三郎吉正《いはらじゅうざぶろうよしまさ》、田中意徳《たなかいとく》、本庄喜助重正《ほんしょうきすけしげまさ》、伊藤太左衛門方高《いとうたざえもんまさたか》、右田因幡統安《みぎたいなばむねやす》、野田喜兵衛重綱《のだきへえしげつな》、津崎五助長季《つざきごすけながすえ》、小林理右衛門行秀《こばやしりうえもんゆきひで》、林与左衛門正定《はやしよざえもんまささだ》、宮永勝左衛門《みやながかつざえもん》宗祐《むねすけ》の人々《ひとびと》である。

寺本が先祖は尾張国《おわりのくに》*寺本に住《す》んでいた寺本太郎《たろう》と云うものであった。太郎の子内《ない》膳正《ぜんのしょう》は今川家《いまがわけ》*に仕えた。内膳正の子が左兵衛《さへえ》、左兵衛の子《こ》が右衛門佐《うえもんのすけ》、右衛門佐の子が与左衛門《よざえもん》で、与左衛門は朝鮮征伐*の時、加藤嘉明《かとうよしあき》*に属して功があった。与左衛門の子が八左衛門で、大阪籠城《ろうじょう》*の時、後藤基次《ごとうもとつぐ》*の下《した》で働いた事がある。細川家に召抱《めしかか》えられてから、千石取って鉄砲五十挺の頭《ちょうかしら》になっていた。四月二十九日に安養寺《あんようじ》で切腹した。五十三歳である。藤本猪左衛門《ふじもといざえもん》が介錯した。大塚は百五十石取《どり》の横目役《よこめやく》*である。四月二十六日に切腹した。介錯は池田八左衛門《いけだざえもん》であった。内藤が事は前に言った。太田は祖父伝左衛門《でんざえもん》が加藤清正《かとうきよまさ》*に仕えていた。忠広《ただひろ》が封《ほう》を除《のぞ》かれた時*、伝左衛門と其子《そのこ》の源左衛門《げんざえもん》とが流浪《るろう》した。小十郎は源左衛門の二男で児小姓《こごしょう》に召し出された者である。百五十石取っていた。殉死の先登《せんとう》は此人《この》で、三月十七日に春日寺《かすがでら》で切腹した。十八歳である。介錯は門司源兵衛《もじげんべえ》がした。原田は百五十石取で、お側《そば》に勤めていた。四月二十六日に切腹した。介錯は鎌田源太夫《かまだげんだいふ》がした。宗像加兵衛、同吉太夫の兄弟は、宗像中納言氏貞《ちゅうなごんうじさだ》*の後裔《こうえい》で、親清兵衛景延《せいべえかげのぶ》の代に召し出された。兄弟いずれも二百石取である。五月二日に兄は流長院《りゅうちょういん》、弟は蓮政寺《れんしょうじ》で切腹した。兄の介錯は高田十兵衛《たかたじゅうべえ》、弟のは村上市右衛門《むらかみいちうえもん》がした。橋谷は出雲国《いずものくに》*の人で、尼子《あまこ》*の末流《ばつりゅう》である。十四歳の時忠利に召し出されて、知行《ちぎょう》百石の側役《そばやく》*を勤め、食事の毒味《どくみ》をしていた。忠利は病《やまい》が重くなってから、橋谷の膝を枕にして寝たこともある。四月二十六日に西岸寺《せいがんじ》で切腹した。丁度腹を切ろうとすると、城の太鼓《たいこ》*が微《かす》かに聞《きこ》えた。橋谷は附《つ》いて来ていた家隷《けらい》に、外へ出て何時《なんどき》か聞いて来いと云った。家隷は帰って、「しまいの四つ丈《だけ》は聞きましたが、総体《そうたい》の桴数《ばちかず》は分《わか》りません」と云《い》った。橋谷を始《はじめ》として、一座の者が微笑《ほほえ》んだ。橋谷は「最期に好《よ》う笑わせてくれた」と云って、家隷に羽織《はおり》を取らせて切腹した。吉村甚太夫《よしむらじんだゆう》が介錯した。井原は切米《きりまい》*三人扶持《にんぶち》十石を取っていた。切腹した時阿部弥一右衛門《あべやいちえもん》の家隷林左兵衛《はやしさへえ》が介錯した。田中は阿菊物語《おきくものがたり》*を世に残したお菊が孫で、忠利が愛宕《あたご》山《さん》*へ学問に往《い》った時の幼友達《おさなともだち》であった。忠利が其頃《そのころ》出家しようとしたのを、竊《ひそ》かに諫《いさ》めたことがある。後《のち》に知行二百石の側役を勤め、算術が達者で用に立った。老年になってからは、君前《くんぜん》で頭巾《ずきん》を被《かむ》った儘安座《ままあんざ》*することを免《ゆる》されていた。当代《とうだい》に追腹《おいばら》*を願っても許されぬので、六月十九日に小脇差《こわきざし》*を腹に突き立ててから願書《がんしょ》を出して、とうとう許された。加藤安太夫《かとうやすだいふ》が介錯した。本庄は丹後国《たんごのくに》*の者で、流浪《るろう》していたのを三斎公《さんさいこう》の部屋附《づき》本庄久右衛門《きゅうえもん》が召使《めしつか》っていた。仲津《なかつ》*で狼藉者《ろうぜきもの》*を取り押さえて、五人扶持十五石の切米取《きりまいとり》にせられた。本庄を名告《なの》ったのもその時からである。四月二十六日に切腹した。伊藤は奥納戸役《おくおなんどやく》*を勤めた切米取である。四月二十六日に切腹した。介錯は河喜多八助《たはちすけかわき》がした。右田《みぎた》は大伴家《おおともけ》*の浪人で、忠利に知行百石で召し抱えられた。四月二十七日に自宅で切腹した。六十四歳である。松野右京《まつのうきょう》の家隷田原勘兵衛《たはらかんべえ》が介錯した。野田は天草《あまくさ》の家老野田美濃《のだみの》の倅《せがれ》で、切米取に召し出された。四月二十六日に源覚寺《げんかくじ》で切腹した。介錯は恵良半衛門《えらはんえもん》がした。津崎の事は別に書く。小林は二人扶持十石の切米取である。切腹の時、高野勘右衛門《たかのかんうえもん》が介錯した。林は南郷下田村《なんごうしもだむら》*の百姓であったのを、忠利が十人扶持十五石に召し出して、花畑の館の庭方《にわかた》*にした。四月二十六日に仏巌寺《ぶつがんじ》で切腹した。介錯は仲光半助《なかみつはんすけ》がした。宮永は二人扶持十石の台所役人で、先代に殉死を願った最初の男であった。四月二十六日に浄照寺《じょうしょうじ》で切腹した。介錯は吉村嘉右衛門《よしむらかえもん》がした。此人々《この》の中にはそれぞれの家の菩提所に葬られたのもあるが、又高麗門外《こうらいもんがい》の山中にある霊屋《おたまや》の側《そば》に葬られたのもある。

切米取の殉死者はわりに多人数《たにんず》であったが、中にも津崎五助の事蹟《じせき》は際立《きわだ》って面白いから別に書くことにする。

五助は二人扶持六石の切米取で、忠利の犬牽《いぬひき》*である。いつも鷹狩《たかがり》の供をして野方《のかた》*で忠利の気に入っていた。主君にねだるようにして、殉死のお許《ゆるし》は受けたが、家老達は皆云った。「外《ほか》の方々《かたがた》は高禄《こうろく》を賜わって、栄耀《えよう》をしたのに、そちは殿様のお犬牽ではないか。そちが志は殊勝《しゅしょう》で、殿様のお許が出たのは、此上《このうえ》も無い誉《ほまれ》じゃ。もうそれで好《よ》い。どうぞ死ぬること丈《だけ》は思い止《と》まって、御当主に御奉公してくれい」と云った。

五助はどうしても聴かずに、五月七日にいつも牽《ひ》いてお供をした犬を連れて、追廻《おいまわし》田畑《たはた》*の高琳寺《こうりんじ》へ出掛けた。女房は戸口迄《まで》見送りに出て、「お前も男じゃ、お歴々の衆《しゅう》に負けぬ様におしなされい」と云った。

津崎の家では往生院《おうじょういん》を菩提所にしていたが、往生院は上《かみ》の御由緒のあるお寺だというので憚《はばか》って、高琳寺を死所《しにどころ》と極《き》めたのである。五助が墓地に這入《はい》って見ると、兼《かね》て介錯を頼んで置いた松野縫殿助《まつのぬいのすけ》が先に来て待っていた。五助は肩に掛けた浅葱《あさぎ》*の嚢《ふくろ》を卸《おろ》してその中から飯行李《めしこうり》*を出した。蓋《ふた》を開けると握飯《にぎりめし》が二つ這入っている。それを犬の前に置いた。犬はすぐに食おうともせず、尾を掉《ふ》って五助の顔を見ていた。五助は人間に言うように犬に言った。

「おぬしは畜生じゃから、知らずにおるかも知れぬが、お主《ぬし》の頭をさすって下《くだ》されたことのある殿様は、もうお亡くなり遊ばされた。それで御恩になっていなされたお歴々は皆きょう腹を切ってお供をなさる。己《おれ》は下司《げす》*ではあるが、御扶持を戴いて繋《つな》いだ命はお歴々と変《かわ》ったことはない。殿様に可哀《かわい》がって戴いた有難さも同じ事じゃ。それで己は今腹を切って死ぬるのじゃ。己が死んでしもうたら、おぬしは今から野ら犬になるのじゃ。己はそれが可哀そうでならん。殿様のお供をした鷹は岫雲院で井戸に飛び込んで死んだ。どうじゃ。おぬしも己と一しょに死のうとは思わんかい。若《も》し野ら犬になっても、生きていたいと思うたら、此《この》握飯を食ってくれい。死にたいと思うなら、食うなよ。」

こう云って犬の顔を見ていたが、犬は五助の顔ばかりを見ていて、握飯を食おうとはしない。

「それならおぬしも死ぬるか」と云って、五助は犬をきっと見詰めた。

犬は一声鳴いて尾を掉った。

「好《よ》い。そんなら不便《ふびん》じゃが死んでくれい。」こう云って五助は犬を抱き寄せて、脇《わき》差《ざし》を抜いて一刀《いっとう》に刺した。

五助は犬の死骸を傍《かたわら》へ置いた。そして懐中《かいちゅう》から一枚の書き物を出して、それを前にひろげて、小石を重《おも》りにして置いた。誰《たれ》やらの邸《やしき》で歌の会のあった時見覚えた通りに半紙を横に二つに折って、「家老衆《かろうしゅ》はとまれとまれと仰《おおせ》あれどとめてとまらぬ此《この》五助哉《かな》」と、常《つね》の詠草《えいそう》のように書いてある。*署名はして無い。歌の中に五助としてあるから、二重に名を書かなくても好《よ》いと、すなおに考えたのが、自然に故実《こじつ》*に愜《かな》っていた。

もうこれで何も手落《ておち》は無いと思った五助は「松野様、お頼申《たのみもう》します」と云って、安坐《あんざ》して肌をくつろげた。そして犬の血の附《つ》いた儘《まま》の脇差を逆手《さかて》に持って、「お鷹匠衆《たかじょうしゅう》はどうなさりましたな、お犬牽は只今参りますぞ」と高声《たかごえ》に云って、一声快《こころ》よげに笑って、腹を十文字に切った。松野が背後《うしろ》から首を打った。

五助は身分の軽いものではあるが、後《のち》に殉死者の遺族の受けた程《ほど》の手当《てあて》は、跡《あと》に残った後家《ごけ》が受けた。男子一人は小さい時出家していたからである。後家は五人扶持を貰い、新《あらた》に家屋敷を貰って、忠利の三十三回忌の時まで存命していた。五助の甥の子が二代の五助になって、それからは代々触組《ふれぐみ》*で奉公していた。

忠利の許《ゆるし》を得て殉死した十八人の外《ほか》に、阿部弥一右衛門通信《あべやいちえもんみちのぶ》と云うものがあった。初《はじめ》は明石氏《あかしうじ》で、幼名を猪之助《いのすけ》と云った。夙《はや》くから忠利の側《そば》近く仕えて、千百石余《よ》の身分になっている。島原征伐の時《とき》、子供五人の内《うち》三人まで軍功によって新知《しんち》二百石ずつを貰った。この弥一右衛門は家中《かちゅう》でも殉死する筈《はず》のように思い、当人も亦《また》忠利の夜伽《よとぎ》*に出る順番が来る度《たび》に、殉死したいと云って願った。併《しか》しどうしても忠利が許さない。「そちが志は満足に思うが、それよりは生きていて光尚《みつひさ》に奉公してくれい」と、何度願っても、同じ事を繰り返して云うのである。

一体忠利は弥一右衛門の言うことを聴かぬ癖が附《つ》いている。これは余程《よほど》古くからの事で、まだ猪之助と云って小姓を勤めていた頃も、猪之助が「御膳《ごぜん》を差し上げましょうか」と伺うと、「まだ空腹にはならぬ」と云う。外《ほか》の小姓が申し上げると、「好《よ》い、出させい」と云う。忠利は此《この》男の顔を見ると、反対したくなるのである。そんなら叱られるかと云うと、そうでも無い。此男程精勤《ほどせいきん》をするものは無く、万事に気が附《つ》いて、手ぬかりが無いから、叱ろうと云っても叱りようが無い。

弥一右衛門は外《ほか》の人の言い附《つ》けられてする事を、言い附けられずにする。外の人の申し上げてする事を申し上げずにする。併《しか》しする事はいつも肯綮《こうけい》に中《あた》っていて、＊間然《かんぜん》すべき所＊が無い。弥一右衛門は意地ばかりで奉公して行《ゆ》くようになっている。忠利は初めなんとも思わずに、只《ただ》此の男の顔を見ると、反対したくなったのだが、後《のち》には此《この》男の意地で勤めるのを知って憎いと思った。憎いと思いながら、聡明《そうめい》な忠利はなぜ弥一右衛門がそうなったかと回想して見て、それは自分が為向《しむ》けたのだと云うことに気が附《つ》いた。そして自分の反対する癖を改めようと思っていながら、月が累《かさな》り年が累るに従って、それが次第に改めにくくなった。

人には誰《た》が上《うえ》にも好きな人、厭《いや》な人と云うものがある。そしてなぜ好きだか、厭だかと穿鑿《せんさく》して見ると、どうかすると捕捉《ほそく》する程《ほど》の拠《よ》りどころが無い。忠利が弥一右衛門を好かぬのも、そんなわけである。併《しか》し弥一右衛門と云う男はどこかに人と親《したし》み難《がた》い処《ところ》を持っているに違い無い。それは親しい友達の少《すく》いので分かる。誰でも立派な侍として尊敬はする。併《しか》し容易《たやす》く近づこうと試みるものが無い。稀《まれ》に物数奇《ものずき》に近づこうと試みるものがあっても、暫《しばら》くするうちに根気が続かなくなって遠ざかってしまう。まだ猪之助と云って、前髪のあった時、度々《たびたび》話をし掛けたり、何かに手を借《か》して遣《や》ったりしていた年上の男が、「どうも阿部には附《つ》け入《い》る隙《ひま》が無い」と云って我《が》を折った。そこらを考えて見ると、忠利が自分の癖を改めたく思いながら改めることの出来なかったのも怪《あやし》むに足りない。

兎《と》に角《かく》弥一右衛門は何度願っても殉死の許《ゆるし》を得ないでいるうちに、忠利は亡くなった。亡くなる少し前に、「弥一右衛門奴《め》はお願《ねがい》と申すことを申したことはござりません、これが生涯唯一のお願でござります」と云って、じっと忠利の顔を見ていたが、忠利もじっと顔を見返して、「いや、どうぞ光尚に奉公してくれい」と言い放った。

弥一右衛門はつくづく考えて決心した。自分の身分で、此《この》場合に殉死せずに生き残って、家中《かちゅう》のものに顔を合《あわ》せていると云うことは、百人が百人所詮《しょせん》出来ぬ事と思うだろう。犬死《いぬじに》と知って切腹するか、浪人して熊本を去るかの外《ほか》、為方《しかた》があるまい。だが己《おれ》は己だ。好《よ》いわ。武士は妾《めかけ》とは違う。主《しゅう》の気に入らぬからと云って、立場が無くなる筈《はず》は無い。こう思って一日一日と例の如《ごと》くに勤めていた。

そのうちに五月六日が来て、十八人のものが皆殉死した。＊熊本中只《ただ》その噂《うわさ》ばかりである。誰《たれ》はなんと云って死んだ、誰の死様《しによう》が誰よりも見事であったと云う話の外《ほか》には、なんの話も無い。弥一右衛門は以前から人に用事の外の話をし掛けられたことは少《すく》なかったが、五月七日からこっちは、御殿の詰所に出ていて見ても、一層寂しい。それに相役《あいやく》が自分の顔を見ぬようにして見るのが分かる。そっと横から見たり、背後《うしろ》から見たりするのが分かる。不快で溜《たま》らない。それでも己は命が惜《お》しくて生きているのでは無い、己をどれ程悪く思う人でも、命を惜《おし》む男だとはまさかに云うことが出来まい、たった今でも死んで好《よ》いのなら死んで見せると思うので、昂然《こうぜん》と項《うなじ》を反《そ》らして詰所へ出て、昂然と項を反らして詰所から引いていた。

二三日立つと、弥一右衛門が耳に怪《け》しからん噂が聞《きこ》え出して来た。誰が言い出した事か知らぬが、「阿部はお許《ゆるし》の無いを幸《さいわい》に生きていると見える、お許は無うても追腹は切られぬ筈が無い、阿部の腹の皮は人とは違うと見える、瓢箪《ひょうたん》に油でも塗って切れば好《よ》いに」と云うのである。弥一右衛門は聞いて思いの外《ほか》の事に思った。悪口が言いたくばなんとも云うが好《よ》い。併《しか》し此《この》弥一右衛門を竪《たて》から見ても横から見ても、命の惜しい男とは、どうして見えようぞ。げに言えば言われたものかな、好《よ》いわ。そんなら此《この》腹の皮を瓢箪に油を塗って切って見しょう。

弥一右衛門は其日《そのひ》詰所を引くと、急使を以《もっ》て別家《べっけ》している弟二人を山崎《やまざき》*の邸《やしき》に呼び寄せた。居間と客間との間の建具《たてぐ》を外《はず》させ、嫡子権兵衛《ごんべえ》、二男弥五兵衛《やごへえ》、次にまだ前髪のある五男七之丞《しちのじょう》の三人を傍《そば》におらせて、主人は威儀《いぎ》を正《ただ》して待ち受けている。権兵衛は幼名権十郎《ごんじゅうろう》と云って、島原征伐に立派な働きをして、新知二百石を貰っている。父に劣らぬ若者である。此度《このたび》の事に就《つ》いては、只《ただ》一度父に「お許《ゆるし》は出ませなんだか」と問うた。父は「うん、出んぞ」と云った。その外《ほか》二人の間にはなんの詞《ことば》も交《かわ》されなかった。親子は心の底まで知り抜いているので、何も言うには及ばぬのであった。

間もなく二張《ふたはり》の提燈《ちょうちん》が門の内《うち》に這入《はい》った。三男市太夫《いちだゆう》、四男五太夫《ごだゆう》の二人が殆《ほと》ど同時に玄関に来て、雨具を脱いで座敷に通《とお》った。中陰の翌日からじめじめとした雨になって、五月闇《さつきやみ》*の空が晴れずにいるのである。

障子《しょうじ》は開け放してあっても、蒸し暑くて風がない。その癖燭台《しょくだい》の火はゆらめいている。蛍《ほたる》が一匹庭の木立《こだち》を縫《ぬ》って通り過ぎた。

一座を見渡した主人が口を開いた。「夜陰《やいん》に呼びに遣《や》ったのに、皆好《よ》う来て呉れた。家中《かちゅう》一般の噂《うわさ》じゃと云うから、おぬし達も聞いたに違いない。此《この》弥一右衛門が腹は瓢箪に油を塗って切る腹じゃそうな。それじゃによって、己《おれ》は今瓢箪に油を塗って切ろうと思う。どうぞ皆で見届けてくれい。」

市太夫も五太夫も島原の軍功で新知二百石を貰って別家《べっけ》しているが、中にも市太夫は早くから若殿附《わかとのづき》になっていたので、御代替《ごだいがわ》り*になって人に羨《うらや》まれる一人《にん》である。市太夫が膝を進めた。「なる程《ほど》。好《よ》う分かりました。実は傍輩《ほうばい》が云うには、弥一右衛門殿は御先代の御遺言で続いて御奉公なさるそうな。親子兄弟相変《あいかわ》らず揃《そろ》うてお勤めなさる、めでたい事じゃと云うのでござります。其詞《そのことば》が何か意味ありげで歯痒《はがゆ》うござりました。」

父弥一右衛門は笑った。「そうであろう。目の先ばかり見える近眼《ちかめ》共《ども》を相手にするな。そこでその死なぬ筈《はず》の己《おれ》が死んだら、お許《ゆるし》の無かった己の子じゃと云うて、おぬし達を侮《あなど》るものもあろう。己の子に生《うま》れたのは運じゃ。しょう事《こと》が無い。恥を受ける時は一しょに受けい。兄弟喧嘩《きょうだいげんか》をするなよ。さあ、瓢箪で腹を切るのを好《よ》う見て置け。」

こう言って置いて、弥一右衛門は子供等《ら》の面前で切腹して、自分で首筋を左から右へ刺し貫《つらぬ》いて死んだ。父の心を測《はか》り兼《か》ねていた五人の子供等は、此時《このとき》悲しくはあったが、それと同時にこれまでの不安心《ふあんしん》な境界《きょうがい》を一歩離れて、重荷の一つを卸《おろ》したように感じた。

「兄《あに》き」と二男弥五兵衛が嫡子に言った。「兄弟喧嘩をするなと、お父《と》っさんは言い置いた。それには誰《たれ》も異存はあるまい。己は島原で持場《もちば》*が悪うて、知行も貰わずにいるから、これからはおぬしが厄介《やっかい》になるじゃろう。じゃが何事があっても、おぬしが手に慥《たし》かな槍《やり》一本*はあると云うものじゃ。そう思うていてくれい。」

「知れた事じゃ。どうなる事か知れぬが、己《おれ》が貰う知行はおぬしが貰うも同じじゃ。」

こう云《い》った切り権兵衛《ごんべえ》は腕組《うでぐみ》をして顔《かお》を蹙《しか》めた。

「そうじゃ。どうなる事か知れぬ。追腹はお許《ゆるし》の出た殉死とは違うなぞと云う奴があろうて。」こう云ったのは四男の五太夫である。

「それは目に見えておる。どう云う目に逢《お》うても。」こう言いさして三男市太夫は権兵衛の顔を見た。「どう云う目に逢うても、兄弟離れ離れに相手にならずに、固まって行《ゆ》こうぞ。」

「うん」と権兵衛は云ったが、打ち解けた様子も無い。権兵衛は弟共《おとうとども》を心にいたわってはいるが、やさしく物を言われぬ男である。それに何事も一人で考えて、一人でしたがる。相談と云うものをめったにしない。それで弥五兵衛も市太夫も念を押したのである。

「兄《に》い様方《がた》が揃《そろ》うてお出《いで》なさるから、お父っさんの悪口は、うかと言われますまい。」これは前髪の七之丞が口から出た。女のような声ではあったが、それに強い信念が籠《こも》っていたので、一座のものの胸を、暗黒な前途を照らす光明のように照らした。

「どりゃ。おっ母《か》さんに言うて、女子達《おなごたち》に暇乞《いとまごい》をさしょうか。」こう云って権兵衛が席を起《た》った。

従《じゅ》四位下《いのげ》侍従兼《じじゅうけん》肥後守光尚《みつひさ》の家督相続《かとくそうぞく》が済んだ。家臣にはそれぞれ新知、加増、役《やく》替《がえ》などがあった。中にも殉死の侍十八人の家々は、嫡子にその儘《まま》父の跡《あと》を継がせられた。嫡子のある限りは、いかに幼少でもその数には漏れない。未亡人、老父母には扶持が与えられる。家屋敷を拝領して、作事《さくじ》*までも上《かみ》から為向《しむ》けられる。先代が格別入《じっ》懇《こん》にせられた家柄《いえがら》で、死天《しで》の旅の御供にさえ立ったのだから、家中のものが羨《うらや》みはしても妬《ねた》みはしない。

然《しか》るに一種変《かわ》った跡目《あとめ》の処分を受けたのは、阿部弥一右衛門の遺族である。嫡子権《ごん》兵衛《べえ》は父の跡をその儘継ぐことが出来ずに、弥一右衛門が千五百石の知行《ちぎょう》は細《こま》かに割《さ》いて弟達へも配分せられた。一族の知行を合《あわ》せて見れば、前に変《かわ》ったことは無いが、本家を継いだ権兵衛は、小身《しょうしん》*ものになったのである。権兵衛の肩幅の狭くなったことは言うまでも無い。弟共も一人一人の知行は殖《ふ》えながら、これまで千石以上の本家によって、大木の蔭《かげ》に立っているように思っていたのが、今は橡栗《どんぐり》の背競《せいくらべ》になって、有難いようで迷惑な思《おもい》をした。

　政道は地道《じみち》である限《かぎり》は、咎《とがめ》の帰《き》する所を問うものは無い。一旦常《いったんつね》に変《かわ》った処置があると、誰《たれ》の捌《さば》きかと云う詮議《せんぎ》が起《おこ》る。当主の御覚《おおぼえ》めでたく、御側《おそば》去らずに勤めて居《い》る大目附役《おおめつけやく》*に、林外記《はやしげき》と云うものがある。小才覚《こさいかく》があるので、若殿様時代のお伽《とぎ》には相応していたが、物の大体を見る事に於《おい》ては及ばぬ所があって、兎角苛察《とかくかさつ》*に傾きたがる男であった。阿部弥一右衛門は故《こ》殿様のお許《ゆるし》を得ずに死んだのだから、真《しん》の殉死者と弥一右衛門との間には境界を附《つ》けなくてはならぬと考えた。そこで阿部家の俸禄《ほうろく》分割の策を献《けん》じた。光尚も思慮ある大名ではあったが、まだ物馴《ものな》れぬ時の事で、弥一右衛門や嫡子権兵衛と懇意でないために、思遣《おもいやり》が無く、自分の手元に使って馴染《なじみ》のある市太夫がために加増になると云う処《ところ》に目を附《つ》けて、外記の言《げん》を用《もち》いたのである。

　十八人の侍が殉死した時には、弥一右衛門は御側《おそば》に奉公していたのに殉死しないと云って、家中のものが卑《いやし》んだ。さて僅《わず》かに二三日を隔《へだ》てて弥一右衛門は立派に切腹したが、事《こと》の当否《とうひ》は措《お》いて、一旦受《う》けた侮辱は容易に消え難《がた》く、誰《たれ》も弥一右衛門を褒《ほ》めるものが無い。上《かみ》では弥一右衛門の遺骸《いがい》を霊屋《おたまや》の側《かたわら》に葬ることを許したのであるから、跡目相続の上《うえ》にも強《し》いて境界を立てずに置いて、殉死者一同と同じ扱《あつかい》をして好《よ》かったのである。そうしたなら阿部一族は面目《めんぼく》を施《ほどこ》して、挙《こぞ》って忠勤を励んだのであろう。

然《しか》るに上《かみ》で一段下《さが》った扱《あつかい》をしたので、家中のものの阿部家侮蔑《ぶべつ》の念《ねん》が公《おおやけ》に認められた形になった。権兵衛兄弟は次第に傍輩《ほうばい》に疎《うと》んぜられて、怏々《おうおう》*として日を送った。

寛永十九年三月十七日になった。先代の殿様の一週忌である。霊屋の傍《そば》にはまだ妙解寺は出来ていぬが、向陽院《こうよういん》*と云《い》う堂宇《どうう》*が立って、そこに妙解院殿《でん》の位牌《いはい》が安置せられ、鏡首座《きょうしゅざ》と云う僧が住持している。忌日《きにち》に先だって、紫野大徳寺《むらさきのだいとくじ》の天祐《てんゆう》和尚が京都から下向《げこう》する。年忌《ねんき》の営みは晴々《はればれ》しいものになるらしく、一箇《か》月ばかり前から、熊本の城下は準備に忙しかった。

いよいよ当日になった。麗《うら》らかな日和《ひより》で、霊屋《おたまや》の傍《そば》は桜の盛りである。向陽院の周囲には幕を引き廻《ま》わして、歩卒《ほそつ》が警護して居《い》る。当主が自《みずか》ら臨場《りんじょう》して、先《ま》ず先代の位牌に焼香《しょうこう》し、次《つ》いで殉死者十九人の位牌に焼香する。それから殉死者遺族が許されて焼香する。同時に御紋附上下《ごもんつきかみしも》*、同時服《どうじふく》*を拝領する。馬廻《うまわり》*以上は長上下《ながかみしも》*、徒士《かち》*は半上下《はんがみしも》*である。下々《しもじも》の者は御香奠《ごこうでん》*を拝領する。

儀式は滞《とどこおり》なく済んだが、その間に只《ただ》一つの珍事《ちんじ》が出来《しゅったい》した。それは阿部権兵衛が殉死者遺族の一人《にん》として、席順によって妙解院殿の位牌の前に進んだ時、焼香をして退《の》きしなに、脇差《わきざし》の小柄《こづか》を抜き取って髻《もとどり》*を押し切って、位牌の前に供《そな》えたことである。この場に詰めていた侍共《さむらいども》も、不意の出来事に驚き呆《あき》れて、茫然《ぼうぜん》として見ていたが、権兵衛が何事も無いように、自若《じじやく》として五六歩退《しりぞ》いた時、一人《にん》の侍がようよう我《われ》に返って、「阿部殿、お待《まち》なされい」と呼び掛けながら、追い縋《すが》って押し止《とど》めた。続いて二三人立ち掛《かか》って、権兵衛を別間《べつま》に連れて這入《はい》った。

権兵衛が詰衆《つめしゆう》*に尋ねられて答えた所はこうである。貴殿《きでんら》等は某《それがし》を乱心者《らんしんもの》のように思われるであろうが、全く左様なわけでは無い。父弥一右衛門は一生瑕瑾《かきん》*の無い御奉公をいたしたればこそ、故《こ》殿様のお許《ゆるし》を得ずに切腹しても、殉死者の列に加えられ、遺族たる某《それがし》さえ他人に先だって御位牌に御焼香いたすことが出来たのである。併《しか》し某《それがし》は不肖《ふしよう》にして父同様の御奉公が成り難《がた》いのを、上《かみ》にも御承知と見えて、知行を割《さ》いて弟共に御遣《おつかわし》なされた。某《それがし》は故殿様にも御当主にも亡き父にも一族の者共《ども》にも傍輩にも面《めん》目《ぼく》が無い。かように存じているうち、今日《こんにち》御位牌に御焼香いたす場合になり、咄嗟《とつさ》の間《かん》、感慨胸に迫り、いっその事《こと》武士を棄《す》てようと決心いたした。お場所柄《がら》を顧《かえり》みざるお咎《とがめ》は甘んじて受ける。乱心などはいたさぬと云うのである。

権兵衛の答《こたえ》を光尚は聞いて、不快に思った。第一に権兵衛が自分に面当《つらあて》がましい所《しよ》行《ぎよう》をしたのが不快である。次に自分が外記の策を納《い》れて、しなくても好《よ》い事をしたのが不快である。まだ二十四歳の血気の殿様で、情《じよう》を抑え欲を制することが足りない。恩を以《もつ》て怨《うらみ》に報《むく》いる寛大の心持《こころもち》に乏しい。即座に権兵衛をおし籠《こ》め*させた。それを聞いた弥五兵衛以下一族のものは門を閉じて上《かみ》の御沙汰《ごさた》を待つことにして、夜陰《やいん》に一同寄り合っては、窃《ひそか》に一族の前途のために評議を凝《こ》らした。

阿部一族は評議の末、此度《このたび》先代一週忌の法会《ほうえ》のために下向して、まだ逗留《とうりゆう》している天祐和尚に縋《す》がることにした。市太夫は和尚の旅館に往《い》って一部始終を話して、権兵衛に対する上《かみ》の処置を軽減して貰うように頼んだ。和尚はつくづく聞いて云った。承《うけたまわ》れば御一家のお成行《なりゆき》気の毒千万《せんばん》である。併《しか》し上《かみ》の御政道《ごせいどう》に対して彼此《かれこれ》云うことは出来ない。只《ただ》権兵衛殿に死を賜わるとなったら、きっと御助命《ごじよめい》を願って進《しん》ぜよう。殊《こと》に権兵衛殿は既《すで》に髻《もとどり》を払われて見れば、桑門《そうもん》*同様の身の上である。御助命丈《だけ》はいかようにも申して見ようと云った。市太夫は頼もしく思って帰った。一族のものは市太夫の復命《ふくめい》*を聞《き》いて、一条《じよう》の活路を得たような気がした。そのうち日が立って、天祐和尚の帰京の時が次第に近づいて来た。和尚は殿様に逢《あ》って話をする度《たび》に、阿部権兵衛が助命の事を折《おり》があったら言上《ごんじよう》しようと思ったが、どうしても折が無い。それは其筈《そのはず》である。光尚はこう思ったのである。天祐和尚の逗留中《とうりゆうちゆう》に権兵衛の事を沙汰《さた》したらきっと助命を請《こ》われるに違い無い。大寺《おおでら》の和尚の詞《ことば》で見れば、等閑《なおざり》に聞き棄《す》てることはなるまい。和尚の立つのを待って処置しようと思ったのである。とうとう和尚は空《むな》しく熊本を立ってしまった。

天祐和尚が熊本を立つや否《いな》や、光尚はすぐに阿部権兵衛を井手《いで》の口《くち》*に引き出《いだ》して縛《しばり》首《くび》にさせた。先代の御位牌に対して不敬な事《こと》を敢《あえ》てした、上《かみ》を恐れぬ所行《しよぎよう》として処置せられたのである。

弥五兵衛以下一同のものは寄り集《あつま》って評議した。権兵衛の所行は不埒《ふらち》には違い無い。併《しか》し亡父弥一右衛門は兎《と》に角《かく》殉死者の中《うち》に数えられている。その相続人たる権兵衛で見れば、死を賜うことは是非が無い。武士らしく切腹仰《おお》せ付けられれば異存はない。それに何事ぞ、奸盗《かんとう》*かなんぞのように、白昼に縛首《しばりくび》にせられた。此《こ》の様子で推《すい》すれば、一族のものも安穏《あんのん》には差し置かれまい。縦《たと》い別に御沙汰が無いにしても、縛首にせられたものの一族が、何《なん》の面目《めんぼく》あって、傍輩《ほうばい》に立ち交《まじわ》って御奉公をしよう。此上《このうえ》は是非に及ばない。何事があろうとも、兄弟分かれ分かれになるなと、弥一右衛門殿の言い置かれたのは此時《このとき》の事である。一族討手《うつて》を引き受けて、共に死ぬる外《ほか》は無いと、一人《にん》の異議を称《とな》えるものも無く決《けつ》した。

阿部一族は妻子を引き纏《まと》めて、権兵衛が山崎の屋敷に立て籠《こも》った。

穏《おだや》かならぬ一族の様子が上《かみ》に聞《きこ》えた。横目《よこめ》が偵察に出て来た。山崎の屋敷では門を厳重に鎖《とざ》して静まり返っていた。市太夫や五太夫の宅は空屋《あきや》になっていた。

討手の手配《てくばり》が定められた。表門は側者頭《そばものがしら》*竹内数馬長政《たけのうちかずまながまさ》が指揮役をして、それに小《こ》頭《がしら》*添島九兵衛《そえじまくへえ》、同野村庄兵衛《おなじくのむらしょうべえ》が随《したが》っている。数馬は千百五十石で鉄砲組《てっぽうぐみ》三十挺《ちょう》の頭《かしら》である。譜第《ふだい》の乙名《おとな》*島徳右衛門《しまとくえもん》が供《とも》をする。添島、野村は当時百石のものである。裏門の指揮役は知行五百石の側者頭高見権右衛門重政《たかみごんえもんしげまさ》で、これも鉄砲組三十挺の頭である。それに目附《めつけ》畑十太夫《はたじゅうだゆう》と竹内数馬の小頭《こがしら》で当時百石の千場作兵衛《ちばさくべえ》とが随《したが》っている。

討手は四月二十一日に差し向けられることになった。前晩《ぜんばん》に山崎の屋敷の周囲には夜廻《よまわり》が附《つ》けられた。夜《よ》が更《ふ》けてから侍分《さむらいぶん》のものが一人覆面《ふくめん》して、塀を内から乗り越えて出たが、廻役《まわりやく》*の佐分利嘉左衛門《さぶりかざえもん》が組の足軽丸山三之丞《あしがるまるやまさんのじょう》が討ち取った。その後夜明《のちよあけ》まで何事もなかった。

兼《か》ねて近隣のものには沙汰があった。縦《たと》い当番*たりとも在宿《ざいしゅく》して火の用心を怠《おこた》らぬようにいたせというのが一つ。討手でないのに、阿部が屋敷に入《い》り込んで手出しをすることは厳禁であるが、落人《おちうど》は勝手に討ち取れと云うのが二つであった。

阿部一族は討手の向《むか》う日を其《その》前日に聞き知って、先《ま》ず邸内《ていない》を隈《くま》なく掃除し、見苦しい物は悉《ことごと》く焼き棄《す》てた。それから老若打寄《ろうにゃくうちよ》って酒宴をした。それから老人や女は自殺し、幼いものは手《て》ん手《で》に刺し殺した。それから庭に大きい穴を掘って死骸を埋めた。

跡《あと》に残ったのは究竟《くっきょう》*の若者ばかりである。弥五兵衛、市太夫、五太夫、七之丞の四人が指図《さしず》して、障子襖《しょうじふすま》を取り払った広間に家来を集めて、鉦太鼓《かねたいこ》を鳴らさせ、高声《こうせい》に念仏をさせて夜の明けるのを待《ま》った。これは老人や妻子を弔《とむら》うためだとは云ったが、実は下人共《げにんども》に臆病の念を起《おこ》させぬ用心であった。

阿部一族の立て籠《こも》った山崎の屋敷は、後《のち》に斎藤勘助《さいとうかんすけ》の住んだ所で、向《むか》いは山中又左衛門《やまなかまたざえもん》、左右両隣は柄本又七郎《つかもとまたしちろう》、平山三郎《ひらやまさぶろう》の住《すま》いであった。

此中《このうち》で柄本が家は、もと天草郡を三分して領《りょう》していた柄本、天草、志岐《しき》の三家の一つである。小西行長《こにしゆきなが》*が肥後半国《はんごく》を治めていた時、天草、志岐は罪を犯して誅《ちゅう》せられ、柄本だけが残っていて、細川家に仕えた。

又七郎は平生《へいぜい》阿部弥一右衛門が一家と心安くして、主人同志は固《もと》より、妻女までも互《たがい》に往来していた。中にも弥一右衛門の二男弥五兵衛は鎗《やり》が得意で、又七郎も同じ技《わざ》を嗜《たしな》む所から、親しい中で広言《こうげん》をし合って、「お手前《てまえ》が上手でも某《それがし》には愜《かな》うまい」、「いや某《それがし》がなんでお手前に負けよう」などと云っていた。

そこで先代の殿様の病中に、弥一右衛門が殉死を願って許されぬと聞いた時から、又七郎は弥一右衛門の胸中を察して気の毒がった。それから弥一右衛門の追腹《おいばら》、家督相続人権兵衛の向陽院での振舞《ふるまい》、それが基《もと》になっての死刑、弥五兵衛以下一族の立《たて》籠《こもり》と云う順序に、阿部家が段々否運《だんだんひうん》に傾いて来たので、又七郎は親身《しんみ》のものにも劣らぬ心痛をした。

或《あ》る日又七郎が女房に言い附《つ》けて、夜更《よふ》けてから阿部の屋敷へ見舞《みまい》に遣《や》った。阿部一族は上《かみ》に叛《そむ》いて籠城《ろうじょう》めいた事をしているから、男同士は交通することが出来ない。然《しか》るに最初からの行掛《ゆきが》かりを知っていて見れば、一族のものを悪人として憎むことは出来ない。ましてや年来懇意《こんい》にした間柄《あいだがら》である。婦女の身として密《ひそ》かに見舞うのは、よしや後日に発覚したとて申訳《もうしわけ》の立たぬ事でもあるまいと云う考《かんがえ》で、見舞《みまい》には遣《や》ったのである。女房は夫の詞《ことば》を聞いて、喜んで心尽《こころづく》しの品を取揃《とりそろ》えて、夜更けて隣へおとずれた。これもなかなか気丈《きじょう》な女で、若《も》し後日に発覚したら、罪を自身に引き受けて、夫に迷惑は掛けまいと思ったのである。

阿部一族の喜《よろこび》は非常であった。世間は花咲き鳥歌う春であるのに、不幸にして神仏にも人間にも見放されて、かく籠居《ろうきょ》している我々である。それを見舞うて遣《や》れと云う夫も夫、その言附《いいつ》けを守って来てくれる妻も妻、実に難有《ありがた》い心掛《こころがけ》だと、心《しん》から感じた。女達は涙を流して、こうなり果てて死ぬるからは、世の中に誰《たれ》一人菩提《ぼだい》を弔うてくれるものもあるまい、どうぞ思い出したら、一遍《ぺん》の回向《えこう》をして貰いたいと頼んだ。子供達は門外へ一足《あし》も出されぬので、不断《ふだん》優しくしてくれた柄本の女房を見て、右左から取り縋《すが》って、容易《たやす》く放して帰さなかった。

阿部の屋敷へ討手の向《むか》う前晩《ぜんばん》になった。柄本又七郎はつくづく考えた。阿部一家は自分とは親しい間柄《あいだがら》である。それで後日の咎《とがめ》もあろうかとは思いながら、女房を見舞いにまで遣《や》った。併《しか》しいよいよ明朝は上《かみ》の討手が阿部家へ来る。これは逆賊を征伐せられるお上《かみ》の軍《いくさ》も同じ事である。御沙汰には火の用心をせい、手出しをするなと云ってあるが、武士たるものが此《この》場合に懐手《ふところで》をして見ていられたものでは無い。情《なさけ》は情、義《ぎ》は義である。己《おれ》にはせんようが有ると考えた。そこで更闌《こうた》けて抜足《ぬきあし》*をして、後口《うしろぐち》から薄暗い庭へ出て、阿部家との境の竹垣の結縄《むすびなわ》を悉《ことごと》く切って置いた。それから帰って身支度《みじたく》をして、長押《なげし》*に懸けた手槍《てやり》*を卸《おろ》し、鷹《たか》の羽《は》の紋《もん》の附《つ》いた鞘《さや》を払って、夜の明けるのを待《ま》っていた。

討手として阿部の屋敷の表門に向《むか》うことになった竹内数馬は、武道の誉《ほまれ》ある家に生《うま》れたものである。先祖は細川高国《ほそかわたかくに》*の手に属して、強弓《ごうきゅう》の名を得た島村弾正貴則《しまむらだんじょうたかのり》である。享禄《きょうろく》四年に高国が摂津国《せっつのくに》*尼崎《あまがさき》に敗れた時、弾正は敵二人《にん》を両腋《りょうわき》に挟んで海に飛び込んで死んだ。弾正の子市兵衛《いちべえ》は河内《かわち》*の八隅家《やすみけ》に仕えて一時八隅と称したが、竹内越《たけのうちこえ》*を領《りょう》することになって、竹内と改めた。竹内市兵衛の子吉兵衛《きちべえ》は小西行長に仕えて、紀《き》伊国太田《いのくにおおた》の城*を水攻《みずぜめ》にした時の功で、豊臣太閤《とよとみたいこう》に白練《しろねり》*に朱《しゅ》の日の丸の陣羽織《じんばおり》を貰った。朝鮮征伐の時には小西家の人質として、李王宮《りおうきゅう》*に三年押し籠《こ》められていた。小西家が滅びてから、加藤清正に千石で召し出されていたが、主君と物争《ものあらそい》をして白昼に熊本城下を立ち退《の》いた。加藤家の討手に備《そな》えるために、鉄砲に玉を籠《こ》め、火縄に火を附《つ》けて持たせて退《の》いた。それを三斎が豊前《ぶぜん》で千石に召し抱えた。此《この》吉兵衛に五人の男子があった。長男は矢張《やはり》吉兵衛と名告《なの》ったが、後剃髪《のちていはつ》して八隅見山《やすみけんざん》と云った。二男は七郎《ろう》右衛門《えもん》、三男は次郎太夫《じろだゆう》、四男は八兵衛《はちべえ》、五男が即《すなわ》ち数馬《かずま》である。

数馬は忠利の児小姓《こごしょう》を勤めて、島原征伐の時殿様の側《そば》にいた。寛永十五年二月二十五日細川の手のものが城を乗り取ろうとした時、数馬が「どうぞお先手《さきて》*へお遣《つかわ》し下されい」と忠利に願った。忠利は聴かなかった。押し返してねだるように願うと、忠利が立腹して、「小倅《こせがれ》、勝手にうせおれ」と叫んだ。数馬は其時《そのとき》十六歳である。「あっ」と云いさま駈《か》け出すのを見送って、忠利が「怪我《けが》をするなよ」と声を掛けた。乙名島徳右衛門、草履取《ぞうりとり》一人《にん》、槍持《やりもち》一人《にん》が跡《あと》から続いた。主従四人である。城から打ち出す鉄砲が烈《はげ》しいので、島が数馬の着ていた猩々緋《しょうじょうひ》*の陣羽織の裾《すそ》を摑《つか》んで跡へ引いた。数馬は振り切って城の石垣に攀《よ》じ登る。島も是非なく附《つ》いて登る。とうとう城内に這入《はい》って働いて、数馬は手を負った。同じ場所から攻め入った柳川《やながわ》*の立花飛騨守宗茂《たちばなひだのかみむねしげ》*は七十二歳の古武者《ふるつわもの》で、此時《このとき》の働振《はたらきぶり》を見ていたが、渡辺新弥《わたなべしんや》、仲光内膳《なかみつないぜん》と数馬《かずま》との三人が天晴《あっぱれ》であったと云って、三人へ連名の感状《かんじょう》*を遣《や》った。落城の後《のち》、忠利は数馬に関兼光《せきかねみつ》*の脇差《わきざし》を遣って、禄《ろく》を千百五十石に加増した。脇差は一尺八寸、直焼《すぐやき》*無銘《むめい》*、横鑢《よこやすり》*、銀《ぎん》の九曜《くよう》の三並《みつならび》の目貫《めぬき》*、赤銅縁《しゃくどうぶち》、金拵《きんごしらえ》*である。目貫の穴は二つあって、一つは鉛《なまり》で塡《う》めてあった。忠利は此《この》脇差を秘蔵していたので、数馬に遣ってからも、登城の時などには、「数馬、あの脇差を貸せ」と云って、借りて差したことも度々《たびたび》ある。

光尚に阿部の討手を言い附《つ》けられて、数馬が喜んで詰所へ下がると、傍輩《ほうばい》の一人が囁《ささや》いた。

「奸物《かんぶつ》*にも取柄《とりえ》はある。おぬしに表門の采配《さいはい》を振らせるとは、林殿にしては好《よ》く出来た。」

数馬は耳を欹《そばだ》てた。「なに此度《このたび》のお役目は外記が申し上げて仰《おお》せ附《つ》けられたのか。」

「そうじゃ。外記殿が殿様に言われた。数馬は御先代が出格《しゅっかく》のお取立《とりたて》をなされたものじゃ。御恩報《ごおんほう》じにあれをお遣《や》りなされいと云われた。物怪《もっけ》の幸《さいわい》*ではないか。」

「ふん」と云った数馬の眉間《みけん》には、深い皺《しわ》が刻まれた。「好《よ》いわ。討死《うちじに》するまでの事じゃ。」こう言い放って、数馬はついと起《た》って館を下がった。

此時《このとき》の数馬の様子を光尚が聞《き》いて、竹内《たけのうち》の屋敷へ使《つかい》を遣《や》って、「怪我をせぬように、首尾好《よ》くいたして参れ」と云わせた。数馬は「難有《ありがた》いお詞《ことば》を慥《たし》かに承ったと申し上げて下されい」と云った。

数馬は傍輩の口から、外記が自分を推《お》して此度《このたび》の役に当《あた》らせたのだと聞くや否《いな》や、即時に討死をしようと決心した。それがどうしても動かすことの出来ぬ程堅固《ほどけんご》な決心であった。外記は御恩報じをさせると云ったと云うことである。此詞《このことば》は図らず聞いたのであるが、実は聞くまでも無い、外記が薦《すす》めるには、そう云って薦めるに極《き》まっている。こう思うと、数馬は立っても据《す》わってもいられぬような気がする。自分は御先代の引立《ひきたて》を蒙《こうむ》ったには違いない。併《しか》し元服をしてから後《のち》の自分は、謂《い》わば大勢の近習《きんじゅ》の中《うち》の一人で、別に出色《しゅっしょく》のお扱《あつかい》を受けてはいない。御恩には誰《たれ》も浴《よく》している。御恩報じを自分に限ってしなくてはならぬと言うのは、どう云う意味か。言うまでも無い、自分は殉死する筈《はず》であったのに、殉死しなかったから、命掛《いのちがけ》の場所に遣ると云うのである。命は何時《なんどき》でも喜んで棄《す》てるが、前にしおくれた殉死の代《かわ》りに死のうとは思わない。今命を惜《おし》まぬ自分が、なんで御先代の中陰《ちゅういん》の果《はて》の日に命を惜んだであろう。*謂われの無い事である。畢竟《ひっきょう》どれ丈《だけ》の御入懇《ごじっこん》になった人が殉死すると云う、はっきりした境《さかい》は無い。同じように勤めていた御近習の若侍の中《うち》に殉死の沙汰が無いので、自分もながらえていた。殉死して好《よ》い事なら、自分は誰《たれ》よりも先にする。それ程の事は誰の目にも見えているように思《おも》っていた。それに疾《と》うにする筈《はず》の殉死をせずにいた人間として極印《ごくいん》を打たれたのは、かえすがえすも口惜《くちお》しい。自分は雪《すす》ぐことの出来ぬ汚れを身に受けた。それ程の辱《はじ》を人に加える事は、あの外記でなくては出来まい。外記としてはさもあるべき事である。併《しか》し殿様がなぜそれをお聴納《ききいれ》になったか。外記に傷《けが》けられたのは忍ぶことも出来よう。殿様に棄てられたのは忍ぶことが出来ない。島原で城に乗り入ろうとした時、御先代がお呼止《よびとめ》なされた。それはお馬廻《うままわ》りのものがわざと先《さき》手《て》に加わるのをお止めなされたのである。此度《このたび》御当主の怪我をするなと仰《おっし》ゃるのは、それとは違う。惜しい命をいたわれと仰ゃるのである。それがなんの難有《ありがた》かろう。古い創《きず》の上を新《あらた》に鞭《むち》うたれるようなものである。只《ただ》一刻も早く死にたい。死んで雪《すす》がれる汚《けが》れではないが、死にたい。犬死《いぬじに》でも好《よ》いから、死にたい。

数馬はこう思うと、矢も楯《たて》も溜《た》まらない。そこで妻子には阿部の討手《うって》を仰《おお》せ附《つ》けられたと丈《だけ》、手短《てみじか》に言い聞《きか》せて、一人ひたすら支度を急いだ。殉死した人達は皆安堵《あんど》して死に就《つ》くと云う心持でいたのに、数馬が心持は苦痛を逃れるために死を急ぐのである。乙名島徳右衛門が事情を察して、主人と同じ決心をした外《ほか》には、一家《か》のうちに数馬の心底《しんてい》を汲《く》み知ったものが無い。今年二十一歳*になる数馬の所へ、去年来たばかりのまだ娘らしい女房は、当歳《とうさい》の女の子を抱いてうろうろしているばかりである。

あすは討入《うちいり》と云う四月二十日《はつか》の夜《よ》、数馬は行水《ぎょうずい》を使って、月題《さかやき》を剃《そ》って、髪には忠利に拝領した名香初音《めいこうはつね》*を焚《た》き込めた。白無垢《しろむく》に白襷《しろだすき》、白鉢巻《しろはちまき》をして、肩に合印《あいじるし》*の角取紙《すみとりがみ》*を附《つ》けた。腰に帯びた刀は二尺四寸五分の正盛《まさもり》*で、先祖島村弾正が尼崎で討死した時、故郷《こきょう》に送った記念《かたみ》である。それに初陣《ういじん》の時拝領した兼光《かねみつ》を差し添えた。門口《かどぐち》には馬が嘶《いなな》いている。

手槍《てやり》を取って庭に降り立つ時、数馬は草鞋《わらじ》の緒《お》を男結《おとこむすび》*にして、余った緒を小刀《しょうとう》で切って捨てた。


阿部の屋敷の裏門に向《むか》うことになった高見権右衛門《たかみごんえもん》は本と和田氏《わだうじ》で、近江国《おうみのくに》和田*に住んだ和田但馬守《たじまのかみ》の裔《すえ》である。初蒲生賢秀《はじめがもうかたひで》*に随《したが》っていたが、和田庄五郎《しょうごろう》の代に細川家に仕えた。庄五郎は岐阜《ぎふ》、関原《せきがはら》の戦《たたかい》に功のあったものである。忠利の兄与一郎忠隆《よいちろうただたか》*の下《した》に附《つ》いていたので、忠隆が慶長《けいちょう》五年*大阪で妻前田氏《まえだし》の早く落ち延びたために父の勘気《かんき》を受け、入道《にゅうどう》*休無《きゅうむ》となって流浪《るろう》した時、高野山《こうやさん》や京都まで供《とも》をした。それを三《さん》斎《さい》が小倉へ呼び寄せて、高見氏《うじ》を名告《なの》らせ、番頭《ばんがしら》*にした。知行五百石であった。庄五郎の子が権右衛門である。島原の戦《たたかい》に功があったが、軍令に背《そむ》いた廉《かど》で、一旦役《やく》を召し上げられた。それが暫《しばら》くしてから帰参して側者頭《そばものがしら》になっていたのである。権右衛門は討入の支度の時黒羽二重《くろはぶたえ》*の紋附《もんつき》を着て、兼《かね》て秘蔵していた備前長船《びぜんおさふね》*の刀を取り出して帯びた。そして十文字の槍*を持って出た。

竹内数馬の手に島徳右衛門がいるように、高見権右衛門は一人の小姓を連れている。阿部一族の事のあった二三年前《ぜん》の夏の日に、此《この》小姓は非番で部屋に昼寝をしていた。そこへ相役《あいやく》の一人が供先《ともさき》から帰って真裸《まはだか》になって、手《て》桶《おけ》を提《さ》げて井戸へ水を汲みに行《ゆ》き掛けたが、ふと此《この》小姓の寝ているのを見て、「己《おれ》がお供から帰ったに、水も汲んでくれずに寝ておるかい」と云いざまに枕を蹴《け》った。小姓は跳ね起きた。

「なる程《ほど》。目が醒《さ》めておったら、水も汲んで遣《や》ろう。じゃが枕を足蹴《あしげ》にすると云うことがあるか。此儘《このまま》には済まんぞ。」こう云って抜打《ぬきうち》に相役を大袈裟《おおげさ》に切った。*

小姓は静かに相役の胸の上に跨《また》がって止《とど》めを刺して、乙名《おとな》の小屋へ往《い》って仔細《しさい》を話した。「即座に死ぬる筈《はず》でござりましたが、御不審もあろうかと存じまして」と、肌を脱いで切腹しようとした。乙名が「先《ま》ず待て」と云って権右衛門に告げた。権右衛門はまだ役所から下《さ》がって、衣服も改めずにいたので、其儘館《そのままやかた》へ出て忠利に申し上げた。忠利は「最《もっとも》の事じゃ、切腹には及ばぬ」と云った。此時《このとき》から小姓は権右衛門に命を捧《ささ》げて奉公しているのである。

小姓は箙《えびら》*を負い半弓《はんきゅう》*を取って、主《しゅ》の傍《かたわら》に引き添った。

寛永十九年四月二十一日は麦秋《むぎあき》*に好《よ》くある薄曇《うすぐもり》の日であった。

阿部一族の立て籠《こも》っている山崎の屋敷に討ち入ろうとして、竹内数馬の手のものは払暁《ふっきょう》に表門の前に来た。夜通し鉦太鼓《かねたいこ》を鳴らしていた屋敷の内《うち》が、今はひっそりとして空屋《あきや》かと思われる程《ほど》である。門の扉は鎖《とざ》してある。板塀《いたべい》の上に二三尺伸びている夾竹桃《きょうちくとう》の木末《うら》には、蜘《くも》のい*が掛かっていて、それに夜露《よつゆ》が真珠のように光っている。燕《つばめ》が一羽どこからか飛んで来て、つと塀の内《うち》に入《い》った。

数馬は馬を乗り放って降り立って、暫《しばら》く様子を見ていたが、「門を開けい」と云った。足軽が二人塀を乗り越して内《うち》に這入《はい》った。門の廻《まわ》りには敵は一人もいないので、錠前《じょうまえ》を打ちこわして貫《かん》の木《き》*を抜いた。

隣家《りんか》の柄本又七郎は数馬の手のものが門を開ける物音を聞いて、前夜結縄《むすびなわ》を切って置いた竹垣《たけがき》を踏み破って、駈《か》け込んだ。毎日のように往来《ゆきき》して、隅々《すみずみ》まで案内を知っている家である。手槍を構えて台所の口から、つと這入《はい》った。座敷の戸を締め切って、籠《こ》み入る討手のものを一人一人討ち取ろうとして控えていた一族の中で、裏口に人のけはいのするのに、先《ま》ず気の附《つ》いたのは弥五兵衛である。これも手槍を提げて台所へ見に出た。

二人は槍の穂先《ほさき》と穂先とが触れ合う程に相対した。「や、又七郎か」と、弥五兵衛が声を掛けた。

「おう。兼《かね》ての広言《こうげん》がある。おぬしが槍の手並《てなみ》を見に来た。」

「好《よ》うわせた。*さあ。」

二人は一歩《いっぽ》しざって槍を交《まじ》えた。*暫《しばら》く戦ったが、槍術《そうじゅつ》は又七郎の方が優れていたので、弥五兵衛の胸板をしたたかに衝《つ》き抜いた。弥五兵衛は槍をからりと棄《す》てて、座敷の方《ほう》へ引こうとした。

「卑怯じゃ。引くな。」又七郎が叫んだ。

「いや逃げはせぬ。腹を切るのじゃ。」言い棄てて座敷に這入《はい》った。

その刹那《せつな》に「おじ様、お相手」と叫んで、前髪の七之丞が電光の如《ごと》くに飛んで出て、又七郎の太股《ふともも》を衝いた。入懇《じっこん》の弥五兵衛に深手を負わせて、覚えず気が弛《ゆる》んでいたので、手錬《しゅれん》の又七郎も少年の手に掛かったのである。又七郎は槍を棄てて其場《そのば》に倒れた。

数馬は門内に入《い》って人数《にんず》を屋敷の隅々《すみずみ》に配った。さて真っ先に玄関に進んで見ると、正面の板戸が細目に開けてある。数馬が其《その》戸に手を掛けようとすると、島徳右衛門が押し隔《へだ》てて、詞《ことば》せわしく囁《ささや》いた。

「お待《まち》なさりませ。殿は今日の総大将じゃ。某《それがし》がお先をいたします。」

徳右衛門は戸をがらりと開けて飛び込んだ。待ち構えていた市太夫の槍に、徳右衛門は右の目を衝かれてよろよろと数馬に倒れ掛かった。

「邪魔じゃ。」数馬は徳右衛門を押し退《の》けて進んだ。市太夫、五太夫の槍が左右のひ*はらを衝き抜いた。

添島九兵衛、野村庄兵衛が続いて駆け込んだ。徳右衛門も痛手《いたで》に屈《くっ》せず取って返した。

此時《このとき》裏門を押し破って這入《はい》った高見権右衛門は十文字槍を揮《ふる》って、阿部の家来共《ども》を衝きまくって座敷に来た。千場作兵衛も続いて籠《こ》み入った。

裏表二手《ふたて》のもの共《ども》が入《い》り違えて、おめき叫んで衝いて来る。障子襖《しょうじふすま》は取り払ってあっても、三十畳《じょう》に足らぬ座敷である。市街戦の惨状が野戦より甚《はなは》だしいと同じ道理で、皿に盛られた百虫《ちゅう》の相啖《あいくら》うにも譬《たと》えつべく、目も当てられぬ有様である。

市太夫、五太夫は相手嫌《きら》わず槍を交《まじ》えているうち、全身に数えられぬ程《ほど》の創《きず》を受けた。それでも屈せずに、槍を棄てて刀を抜いて切り廻っている。七之丞はいつの間にか倒れている。

太股を衝かれた柄本又七郎が台所に伏していると、高見の手のものが見て、「手をお負《おい》なされたな、お見事じゃ、早うお引きなされい」と云って、奥へ通り抜けた。

「引く足があれば、わしも奥へ這入《はい》るが」と、又七郎は苦々《にがにが》しげに云って歯咬《はがみ》をした。

そこへ主《しゅう》の跡《あと》を慕《した》って入《い》り込んだ家来の一人が駈《か》け附《つ》けて、肩に掛けて退《しりぞ》いた。

今一人の柄本家の被官《ひかん》＊天草平九郎《あまくさへいくろう》と云うものは、主の退口《のきくち》を守って、半弓《はんきゅう》を以《もっ》て目に掛かる敵を射ていたが、其場《そのば》で討死した。

竹内数馬の手では島徳右衛門が先《ま》ず死んで、次《つ》いで小頭《こがしら》添島九兵衛が死んだ。

高見権右衛門が十文字槍を揮《ふる》って働く間、半弓《はんきゅう》を持った小姓はいつも槍脇《やりわき》を詰めて敵を射ていたが、後《のち》には刀を抜いて切って廻った。ふと見れば鉄砲で権右衛門をねらっているものがある。「あの丸《たま》はわたくしが受け止めます」と云って、小姓が権右衛門の前に立つと、丸が来て中《あた》った。小姓は即死した。竹内の組から抜いて高見に附《つ》けられた小頭千場作兵衛は重手《おもで》を負って台所に出て、水瓶《みずかめ》の水を呑んだが、其儘《そのまま》そこにへたばっていた。

阿部一族は最初に弥五兵衛が切腹して、市太夫、五太夫、七之丞はとうとう皆深手《ふかで》に息が切れた。家来も多くは討死した。

高見権右衛門は裏表の人数《にんず》を集めて、阿部が屋敷の裏手にあった物置小屋を崩させて、それに火を掛けた。風のない日の薄曇《うすぐもり》の空に、烟《けむり》が真《ま》っ直《すぐ》に升《のぼ》って、遠方から見えた。それから火を踏み消して、跡《あと》を水でしめして引き上げた。台所にいた千場作兵衛、其外《そのほか》重手《おもで》を負ったものは家来や傍輩《ほうばい》が肩に掛けて続いた。時刻は丁度未《ちょうどひつじ》の刻《こく》*であった。

光尚は度々《たびたび》家中の主立《おもだ》ったものの家へ遊びに往《ゆ》くことがあったが、阿部一族を討ちに遣《や》った二十一日の日には、松野左京《まつのさきょう》の屋敷へ払暁《ふっきょう》から出掛けた。館《やかた》のあるお花畠《はなばたけ》からは、山崎はすぐ向《む》うになっているので、光尚が館を出る時、阿部の屋敷の方角に人声《ひとごえ》物音がするのが聞《きこ》えた。

「今討入《うちい》ったな」と云って、光尚は駕籠《かご》に乗った。

駕籠がようよう一町ばかり行った時、注進があった。竹内数馬が討死をしたことは、此時《このとき》分かった。

高見権右衛門は討手の総勢を率いて、光尚のいる松野の屋敷の前まで引き上げて、阿部の一族を残らず討ち取ったことを執奏《しっそう》*して貰った。光尚はじきに逢おうと云って、権右衛門を書院の庭に廻らせた。

丁度卯《う》の花《はな》の真っ白に咲いている垣の間に、小さい枝折戸《しおりど》のあるのを開けて這入《はい》って、権右衛門は芝生の上に突居《ついい》た。*光尚が見て、「手を負ったな、一段骨折《ほねおり》であった」

と声を掛けた。黒羽《くろは》二重《ぶたえ》の衣服が血みどれになって、それに引上《ひきあげ》の時小屋の火を踏み消した時飛び散った炭や灰がまだらに附《つ》いていたのである。

「いえ。かすり創《きず》でござりまする。」権右衛門は何者かに水落《みずおち》*をしたたか衝かれたが懐中《かいちゅう》していた鏡に中《あた》って穂先がそれた。創は僅《わず》かに血を鼻紙ににじませた丈《だけ》である。

権右衛門は討入の時の銘々《めいめい》の働きを精《くわ》しく言上《ごんじょう》して、第一の功を単身で弥五兵衛に深手を負わせた隣家の柄本又七郎に譲った。

「数馬はどうじゃった。」

「表門から一足先に駈《か》け込みましたので見届けません。」

「さようか。皆のものに庭へ這入《はい》れと云え。」

権右衛門が一同を呼び入れた。重手《おもで》で自宅へ舁《か》いて行《ゆ》かれた人達の外《ほか》は、皆芝生に平伏《へいふく》した。働いたものは血によごれている。小屋を焼く手伝《てつだい》ばかりしたものは、灰ばかりあびている。その灰ばかりあびた中に、畑十太夫がいた。光尚が声を掛けた。

「十太夫。そちの働きはどうじゃった。」

「はっ」と云った切《ぎ》り黙って伏していた。十太夫は大兵《だいひょう》の臆病者《おくびょうもの》で、阿部が屋敷の外をうろついていて、引上《ひきあげ》の前に小屋に火を掛けた時、やっとおずおず這入《はい》ったのである。最初討手を仰《おお》せ附《つ》けられた時に、お次《つぎ》へ出る所を剣術者新免武蔵《しんめんむさし》*が見て、「冥加《みょうが》至極《しごく》の事じゃ、随分お手柄をなされい」と云って背中をぽんと打った。十太夫は色を失って、弛《ゆる》んでいた袴《はかま》の紐《ひも》を締め直そうとしたが、手が震えて締まらなかったそうである。

光尚は座を起《た》つ時云った。「皆出精《しゅっせい》であったぞ。帰って休息いたせ。」

竹内数馬の幼い娘には養子をさせて家督相続を許されたが、此《この》家は後《のち》に絶えた。高見権右衛門は三百石、千場作兵衛、野村庄兵衛は各五十石の加増を受けた。柄本又七郎へは米田監物《こめだけんもつ》が承って、組頭《くみがしら》谷内蔵之允《たにくらのすけ》を使者に遣《や》って、賞詞《ほめことば》があった。親戚朋《ほう》友《ゆう》がよろこびを言いに来ると、又七郎は笑って、「元亀天正《げんきてんしょう》*の頃は、城攻《しろぜめ》野《の》合《あわ》せ*が朝夕《ゆう》の飯《めし》同様であった、阿部一族討取《うちと》りなぞは茶《ちゃ》の子《こ》の茶の子の朝茶の子*じゃ」と云った。二年立って、正保《しょうほう》元年*の夏、又七郎は創《きず》が癒《い》えて光尚に拝謁《はいえつ》した。光尚は鉄砲十挺を預けて、「創が根治《こんじ》するように湯治《とうじ》がしたくばいたせ、又《また》府外*に別荘地を遣《つか》すから、場所を望め」と云った。又七郎は益城小池村《ましきこいけむら》*に屋敷地《やしきち》を貰った。その背後《はいご》が籔山《やぶやま》である。「籔山も遣《つかわ》そうか」と、光尚が云わせた。又七郎はそれを辞退した。竹は平日も御用に立つ。戦争でもあると、竹束《たけたば》が沢山《たくさん》いる。それを私《わたくし》に拝領しては気が済まぬと云うのである。そこで籔山は永代御預《えいたいおあず》けと云うことになった。

畑十太夫は追放せられた。竹内数馬の兄八兵衛《はちべえ》は私《わたくし》に討手に加わりながら、弟の討死の場所に居合《いあわ》せなかったので、閉門《へいもん》*を仰《おお》せ附《つ》けられた。又馬廻《うままわり》の子で近習《きんじゅ》を勤めていた某《それがし》は、阿部の屋敷に近く住まっていたので、「火の用心をいたせ」と云って当番を免《ゆる》され、父と一しょに屋根に上《あが》って火の子を消していた。後《のち》に切角《せっかく》当番を免された思召《おぼしめし》に背《そむ》いたと心附《こころづ》いてお暇《いとま》を願ったが、光尚は「そりゃ臆病では無い、以後はも少し気を附《つ》けるが好《よ》いぞ」と云って、其儘《そのまま》勤めさせた。此《この》近習は光尚の亡くなった時殉死した。

阿部一族の死骸は井出《いで》の口《くち》に引き出して、吟味せられた。白川《しらかわ》*で一人一人の創を洗って見た時、柄本又七郎の槍に胸板を衝き抜かれた弥五兵衛の創は、誰《たれ》の受けた創よりも立派であったので、又七郎はいよいよ面目《めんぼく》を施《ほどこ》した。

佐《さ》橋《はし》甚《じん》五《ご》郎《ろう》

豊太閤《ほうたいこう》が朝鮮を攻めてから、朝鮮と日本との間には往来が全く絶えていたのに、宗《そう》対馬守義智《つしまのかみよしとし》*が徳川家《とくがわけ》の旨《むね》を承《う》けて肝煎《きもいり》*をして、慶長《けいちょう》九年*の暮《くれ》に、松雲孫《しょううんそん》、文彧《ぶんいく》、金孝《きんこう》舜《しゅん》と云《い》う三人の僧が朝鮮から様子を見に来た。徳川家康《いえやす》は三人を紫野《むらさき》の大徳寺《だいとくじ》に泊《とま》らせて置いて、翌年の春秀忠《ひでただ》と一しょに上洛《じょうらく》した時に目見《めみ》えをさせた。

中《なか》一年置いて慶長十二年四月に、朝鮮から始《はじ》めての使《つかい》が来た。もう家康は駿府《すんぷ》*に隠居して居《い》たので、京都に着いた使は、最初に江戸へ往《ゆ》けと云う指図《さしず》を受けた。使は閏《うるう》四月二十四日に江戸の本誓寺《ほんせいじ》*に着いた。五月六日に将軍に謁見《えっけん》した。十四日に江戸を立って、十九日に興津《おきつ》の清見寺《せいけんじ》*に着いた。家康は翌二十日の午の刻に使を駿府の城に召《め》した。使は一応老中本多上野介正純《ろうじゅうほんだこうずけのすけまさずみ》の邸《やしき》に入《い》って、そこで衣服を改めて登城《とじょう》することになった。

此度《このたび》の使は通政大夫呂祐吉《つうせいたいふりょゆうきつ》、通訓大夫慶暹《つうくんたいふけいせん》、同丁好寛《どうていこうかん》の三人である。本国から乗物《のりもの》を三つ吊《つ》らせて来た。呂祐吉の乗物には造花を持たせた人形が座《ざ》の右に据《す》えてあった。

捧《ささ》げて来た朝鮮王李昖《りえん》*の国書は江戸へ差し出した。次は上々官《じょうじょうかん》金僉知《きんせんち》、朴僉知《ぼくせんち》、喬僉知《きょうせんち》の三人で、これは長崎《ながさき》で造らせた白木《しらき》の乗物に乗っていた。次は上官二十六人、中官《ちゅうかん》八十四人、下官《げかん》百五十四人、総人数《そうにんず》二百六十九人であった。道中《どうちゅう》の駅々《えきえき》では鞍置馬《くらおきうま》百五十疋《ぴき》、小荷駄馬《こにだうま》二百余《よ》疋、人足《にんそく》三百余人を続《つ》ぎ立てた。

駿府の城ではお目見えをする前に、先《ま》ず献上物《けんじょうもの》が広縁《ひろえん》に並べられた。人参《にんじん》*六十斤《きん》、白苧布《しろあさぬの》三十疋《ぴき》、蜜《みつ》百斤、蜜蠟《みつろう》*百斤の四色《よいろ》である。江戸の将軍家への進物《しんもつ》十一色《いろ》に比《なら》べると遥《はる》かに略儀《りゃくぎ》になっている。固《もと》より江戸と駿府とに分けて進上《しんじょう》すると云う初《はじめ》からの為組《しくみ》ではなかったので、急に抜差《ぬきさし》をして調《ととの》えたものであろう。江戸で出した国書の別幅《べっぷく》に十一色の目録があったが、本書とは墨色《すみいろ》が相違していたそうである。

此《この》日に家康は翠色《みどりいろ》の装束《しょうぞく》をして、上壇《じょうだん》に畳《たたみ》を二帖《じょう》敷かせた上に、暈繝《うんげん》の錦《にしき》の茵《しとね》*を重ねて着座した。使《つかい》は下段《げだん》に進んで、二度半の拝《はい》をして、右から左へ三人並んだ。上々官金僉知、朴僉知、喬僉知の三人はいずれも広縁に並んで拝をした。ここでは別に書類を捧呈《ほうてい》することなどは無い。茶も酒も出されない。暫《しばら》くして上《かみ》の使*三人が復《ま》た二度半の拝をすると、上々官三人も縁《えん》で復《ま》た拝をした。上々官の拝が済んでから、上の使三人は上々官を随《したが》えて退出した。

家康は六人の朝鮮人の後影《うしろかげ》を見送って、すぐに左右を顧《かえり》みて云った。

「あの縁にいた三人目の男を見知ったものは無いか。」

側《そば》には本多正純を始《はじめ》として、十余人の近臣がいた。案内して来た宗もまだ残っていた。併《しか》し意味ありげな大御所《おおごしょ》の詞《ことば》を聞いて、皆暫《しばら》く詞を出さずにいた。稍《やや》あって宗が危《あや》ぶみながら口を開いた。

「三人目は喬僉知と申しまするもので。」

家康は宗を冷《ひやや》かに一目見た切りで、目を転じて一座を見渡した。

「誰《たれ》も覚えてはおらぬか。わしは六十六になるが、まだめったに目くらがしは食わぬ。＊あれは天正《てんしょう》十一年＊に浜松《はままつ》を逐電《ちくてん》した時二十三歳であったから、今年《ことし》は四十七になっておる。太い奴《やつ》、好《よ》うも朝鮮人になりすましおった。あれは佐橋甚五郎じゃぞ。」

一座は互《たがい》に目を合わせたが、今度は暫くの間誰一人詞を出すものがなかった。本多は何か問いたげに大御所の気色《けしき》を伺《うかが》っていた。

家康は本多を顧《かえり》みて、「もう好《よ》い、振舞《ふるまい》＊の事を頼むぞ」と云った。これは家康がこの府中《ふちゅう》の城に住むことに極《き》めて沙汰《さた》をしたのが今年の正月二十五日で、城はまだ普請《ふしん》中《ちゅう》であるので、朝鮮の使の饗応《きょうおう》を本多が邸《やしき》ですることに言い附《つ》けて置いたからである。

「一応取《と》り糺《ただ》して見ることにいたしましょうか」と、本多は矢張《やはり》気色を伺いながら云った。

「いや。それは知らぬと云うじゃろう。上役《うわやく》のものは全く知らぬかも知れぬ。兎《と》に角《かく》あの者共《ども》は早くここを立たせるが好《よ》い。土地のものと文通などを致させぬようにせい。」

「はっ」と云って、本多は忙がしげに退出した。

饗応の用意は兼《かね》て調《ととの》えてあった。使は本多の邸へ引き取って常《つね》の衣服に着換《きか》えた上で、振舞《ふるまい》を受けることになっていたのである。城内から帰った本多は、丁度着換《ちょうどきかえ》が済んで休息している呂祐吉に、宗を以《もっ》てそれとなく問わせた。きょうお目見えをした者の中《うち》に、大御所のお見知《みしり》になっている人はなかったかと問わせたのである。通事《つうじ》の取り次いだ返答は、一向に存ぜぬと云うことであった。しかもそう云った呂祐吉の顔は、いかにも思い掛けぬ事を問われたらしく、どうも物を包み隠しているものとは見えなかった。

饗応に相伴《しょうばん》などはなかった。膳部《ぜんぶ》を引く頃に、大沢侍従《おおさわじじゅう》、永井右近進《ながいうこんのしん》、城織部《じょうおりべ》の三人が、大御所のお使として出向いて来て、上《かみ》の三人に具足《ぐそく》三領《りょう》、太刀《たち》三振《みふり》、白銀《はくぎん》三百枚、次の三人金僉知《きんせんち》等《ら》に刀《とう》三腰《こし》、白銀《はくぎん》百五十枚《まい》、上官二十六人《にん》に白銀《はくぎん》二百枚《まい》、中官《ちゆうかん》以下に鳥目《ちょうもく》五百貫を引物《ひきもの》として贈った。

本多の指図で、使の一行は其日《そのひ》の内に立って、藤枝《ふじえだ》*まで上《のぼ》った。京都紫野に着いたのが五月二十九日、大阪へ出たのが六月八日で、大阪で舟に乗り込《こ》んだのが六月十一日である。朝鮮征伐の時の俘虜《ふりょ》の男女千三百四十余人も、江戸からの沙汰《さた》で、一しょに舟に載せて還《かえ》された。

浜松《はままつ》の城が出来て、当時三河守《みかわのかみ》と名告《なの》った家康はそれに這入《はい》って、嫡子信康《ちゃくしのぶやす》を自分のこれまでいた岡崎《おかざき》の城に住《すま》わせた。そこで信康は岡崎二郎三郎《じろさぶろう》と名告ることになった。この岡崎殿《どの》が十八歳ばかりの時、主人より年の二つ程《ほど》若い小姓《こしょう》に佐橋甚五郎と云うものがあった。口に出して言い附《つ》けられぬうちに、何の用事でも果《はた》すような、敏《びん》捷《しょう》な若者で、武芸は同じ年頃の同輩に、傍《そば》へ寄り附《つ》く者も無い程《ほど》であった。それに遊《ゆう》芸《げい》が巧者《こうしゃ》で、殊《こと》に笛を上手《じょうず》に吹いた。

或《あ》る時信康は物詣《ものもうで》に往《い》った帰りに、城下のはずれを通った。丁度《ちょうど》春の初《はじめ》で、水のぬるみ初《そ》めた頃である。とある広い沼の遥か向《むこ》うに、鷺《さぎ》が一羽おりていた。銀色に光る水が一筋うねっている側《そば》の黒ずんだ土の上に、鷺は綿《わた》を一撮《つま》み投げたように見えている。ふと小姓の一人が、あれが撃《う》てるだろうかと云い出したが、衆議《しゅうぎ》は所詮《しょせん》撃てぬと云うことに極《き》まった。甚五郎は最初黙って聞いていたが、皆が撃てぬと云い切った跡《あと》で、独語《ひとりごと》のように「なに撃てぬにも限らぬ」とつぶやいた。それを蜂谷《はちや》と云う小姓が聞き咎《とが》めて、「おぬし一人がそう思うなら、撃って見るが好《よ》い」と云った。「随分《ずいぶん》撃って見ても好《よ》いが、何か賭けるか」と甚五郎が云うと、蜂谷が「今ここに持っている物をなんでも賭《か》きょう」と云った。「好《よ》し、そんなら撃って見る」と云って、甚五郎は信康の前に出て許《ゆるし》を請《こ》うた。信康は興《きょう》ある事と思って、足軽に持たせていた鉄砲を取り寄せて甚五郎に渡した。

「中《あた》るも中らぬも運《うん》じゃ。はずれたら笑うまいぞ。」甚五郎はこう云って置いて、少しもためらわずに撃ち放した。上下挙《じょうげこぞ》って息を屏《つ》めて見ていた鷺は、羽《はね》を拡《ひろ》げて飛び立ちそうに見えたが、其儘《そのまま》黒ずんだ土の上に、綿一撮み程《ほど》の白い形をして残った。信康を始《はじめ》として、一同覚《おぼ》えず声を揚《あ》げて誉《ほ》めた。田舟《たぶね*》を借りて鷺を取りに行《ゆ》く足軽を跡《あと》に残して、一同は館《やかた》へ帰った。

翌日の朝思い掛けぬ出来事が城内の人々を驚かした。それは小姓蜂谷が、体中に疵《きず》もないのに死んでいて、甚五郎は行方《ゆくえ》が知れなくなったのである。小姓一人《にん》は鷺を撃った跡で、お供をして帰る時、甚五郎が蜂谷に「約束の事は跡で談合《だんごう》するぞ」と云うのを聞いた。死んだ蜂谷の身のまわりを調べた役人は、兼《かね》て見知っている蜂谷の金熨《きんの》斗附《しつき*》の大小の代《かわ》りに、甚五郎の物らしい大小の置いてあるのに気が附《つ》いた。その外《ほか》にはこの奇怪な出来事を判断する種《たね》になりそうな事は格別無い。只《ただ》小姓達の云うのを聞けば、蜂谷は今度《こんど》紛失した大小を平生由緒《へいぜいゆいしょ》のある品《しな》だと云って、大切にしていたそうである。又其《またその》大小を甚五郎が不断《ふだん》褒めていたそうである。

甚五郎の行方は久しく知れずにいて、とうとう蜂谷の一週忌も過ぎた。或る日甚五郎の従兄《じゅうけい》佐橋《さはし》源太夫《げんだゆう》が浜松の館に出頭して歎願《たんがん》した。それは遠くもない田舎に、甚五郎が隠れているのが知れたので、助命を願いに出たのである。源太夫はこう云う話をした。甚五郎は鷺を撃つとき蜂谷と賭《かけ》をした。蜂谷は身に着けている物を何なりとも賭けようと云った。甚五郎は運好《うんよ》く鷺を撃ったので、不断望《のぞみ》を掛けていた蜂谷の大小を貰おうと云った。それも只《ただ》貰うのでは無い。代《かわ》りに自分の大小を遣《や》ろうと云うのである。併《しか》し蜂谷は、この金熨斗附の大小は蜂谷家で由緒のある品だから遣らぬと云った。甚五郎は聴かなんだ。「武士は誓言《せいごん》をしたからは、一命をも棄《す》てる。よしや由緒があろうとも、おぬしの身に着けている物の中で、わしが望むのは大小ばかりじゃ、是非《ぜひ》くれい」と云った。「いや、そうはならぬ。命ならいかにも棄《す》ちょう。家の重宝《じゅうほう》は命にも換《か》えられぬ」と蜂谷は云った。「誓言を反古《ほご》にする犬侍《いぬざむらい》奴《め》」と甚五郎が罵《ののし》ると、蜂谷は怒《いか》って刀を抜こうとした。甚五郎は当身《あてみ》を食《く》わせた。それ切り蜂谷は息を吹き返さなかった。平生《へいぜい》何事か言い出すと跡《あと》へ引かぬ甚五郎は、とうとう蜂谷の大小を取って、自分の大小を代りに残して立ち退《の》いたと云うのである。源太夫は家康に此話《このはなし》をして、何を言うにも年若《としわか》の甚五郎であるから、上《かみ》の思召《おぼしめし》で助命して戴《いただ》ければ好《よ》し、若《も》し惬《かな》わぬ事なら、人手《ひとで》に掛けず打ち果たしてお詫《わび》をしたいと云った。

家康はこれを聞いて、暫《しばら》く考えて云った。「そちが話を聞けば、甚五郎の申分《もうしぶん》や所行《しょぎょう》も一応道理らしく聞《きこ》えるが、所詮《しょせん》は間違《まちご》うておるぞよ。併《しか》しそちも云う通り、弱年の者じゃから、何か一廉《かど》の奉公をいたしたら、それをしおに助命いたして遣《つか》わそう。」

「はっ」と云って源太夫は姑《しばら》く畳に顔を押し当てていた。稍《やや》あって涙ぐんだ目を挙《あ》げて家康を見て、「甚五郎奴《め》にいたさせまする御奉公は」と問うた。

「甚五郎は怜悧《れいり》な若者で、武芸にも長《た》けているそうな。手に合うなら、甘利《あまり》を討《う》せい。」こう言い放った儘《まま》、家康は座を起《た》った。

望月《もちづき》の夜《よ》*である。甲斐《かい》の武田勝頼《たけだかつより》が甘利《あまり》四郎《しろ》三郎《さぶろう》を城番《じょうばん》に籠《こ》めた遠江国《とおとうみのくに》榛原郡《はいばらごおり》小山《こやま》*の城で、月見の宴《えん》が催されている。大兵肥満《だいひょうひまん》の甘利は大盃《たいはい》を続けざまに干《ほ》して、若侍共《ども》にさまざまの芸をさせている。

「三河の水の勢《いきおい》も
小山が堰《せ》けばつい折れる。
凄《すさ》まじいのは音ばかり。」

こんな歌を歌って一座はとよめく。そのうち夜《よ》が更《ふ》けたので、甘利は大勢《おおぜい》に暇《いとま》を遣《や》って、跡《あと》には新参の若衆《わかしゅ》一人を留《と》めて置いた。

「ああ。騒がしい奴等《やつら》であったぞ。月の面白さはこれからじゃ。又《また》笛でも吹いて聞《きか》せい。」こう云って、甘利は若衆の膝《ひざ》を枕にして横になった。

若衆は笛を吹く。いつも不意に所望《しょもう》せられるので、身を放さずに持っている笛である。夜は次第に更けて行《ゆ》く。燃え下《さ》がった蠟燭《ろうそく》の長く延《の》びた心《しん》が、上の端《はし》は白くなり、その下は朱色《しゅいろ》になって、氷柱《つらら》のように垂《た》れた蠟が下には堆《うずたか》く盛り上がっている。澄み切った月が、暗く濁った燭《しょく》の火に打ち勝って、座敷は一面に青み掛《が》かった光を浴びている。どこか近くで鳴く蟋蟀《こおろぎ》の声が、笛の音《ね》に交《まじ》って聞《きこ》える。甘利は瞼《まぶた》が重くなった。

忽《たちま》ち笛の音がと切《ぎ》れた。「申《もう》し。お寒うはござりませぬか。」笛を置いた若衆の左の手が、仰向《あおむけ》になっている甘利の左の胸を軽く押《おさ》えた。丁度浅葱《あさぎ》色《いろ》の袷《あわせ》に紋の染め抜いてある辺《へん》である。

甘利は夢現《ゆめうつつ》の境《さかい》に、寛《くつろ》いだ襟《えり》を直してくれるのだなと思った。それと同時に氷のように冷たい物が、たった今平手《ひらて》が障《さわ》ったと思う処《ところ》から、胸の底深く染《し》み込んだ。何とも知れぬ温《あたたか》い物が逆に胸から咽《のど》へ升《のぼ》った。甘利は気が遠くなった。

三河勢《ぜい》の手に余った甘利を容易《たやす》く討ち果《はた》して、髻《もとどり》をしるしに切り取った甚五郎は、鼬鼠《いたち》のように身軽に、小山の城を脱《ぬ》けて出て、従兄源太夫が浜松の邸《やしき》に帰った。家康は約束通り甚五郎を召し出したが、目見《めみ》えの時一言《いちごん》も甘利の事を言わなんだ。蜂谷の一族は甚五郎の帰参を快くは思わぬが、大殿《おおとの》の思召《おぼしめし》を彼此《かれこれ》云うことは出来なかった。

甘利は死んでも小山の城はまだ落ちずにいた。そのうち世間には種々《しゅじゅ》の事があった。先に武田《たけだ》信玄《しんげん》が死んでから七年目に、上杉謙信《うえすぎけんしん》が死んだ。三十六歳で右近衛権少将《うこんえごんしょうしょう》にせられた家康の一門《もん》は益《ますます》栄えて、嫡子二郎三郎信康が二十一歳になり、二男於義丸《おぎまる》（秀康《ひでやす》）が五歳になった時、世に謂《い》う築山殿事件《つきやまどのじけん》*が起《おこ》って、信康は無慙《むざん》にも信長《のぶなが》の嫌疑のために生害《しょうがい》した。後《のち》に将軍職を承《う》け継《つ》いだ三男長丸《おさまる》（秀忠《ひでただ》）は丁度此年《このとし》に生《うま》れ、四男福松丸《ふくまつまる》（忠吉《ただよし》）は其《その》翌年に生れた。それから中《なか》一年置いて、家康が多年《たねん》目の上の瘤《こぶ》のように思った小山の城が落ちたが、それはもう勝頼の滅びる悲壮劇《ひそうげき》の序幕であった。

武田の滅びた天正十年程《ほど》、徳川家の運命の秤《はかり》が乱高下《らんこうげ》をした年はあるまい。明智光《あけちみつ》秀《ひで》が不意に起《おこ》って信長を討ち取る。羽柴秀吉《はしばひでよし》が毛利家《もうりけ》と和睦《わぼく》して弔合戦《とむらいがっせん》に取って返す。旅中《りょちゅう》の家康は茶屋《ちゃや》四郎次郎《ろじろう》の金と本多《ほんだ》平八郎《へいろう》の鑓《やり》との力を藉《か》りて、僅《わず》かに免《まぬか》れて岡崎へ帰《かえ》った。さて軍勢を催促して鳴海《なるみ》*まで出《で》ると、秀吉の使《つかい》が来て、光秀の死を告げた。家康が武田の旧臣を身方《みかた》に招き寄せている最中《さいちゅう》に、小田原《おだわら》の北条新九郎氏直《ほうじょうしんくろううじなお》が甲斐《かい》の一揆《いっき》をかたらって攻めて来た。家康は古府《こふ》*まで出張《でば》って、八千足らずの勢《せい》を以《もっ》て北条の五万の兵と対陣した。此時《このとき》佐橋甚五郎は若武者仲間の水野《みずの》藤《とう》十郎《ろう》勝成《かつなり》と一しょに若御《わかみ》子《こ》*で働いて手を負った。年の暮《くれ》に軍功のあった侍に加増があって、甚五郎も其数《そのすう》には漏《も》れなんだが、藤十郎と甚五郎との二人には賞美《しょうび》の詞《ことば》が無かった。

天正十一年になって、遠からず小田原へ二女督姫君《とくひめぎみ》の輿入《こしいれ》があるために、浜松の館の忙がしい中で、大阪に遷《うつ》った羽柴家《はしばけ》へ祝《いわい》の使《つかい》が行《ゆ》くことになった。近習《きんじゅ》の甚五郎がお居間の次《つぎ》で聞いていると、石川与《いしかわよ》七郎数正《しちろうかずまさ》が御前に出て、大阪への使を承《うけたまわ》っている。

「誰《たれ》か心の利《き》いた若い者を連れてまいれ」と家康が云う。

「さようなら佐橋でも」と石川が云う。

良久《やや》しい間家康の声が聞《きこ》えない。甚五郎はどうした事かと思っていると、やっと家康の声がする。「あれは手放しては使いとう無い。此頃《このごろ》身方《みかた》に附《つ》いた甲州方《こうしゅうがた》の者に聞けば、甘利はあれを我子《わがこ》のように可哀《かわい》がっておったげな。それにむごい奴《やつ》が寐首《ねくび》を掻《か》きおった。」

甚五郎は此詞《このことば》を聞いて、ふんと鼻から息を漏らして軽く頷《うなず》いた。そしてつと座を起《た》って退出したが、兼《かね》て同居していた源太夫の邸《やしき》へも立ち寄らずに、それ切《ぎ》り行方が知れなくなった。源太夫が家内の者の話に、甚五郎は不断小判百両を入れた胴巻を肌に着けていたそうである。

天正十一年に浜松を立ち退《の》いた甚五郎が、果《はた》して慶長十二年に朝鮮から喬僉知《きょうせんち》と名告って来たか。それともそう見えたのは家康の僻目《ひがめ》であったか。確かな事は誰《たれ》にも分からなんだ。佐橋家のものは人に問われても、一向知らぬと言い張った。併《しか》し佐橋家で、根が人形のように育った人参《にんじん》の上品《じょうひん》を、非常に多く貯《たくわ》えていることが後《のち》に知れて、あれはどうして手に入れたものかと、訝《いぶか》しがるものがあった。

此話《このはなし》は「続武家閑話《ぞくぶけかんわ》*」に拠《よっ》たものである。佐橋家の家譜《かふ》等《とう》では、甚五郎は夙《はや》く永禄《えい ろく》六年一向宗徒《いっこうしゅうと》に与《くみ》して討死《うちじに》している。「甲子夜話《こうしやわ》*」には、慶長十二年の朝鮮の使《つかい》に交《まじ》っていた徳川家の旧臣を、筧又蔵《かけいまたぞう》だとしてある。林春斎《はやししゅんさい》の「韓使来聘記《かんしらいへいき》*」等には、家康に謁《えっ》した上々官《じょうじょうかん》を金《きん》、朴《ぼく》の二人だけにしてある。若《も》し佐橋甚五郎が事に就《つ》いて異説《いせつ》を知っている人があるなら、その出典と事蹟《じせき》の大要《たいよう》とを書いて著者の許《もと》に投寄《とうき》して貰いたい。大正二年三月記。

注釈

山椒大夫

七 *越後の春日　現在の新潟県上越市《じょうえつし》の一部。越後《えちご》は現在の新潟県（佐渡島を除く）。

*今津　現在の上越市直江津《なおえつ》。

八 *柞　コナラなど、ブナ科コナラ属の植物のこと。

*塩浜　塩田。

九 *人気　その地方の人々の気風。

一〇 *荒川　新潟県高田平野を流れる関川の旧称

*応化橋　荒川に架けられ、直江の今町と春日新田の間に通されたとされる橋。

*詮議　罪人の捜索、取り調べ。

一一 *岩代の信夫郡　岩代《いわしろ》は現在の福島県中西部。信夫郡は現在の福島市の一部。

一三 *粔籹　蒸して乾燥したもち米を蜜《みつ》であえて煎《い》ったもの。

*牙彫　象牙を材料とする彫刻。牙彫《げちょう》。

*大夫　もとは令制における五位の通称「大夫《たいふ》」。ここでは棟梁《とうりょう》、親方の意。

一四 *直江の浦　現在の直江津港。

*米山　新潟県中西部にある山。標高九百九十三メートルで、海上交通の目印であった。

一五 ＊瓶子　徳利のこと。
＊筑紫　九州北部。現在の福岡県北部・西部（筑前《ちくぜん》）、南部（筑後《ちくご》）の称。
＊越中　現在の富山県。
＊親不知子不知　新潟県南西部にある北陸道の最難所。街道が波打ち際にあるため波間を走り抜けねばならず、親子でも互いを気遣う余裕がなかったことから。
＊岨道　険しい道。
＊西国　九州地方。
一六 ＊氈　毛織りの敷物。
一七 ＊海松や荒布　海松は緑藻類ミル科の、荒布は褐藻類コンブ科の海藻で、どちらも食用になる。
一八 ＊越中宮崎　現在の富山県下新川郡朝日町《しもにいかわぐんあさひまち》。
＊緡　銭をたばねておく細縄《ほそなわ》。銭の穴を刺し通してまとめる。
一九 ＊弘誓の舟　仏が衆生《しゅじょう》を救おうとする広大な誓願《せいがん》。舟が人を渡すのにたとえたもの。
＊蓮華峰寺　現在の新潟県佐渡《さど》市小比叡《こびえ》にある真言宗《しんごんしゅう》の寺。
＊舟笭　舟底。または舟底に敷くすのこ。
二〇 ＊袿　貴族の女性が着る袷《あわせ》仕立ての衣服。
＊牽紱　舟の引き綱《づな》。
＊鱗介　魚。
二一 ＊能登　現在の石川県北部。能登半島を占める。

＊越前　現在の福井県中・北部。
＊若狭　現在の福井県西部。
＊丹後の由良　丹後は現在の京都府北部。京都府宮津《みやづ》市由良《ゆら》。
＊石浦　現在の京都府宮津市石浦《いしうら》。由良の南。
＊分限者　金持ち。

二一　＊大廈　大きな建物。
＊茵　敷物。座布団や敷き布団。
＊几　脇息《きょうそく》。

二三　＊いたつきを垣衣　いたつきは骨折り、苦労。垣衣はシノブ科のシダ植物。「苦労を忍ぶ」にかけたもの。
＊萱草　ユリ科の多年草、ヤブカンゾウの別名。「名を忘れる」にかけたもの。
＊樏子　弁当を入れる箱。

二四　＊面桶　一人まえずつ飯を盛って配るのに用いた曲物《まげもの》。
＊饘　現在の飯。
＊由良が嶽　若狭湾と由良川に面する山で、標高六百四十メートル。丹後富士とも。

二六　＊二見が浦　三重県伊勢市二見町にある海岸。
＊勧進　寄付。

二九　＊馬道　二つの建物の間に廊下のように掛け渡した厚板。ふだんは廊下として使用、必要に応じ取りはずして馬の通路とする。

三一　＊白毫　仏の三十二相（身に備えている三十二のすぐれた姿・形）の一つで、眉間《みけん》にあって光を放つという白い毛。

＊鏨　鋼鉄製ののみ。

三三　＊紡錘　糸をつむぐ機械の付属具。

三五　＊大童　髪を結ばずふり乱した姿。

三六　＊禿　髪の形。短く切りそろえ、結ばずにたらしておくもの。

＊毫光　仏の白毫から四方に発する細い光線。

三七　＊外山　奥山・深山に対して、人里に近い麓《ふもと》の山。

＊大雲川　由良川の古称。由良川は丹波高地の三国岳付近に発し、若狭湾に注ぐ。

＊中山　現在の京都府舞鶴《まいづる》市中山《なかやま》。

三九　＊和江　舞鶴市和江《わえ》。由良川対岸の中山まで、船で結ばれていた。

四一　＊国分寺　聖武《しょうむ》天皇の天平《てんぴょう》十三年（七四一）、仏法普及と政治的効用のため、各国ごとにたてられた寺。国分寺《こくぶんじ》。

＊三門　寺の本堂の前にある正門。

四三　＊内陣　本堂の奥の、本尊を安置する場所。ここでは本堂の意。

＊庫裡　寺の台所。

＊律師　僧官の一つ。僧正《そうじょう》・僧都《そうず》の次で、官吏《かんり》の五位に準ずる。曇猛《どんみよう》の名は鷗外の創作。

＊偏衫　僧衣の名。左肩から右わきにかけて上半身をおおう。

＊常燈明　つねにつけておく仏前の燈火《とうか》。

四三 ＊勅願の寺院　天皇の発願によってたてられた寺院。勅願寺。勅額は天皇自筆の額
＊宸翰　天皇直筆の文書。国分寺には天皇自筆の金光明最勝王経一部が安置されていた。
＊検校　寺社を監督する僧職。ただし、国分寺は国司の支配下なので、この場合、国司が朝廷から監督責任を糾弾されること。
＊築泥　泥でぬりかためた塀。

四四 ＊田辺　舞鶴の旧名。
＊受糧器　僧侶が托鉢の際に施物《せもつ》を受けるための器。
＊錫杖　僧や山伏が持つ杖。頭部の環にさらにいくつかの環が付き、音が鳴る。
＊三衣　僧が着る三種の法衣《ほうえ》（袈裟《けさ》）の総称。
＊山城の朱雀野　山城《やましろ》は現在の京都府南部。朱雀野は朱雀大路より西の地の旧称で、現在の京都市下京区朱雀《しもぎょうくすじゃく》の一帯。
＊権現堂　現在の京都市下京区朱雀裏畑町にある権現寺。
＊清水寺　京都市東山区清水にある寺院で、宝亀《ほうき》十一年（七八〇）の創建。
＊籠堂　信者が参籠して祈願する堂。
＊直衣　大臣・公卿《くぎょう》など貴人の平常服。
＊烏帽子　カラス色（黒色）の帽子の意で、袋状のかぶりもの。公家は平服時に着用。
＊指貫　直衣《のうし》のとき着用する袴《はかま》。すそをひもで締める袴。

四五 ＊関白師実　藤原師実《もろざね》。長久《ちょうきゅう》三年―康和《こうわ》三年（一〇四二―一一〇一）。藤原頼通《よりみち》の子で、院政期の公卿。白河《しらかわ》天皇の関白、堀河《ほりかわ》天皇の摂政・関白を歴任し、太政大臣に昇る。

*陸奥掾　陸奥《むつ》は現在の青森・岩手・宮城・福島の各県全域と、秋田県の一部。掾《じょう》は律令制の国司の四等官《しとうかん》(守《かみ》・介《すけ》・掾・目《さかん》)中、三番目の官。

*安楽寺　菅原道真《すがわらのみちざね》の廟所《びょうしょ》。太宰府《だざいふ》天満宮と一体(神仏習合《しんぶつしゅうごう》)で、明治初年に廃絶。

*面背　仏像の表と裏。

*放光王地蔵菩薩　地蔵菩薩六種の一。左手に錫杖を持ち、右手に真願の印を結び、六道を救う六地蔵中、人間道を済度《さいど》(人々を救い、悟りの境地へ導くこと)する。

*百済国　朝鮮半島西南部にあった国。四世紀半ばに成立し、新羅・唐連合軍により六六〇年に滅んだ。第二十六代聖明王は日本に仏像・経典を伝えた(仏教伝来)。

*高見王　桓武《かんむ》天皇の皇孫で、葛原親王の王子。その子高望王《たかもちおう》が宇多《うだ》天皇から平姓を賜り、その子孫は平清盛《たいらのきよもり》をはじめ、武家平氏(桓武平氏)として栄えた。

*仙洞　上皇(太上天皇)がお住まいになる御所。また、その上皇のことで、ここでは白河上皇のこと。天喜《てんぎ》元年—大治《だいじ》四年(一〇五三—一一二九)。第七十二代天皇、延《えん》久《きゅう》四年—応徳《おうとく》三年(一〇七二—一〇八六)在位。

*永保　一〇八一年—一〇八四年。白河天皇の御代。

四六

*違格　古代の罪名。格《きゃく》(律令の不備を補うため臨時に発布される勅令や官符)に違反すること。

*還俗　いったん僧になった人がまた俗人にもどること。

*受領　諸国の長官を指し、ここでは国司に任命されること。

*冠を加えた　元服させた、ということ。

*謫所　罪のため流された場所。
*除目　大臣以外の官職の任命式。秋は宮中諸官の、春は地方官の任命が行なわれた。
*遥授の官　国司に任命された公卿が都にいて任地に赴かず、現地の下級官吏に事務をさせること。当時一般の風習。
四七 *仮寧　官吏に賜った休暇のこと。微行は、おしのびのこと。
*雑太　佐渡《さど》国（現在の佐渡島）三郡の一。現在の佐渡島中央部にあたる。
四八 *瘧病　今のマラリヤ。高熱と悪寒が断続的に起こる。

じいさんばあさん

四九 *文化六年　一八〇九年。
*麻布龍土町　現在の東京都港区六本木。
*三河国奥殿　三河は現在の愛知県中部・東部。現在の愛知県岡崎《おかざき》市奥殿町。
*松平左七郎乗羨　寛政《かんせい》二年—文政《ぶんせい》十年（一七九〇—一八二七）。三河奥殿藩第六代藩主。
五〇 *御殿女中　江戸時代、宮中・将軍家・大名の奥向きに仕えた女性。奥女中。
*打粉　刀剣に打ちつけて、その湿気を拭《ぬぐ》いとる粉。刀剣の手入れに用いる。
五一 *菩提所　菩提寺。先祖代々の墓をおき、葬式や法事を行う寺。
*青山御所　現在の東京都港区元赤坂、赤坂御用地内にあった、英照《えいしょう》皇太后（孝明《こうめい》天皇女御、明治三十年崩御）や昭憲《しょうけん》皇太后（明治《めいじ》天皇皇后、大正三年崩御）の居所。

＊赤坂黒鍬谷　現在の東京都港区赤坂。
＊歳暮拝賀　幕府年中行事の一つ。十二月二十八日に諸大名が登城し祝儀を述べる儀式。
＊徳川家斉　安永《あんえい》二年―天保《てんぽう》十二年（一七七三―一八四一）。江戸幕府第十一代将軍、天明《てんめい》七年―天保八年（一七八七―一八三七）在任。子の家慶《いえよし》に将軍職を譲った。
＊銀　元文丁銀《げんぶんちょうぎん》。

五二　＊西丸　江戸城西の丸。本丸の西南に位置し隠居後の将軍（大御所）や将軍世子《せいし》の居所。
＊大納言家慶　徳川家慶。寛政五年―嘉永《かえい》六年（一七九三―一八五三）。寛政九年権大納言叙任。江戸幕府第十二代将軍、天保八年―嘉永六年（一八三七―一八五三）在任。
＊有栖川職仁親王　正しくは織仁《おりひと》親王。宝暦《ほうれき》三年―文政三年（一七五三―一八二〇）。江戸時代の皇族で、有栖川宮《ありすがわのみや》家第六代。
＊楽宮　喬子《たかこ》女王。楽宮《さざのみや》は幼称。徳川家慶御台所《みだいどころ》。寛政七年―天保十一年（一七九五―一八四〇）。有栖川宮織仁親王の王女で、文化《ぶんか》六年十二月一日、家慶と結婚。
＊異数　異例。
＊大番　大番組《おおばんぐみ》。旗本によって編成され、その長が大番頭《おおばんがしら》。十二組あり、平時は江戸城と要地の警護を担当。京都・二条城と大坂城にそれぞれ二組が一年交代で在番。
＊外桜田　現在の東京都千代田区霞が関のあたり。武家屋敷が立ち並んでいた。
＊明和三年　一七六六年。
＊儕輩　なかま。

五三　＊安房国朝夷郡真門村　安房《あわ》は現在の千葉県南部。現在の千葉県鴨川市《かもがわ》（旧江見町《えみまち》）。

*宝暦二年　一七五二年。
二五五 *相番　大番勤めの仲間。
*顴骨　ほおぼね。
二五六 *随分　分相応に。
二五七 *仲間　中間とも書く。武家の奉公人。
二五八 *御預　禁固刑。大名や寺、親類、町や村などに罪人を預けて監禁させた刑罰。
*幸橋　現在の東京都港区新橋。
*越前国丸岡　越前は現在の福井県中・北部。福井県坂井《さかい》市（旧丸岡町《まるおかちょう》）。
*安永と改元　一七七二年。
*疱瘡　天然痘の俗称。
二五九 *目見え　奉公人が主家に出向き、吟味を受けること。
*二人扶持　一日玄米五合を一日扶持として、一年間に米五俵の支給を一人扶持とした。武家の給与はこれを標準に、一年分の米や金が、何人扶持と称し与えられていた。
*香華　仏前に供える香と花。
*浚明院殿　徳川家治《いえはる》の諡号《しごう》。元文《げんぶん》二年―天明六年（一七三七―一七八六）。江戸幕府第十代将軍、宝暦十年―天明六年（一七六〇―一七八六）在任。

最後の一句

二六〇 *元文三年　一七三八年。

*木津川口　大阪市内を流れる淀川の分流の一つ、木津《きづ》川が、大阪湾に流れこむ所。
*南組　江戸時代、大坂城下の町組の名。これに北組、天満《てんま》組を合わせ大坂三郷《さんごう》という。
*堀江橋　現在の大阪市西区を東西に流れていた堀江川にかかる橋。
*平野町　現在の大阪市中央区。
六三 *北国通い　瀬戸内海《せとないかい》、下関、日本海をへて、大坂と北陸・奥羽《おうう》を結ぶ航路。
*居船頭　船の所有者。船主。
*沖船頭　船の運航・輸送上の責任者。船長。
*出羽国　現在の山形県・秋田県にあたる。
六五 *一番鶏　丑《うし》の刻。現在の午前二時ごろ。
六六 *二番鶏　寅《とら》の刻。現在の午前四時ごろ。
*月番の西奉行所　その月の当番である西奉行所。大坂では東西（江戸では南北）の町奉行所が、一か月交替で事件の処理にあたった。
*稲垣淡路守種信　大坂東町奉行、享保《きょうほう》十四年—元文五年（一七二九—一七四〇）在任。
*佐佐又四郎成意　大坂西町奉行、元文三年—延享《えんきょう》元年（一七三八—一七四四）在任。
六九 *与力　町奉行を助け、同心を指揮して検察・調査にあたる上級武士。
*城代　大坂城代。大阪城で、関西地方の警備と大坂市中の行政・司法事務を監督した。
*公事　訴訟事件。
*前役　前任者。
七〇 *目安箱　目安とは訴状のことで、享保六年（一七二一）八代将軍吉宗《よしむね》が江戸城評定所

前に箱を設置し庶民の直訴を受け付けた。享保十二年、大坂町奉行所前にも設置。
*内見　非公式に、内々に見ること。
七一 *不束な　不器用な。へたな。
*横着物　不届き者。
*情偽　うそいつわり。願書を大人が書かせたかどうかということ。
*町年寄　町奉行の命を受け、町内の民政事務を扱った町人。
*太田備中守資晴　大坂城代。享保十九年—元文五年（一七三四—一七四〇）在任。
*白洲　奉行所内で、罪人を取り調べ、裁判を行う場所。白い砂を敷き詰めたことから。
七三 *情の剛い　強情であること。
*未の下刻　午後三時ごろ。
*書院　白洲の最上段。下段に罪人、中段に取り調べ役が座る。
*同心　町奉行に属し、与力の下で雑務にあたった下級役人。
*三道具　罪人を捕らえるときに使う三種類の道具。突棒《つくぼう》、刺股《さすまた》、袖搦《そでがらみ》。
*かつがつ　わずかに。かろうじて。
七六 *生先　成長した将来。
*教唆　そそのかすこと。
*マルチリウム　martyrium（ラテン語）。殉教、献身の意。
七七 *大嘗会　天皇が、即位後初めて行う新嘗祭《にいなめさい》。その年の新穀《しんこく》を、天照大神《あまてらすおおみかみ》はじめ神々に捧《ささ》げ、自ら召しあがり、そして臣下にも賜わる儀式。大嘗祭《だいじょうさい》。

＊御構　追放の刑で、一定の場所に居住することを禁ずるもの。ここでは大坂三郷に住むことを禁じられただけの軽い罰である。
＊東山天皇　延宝《えんぽう》三年―宝永《ほうえい》六年（一六七五―一七〇九）。第百十三代天皇、貞享《じょうきょう》四年―宝永六年（一六八七―一七〇九）在位。
＊盛儀　即位の儀式。同年、東山天皇は戦国時代の後土御門《ごつちみかど》天皇以来途絶えていた大嘗祭を二百二十一年ぶりに再興するが、次代中御門《なかみかど》天皇で再び途絶。
＊桜町天皇　享保五年―寛延《かんえん》三年（一七二〇―一七五〇）。第百十五代天皇、享保二十年―延享《えんきょう》四年（一七三五―一七四七）在位。元文三年（一七三八）大嘗祭を挙行。

高瀬舟

七八 ＊高瀬舟　河川で用いられた、喫水《きっすい》の浅い、底が平らな木造船。
＊高瀬川　鴨川《かもがわ》の水をひいた運河。二条木屋町《きやまち》から分岐し伏見《ふしみ》で宇治川《うじがわ》に合流するまで京都市中央部を南北に流れる。慶長《けいちょう》十六年（一六一一）、角倉了以《すみのくらりょうい》が起工。
＊遠島　島流しの刑。死罪の次に重い。
＊暇乞　別れのあいさつ。
＊上へ通った事　公的に許されたこと。
＊相対死　心中。
＊入相の鐘　暮六つ（午後六時ごろ）の、日暮れの鐘。
七九 ＊加茂川　鴨川。京都市東部を流れる川。

*繰言　愚痴などを何度も繰り返して言うこと。
*口書　口供を筆記したもの。また罪人の自供書に爪印を押したもの。
*宰領　荷物・人の護送の監督。
*白河楽翁侯　松平定信《まつだいらさだのぶ》のこと。宝暦八年―文政十二年（一七五八―一八二九）。陸奥《むつ》白《しら》河《かわ》藩主。天明七年（一七八七）、老中首座となり寛政の改革を行う。
*政柄　政治的権力。
*寛政　一七八九年―一八〇一年。光格《こうかく》天皇の御代。将軍は十一代徳川家斉《いえなり》。ただし、「翁草《おきなぐさ》」にのっているこの話は寛政以前のものである。
*知恩院　京都市東山区《ひがしやまく》にある浄土宗総本山の寺院。法然《ほうねん》が庵を結んだことにはじまる。
八〇 *役目の表　職務として、表向きの態度。
*下京　京都の南半分、三条通り以南。
八一 *遊山舟　船遊びをする船。
八三 *二百文　寛永通宝一枚が一文。
*鳥目　金銭。穴あき銭の形が鳥の目に似ていることから。
*お足　お金。人から人へ、足があるように渡っていくことから。
八四 *初老　四十歳。
*吝嗇　けち。
*扶持米　給与として主君から支給される米。
*五節句　人日《じんじつ》（正月七日）・上巳《じょうし》（三月三日）・端午《たんご》（五月五日）・七夕《しちせき》（七月七日）・

重陽《ちょうよう》（九月九日）の、五つの重要な節句。

八五　＊口を糊する　やっと生活をする。

八六　＊疑懼　疑いおそれること。

＊意識の閾　意識と無意識の境界。

＊係累　妻子など、面倒をみなくてはならない親族。

八七　＊まもりつつ　見守りながら。

八八　＊時疫　流行病。

＊西陣　現在の京都市上京区《かみぎょうく》にある、織物産業が集中する一帯。西陣織で知られる。

＊空引　花紋のある布地を織る機械（空引機）を操ること。

＊北山　現在の京都市北区《きたく》衣笠《きぬがさ》の一帯。

＊紙屋川　京都市北西部を流れる天神川《てんじんがわ》の上流部の通称。

八九　＊笛　のどぶえ。

九一　＊年寄衆　村役人や町役人のこと。

＊条理　物事の筋道。道理。

＊溲って　繰り返して。

九二　＊オオトリテエ　autorit（フランス語）。権威。

附高瀬舟縁起

九三　＊天正十五年　一五八七年。

＊慶長十七年　一六一二年。

＊角倉了以　天文《てんぶん》二十三年—慶長十九年（一五五四—一六一四）。織豊期から江戸初期の京都の豪商。御朱印船《ごしゅいんせん》による海外貿易や、高瀬川開削などの河川開発事業で有名。

＊和名鈔　「和名《わみょう》類聚鈔《るいじゅしょう》」の略。日本最初の分類体漢和辞書。平安中期に源順《したごう》が撰《せん》した。

＊釈名　中国の語学書。後漢《ごかん》の劉熙《りゅうき》が著す。

＊竹柏園文庫　竹柏園と号し、短歌結社竹柏会（歌誌「心の花」は「高瀬舟縁起」の初出誌）を主宰した国文学者、佐佐木《ささき》信綱《のぶつな》（一八七二—一九六三）の蔵書。

＊和漢船用集　大阪の船大工、金沢兼光《かなざわかねみつ》が著した和漢の船についての事典的大著。全十二巻。明和三年（一七六六）刊。

＊おもて　船首部。へさき。

＊とも　船の後部。船尾。

九四　＊同胞　兄弟姉妹。

＊翁草　神沢杜口《かんざわとこう》（宝永七年—寛政七年　一七一〇—一七九五）の随筆集。全二百巻。十八世紀後半成立。神沢は大坂の人、京都町奉行所与力を勤めた。

＊池辺義象　文久《ぶんきゅう》元年—大正十二年（一八六一—一九二三）。明治・大正の国文学者。明治三十九年（一九〇六）、「翁草《おきなぐさ》」の校訂本を出版。

九五　＊ユウタナジイ　euthanasie（フランス語）。安楽死。

魚玄機

九六

＊魚玄機　八四四年頃―八七一年頃。中国・晩唐の女流詩人。字は幼微《ようび》（恵蘭《けいらん》）。
＊長安　中国唐代《とう》（六一八年―九〇七年）の首都。現在の西安市《せいあん》近郊。
＊道教　古代中国の宗教。民間思想・神仙思想・陰陽道《おんみようどう》・易《えき》などを総合したもので、無《む》為自然《いしぜん》を説く。創案した中心人物は春秋時代の老子《ろうし》（姓は李《り》、名は耳《じ》とされる）。
＊道士　道教を修めた人。
＊奇貨として　利用すべきよいチャンスであると考えて。
＊王室の李姓　唐の初代皇帝・高祖《こうそ》の姓は李《り》（名は淵《えん》）。
＊宗廟　帝王の先祖のみたまや。
＊天宝　唐の玄宗《げんそう》の年号。七四二年―七五五年。
＊太清宮　老子を祀《まつ》った廟。太微宮、紫極宮も同じ。
＊楼観　道教の寺院。
＊趙痩　成帝（前漢）の皇后・趙飛燕《ちようひえん》のような、やせ型の美人。
＊楊肥　玄宗（唐）の寵姫・楊貴妃《ようきひ》のような、肉体美の女性。

九七

＊懿宗　八三三年―八七三年。唐第十七代皇帝、八五九年―八七三年在位。
＊咸通九年　八六八年。
＊李白　七〇一年―七六二年。唐代の詩人。詩仙と称される。
＊杜甫　七一二年―七七〇年。唐代の詩人。先祖は襄陽《じようよう》の人。詩聖と称される。
＊能事　なすべきこと。ここでは詩にうたいこむべきことのすべて。
＊白居易　七七二年―八四六年。白楽天《はくらくてん》とも。唐代の詩人。太原《たいげん》の人。

*曲尽　とき尽くすこと。
*長恨歌　白居易《はくきょい》作。唐の玄宗皇帝の、愛妃楊貴妃に寄せる慕情《ぼじょう》をうたった長詩。
*琵琶行　白居易作。長安《ちょうあん》の名妓《めいぎ》の身の上話をうたった詩。
*宣宗　八一〇年―八五九年。唐第十六代皇帝、八四六年―八五九年在位。
*大中元年　八四六年。
*元微之　七七九年―八三一年。名は稹《じん》。唐代の詩人。
*古今体　漢詩の形式。唐代に完成した律詩・絶句が今体、それ以前の詩が古体。
*七言絶句　漢詩の一体。七語の句四句から成るもの。
*聳動　恐れ動くこと。
*狭邪の地　狭斜に同じ。花柳街。
*倡家　妓楼。
*窮措大　貧しい学生。
*平仄　漢字を声調別に分類したもの。平声《ひょうしょう》・上声《じょうしょう》・去声《きょしょう》・入声《にっしょう》。抑揚《よくよう》のない平に対し、曲折の多い上・去・入を一括《いっかつ》して仄声《そくせい》といい、平声・仄声を組み合わせて詩を作る。
*押韻　韻をふむこと。詩を作るとき一定のところで同じ韻をふむこと。
*揺金樹　金のなる木。

九八

*旗亭　料理屋。
*頤使　あごで指図して人を使うこと。
*僮僕　召使い。

*于思盱目　ひげが密生し、目を大きく見開くこと。
*白面郎　青二才。
*吹弾の技　管楽器・絃楽器《げんがっき》の演奏。
*挙場　科挙《かきょ》（官吏の採用試験）の試験場。
九九 *筵会　宴会。
*開成　八三六年―八四〇年。文宗の年号。
*児　私。女性の一人称。
一〇〇 *伯楽の一顧　名馬が伯楽（馬の識別の名人）によってねうちを認められること。名君や賢人から認められること。玄機はここで、温を伯楽に、己を馬にたとえた。
*奔踶　勢いよく走ること。
*良驥　駿馬《しゅんめ》。
*占出　書き記すこと。
*詩筒　詩稿を入れる竹筒。
*進士の試　進士（科挙の試験科目の一つ）の試験。
一〇一 *京師に騒いで　長安での評判となって。
*筵席　宴席。
*南華　「荘子《そうじ》」の異名。
*僻書　珍しい書物。
*燮理　政治。

＊菩薩蛮　唐代に流行した曲調の名。
＊塡詞　漢詩の一体。唐の歌曲から発展した一種の韻文。
＊中書堂　文書を司《つかさど》った中書省。
＊挙人　郷試（郷里での試験）に合格し、都での試験を受ける資格のできた者。
＊金歩揺　金のかんざし
＊玉条脱　美しい玉でできた腕輪。「金歩揺」と平仄も対をなす。

一〇二

＊知挙　科挙を司る役。
＊要路　重要な地位。大臣など。
＊素封家　金持ち。富豪。
＊刺史　漢代、唐代で中央から派遣された州の長官
＊厭倦　飽きること。飽きていやになること。
＊幣　贈り物。

一〇三

＊白晳　色白。
＊林亭　林間の別荘。
＊聘　結婚。
＊銷磨　へらしけずること。消耗。
＊去住　行動。
＊啗わしめて　買収して。
＊寛仮　寛大にゆるすこと。

＊女伴　妾。
一〇四＊請待　招待。
＊剪裁の工　文章を練る技巧。
＊錘錬　推敲《すいこう》。
＊状元　進士の試験に首席で合格した者。
＊慨然　嘆き悲しむさま。上手に詩を作ったところで女子は及第できない、が詩の大意。
＊吉士　未婚の美男子。
＊房帷の欲　情欲。
＊彼「蔓草《つるくさ》が木の幹にまといつこうとするような心」をさす。
＊此「房帷《ぼうい》の欲」をさす。
一〇五＊朔望　陰暦で、朔は一日、望は十五日。
＊斎　飲食や行ないをつつしんで、からだを清くたもつこと。
一〇六＊制馭　支配。
＊対食　さし向かいの食事。転じて、夫婦。ここでは女性の同性愛。
＊蘋也飄蕩、蕙也幽独　蘋《ひん》（浮草、采蘋《さいひん》のこと）はゆれ動き、蕙《けい》（シラン、玄機のこと）は独りぼっちだ。
＊索書　筆跡をもとめること。
一〇七＊笑語晷を移す　談笑して時間のたつのを忘れる。
＊目に丁字なし　無学。

*熟客　なじみの客。
*貴介子弟　身分の高い家柄の子弟。
*曲を度す　歌曲を歌うこと。歌曲を作ること。
*欠然　自分が無視されていること。
*謔浪　たわむれること。
一〇九 *初夜　午後十時から十二時ぐらいまでの間。
*煩聒　うるさく騒ぐこと。
*政　添削。
*閨人の柔情　女性的なやさしい感情。
*逸思　世俗を離れた思想。
一一〇 *聡慧　賢くさといこと。
*艶陽　晩春。
*虚日　ひまな日。休日。
一一一 *猧子　犬。狆《ちん》。
*垢膩　あかがついてあぶらじみること。
一一二 *扼した　絞めた。
一一三 *踪跡　ゆくえ。
*衙卒　宮城の護衛兵。または首府の護衛兵。
*腥羶　なまぐさいこと。

＊京兆の尹　首府の行政長官。
＊弁疏　弁解。
＊鞫問　尋問。
二四　＊妓院　遊女屋。
＊虞候　検察官。
＊汙行　汚い振る舞い。
＊分疏　弁明。
＊制辞　皇帝の名によって出される訓辞。いましめのことば。「孔子の学派は徳行を第一とし文章は末とするが、貴殿は徳行で認めるところがないので文章でも称賛されない。非凡の才能を鼻にかけるばかりで時宜にかなった能力に欠けている」という内容。

寒山拾得

二七　＊唐の貞観　六二七年―六四九年。唐の太宗《たいそう》の年号。日本で初めて年号が制定された大《たい》化《か》元年（六四五）は貞観《じょうがん》十九年にあたる。
＊閭丘胤　「寒山子詩集」序にみえる名だが、それ以外の文献に見当たらず、実在人物かは疑問視されている。正しくは、姓が閭丘《りょきゅう》、名が胤《いん》。
＊台州　唐代の地名。現在の浙江《せっこう》省東部の州。
＊主簿　文書・帳簿を管理する役。なお「寒山子詩集」では閭丘は「台州諸軍主刺史」。白穏和尚の「寒山詩闡提記聞《せんだいきもん》」には、「主簿」とある。（西尾実「鷗外の歴史小説」）

*新旧の唐書　唐代の正史。「旧唐書《くとうじょ》」二百巻は劉昫《りゅうく》らにより五代の後晋《こうしん》の勅撰、「新唐書《しんとうじょ》」二百二十五巻は欧陽脩《おうようしゅう》らの撰で宋の仁宗の勅命による。
*太守　郡の長官。唐の高祖の時、郡を州と改め、太守を刺史と称した。
*吉田東伍　元治元年—大正七年（一八六四—一九一八）。歴史学者・地理学者。
二八 *天台県　現在の浙江省東部の県。
*国清寺　天台県天台山南麓にある寺院。天台宗の総本山。
*科挙　官吏の採用試験。隋に始まり清末まで行われた。
*経書　儒学の古典である、四書、五経の類。
二九 *四大　仏教でいう、万物を構成する四元素。地大・水大・火大・風大の総称。
三〇 *悟性　理解力。判断力。
*素問や霊枢　どちらも中国最古の医書。
*紅療治　大正期に流行した民間療法。紅花の絞り汁を服用または患部にすりこんで治療したもの。（尾形仂氏による）
*気合術　気合を応用して行う精神療法。
三一 *群生　多くの人々。
*折伏　仏法を妨げるものを屈服させること。
*豊干　「宋高僧伝《そうこうそうでん》」にみえる僧の名。寒山・拾得とあわせて国清寺《こくせいじ》の三隠といわれる。
三二 *拾得と……　「寒山子詩集」序に、同様の記述がみえる。「文殊《もんじゅ》」「普賢《ふげん》」は釈迦《しゃか》の左右の脇士《わきじ》の菩薩で、それぞれ知恵と慈悲を表し、仏の教化《きょうげ》・済度《さいど》を助けるという。

＊営々役々　あくせく。
＊弁じて　すませて。処理して。
＊著意　とくに気をつけること。
二三 ＊約めて　要約して。短くして。
＊正鵠　正しい的《まと》。
＊輿　こし。両手で、または肩にのせて、はこぶ乗り物。
＊椒江　浙江省臨海県を東流して台州湾に注ぐ川。
＊始豊渓　天台山の西南を流れ、臨海を経て椒江《しょうこう》に合流する川。
二四 ＊牧民　地方の人民を治めること。
＊知県　県の長官。
＊智者大師　中国の天台宗の開祖、智顗《ちぎ》。五三八年―五九七年。五七五年天台山に入る。
＊煬帝　五六九年―六一八年。隋の第二代皇帝、六〇四年―六一八年在位。
＊道翹　「国清寺碑」に寺主として名がみえるという。
二五 ＊同宿　同僚の僧侶。
＊阿羅漢　仏教の修行者の最高位の称号。
二六 ＊粟を生じた　鳥肌が立つこと。
二七 ＊賓頭盧尊者　仏法を護持する十六羅漢の首座。
二八 ＊朝儀大夫、……　肩書を列挙している。朝儀大夫は、唐代の官名で正五品下に相当。使持節は晋《しん》代の官名で、唐代には総督と改称された。上柱国は、正二品に相当する唐代最高の勲官。賜緋魚袋は、緋色《ひいろ》の魚袋（門鑑を入れる袋）を賜っていることを示す。

附寒山拾得縁起

一三〇 ＊徒然草　鎌倉時代、吉田兼好による随筆集。この話はその最終段にある。

＊帰一協会　神道・仏教・キリスト教を帰一させ、日本の思想調和を目ざそうとする会。渋沢栄一《しぶさわえいいち》をはじめとする実業家・学者グループが明治四十五年（一九一二）に結成。

一三一 ＊唐子　中国風の服装をした童子。

＊書肆　出版社・書店。

＊宮崎虎之助　明治末から大正初期、みずからを仏陀、キリストに次ぐ第三の預言者・メシアと称して路傍で説教し、話題を投げた人物。

＊メッシアス　Messias（ドイツ語）。古代ユダヤ人が待ち望んだ救世主。メシア。

興津弥五右衛門の遺書

一三三 ＊宿望　以前から持っている強い希望。宿願。

＊妙解院殿　ここは松向寺殿《しょうこうじどの》が正しい。松向寺殿三斎宗立大居士《さんさいそうりゅうだいこじ》は細川忠興《ほそかわただおき》の法号。

＊永正十一年　一五一四年。ただし、永禄《えいろく》三年に数え年四十一歳で没したなら、ここは永正《えいしょう》十七年（一五二〇）が正しい。

＊駿河国興津　駿河《するが》は現在の静岡県中部・東部。興津は静岡市清水《しみず》区。

＊今川治部大輔　今川義元《よしもと》。永正十六年―永禄三年（一五一九―一五六〇）。駿河・遠江《とおとうみ》・

三河《みかわ》の三国を支配した戦国大名。
*清見が関　清見寺（静岡市清水区）のあたりにあった関所。
*永禄三年　一五六〇年。
*今川殿陣亡　一五六〇年、今川義元が織田信長《おだのぶなが》のため桶狭間《おけはざま》に敗れ、戦没したこと。
*怙　父。
*播磨国　現在の兵庫県南西部。当時は赤松《あかまつ》氏の支配下にあった。
*寄居　他人の家に身を寄せること。
*赤松左兵衛督　赤松広秀。別名、斎村政広。永禄五年―慶長《けいちょう》五年（一五六二―一六〇〇）。戦国期から織豊期《しょくほうき》（安土桃山時代）の武将。但《ただ》し阿波に一万石を領したのは赤松則房。
*天正九年　一五八一年。
*阿波国　現在の徳島県。
*郡代　守護職の事務（軍事・警察・租税）の代行者。
*渭津　現在の徳島市。
*慶長　一五九六年―一六一五年。慶長五年（一六〇〇）に関ヶ原《せきがはら》の戦いがあった。
*石田三成　一般的には三成《みつなり》。永禄三年―慶長五年（一五六〇―一六〇〇）。豊臣秀吉《とよとみひでよし》に仕え、五奉行の一人となるが、関ヶ原の戦いで東軍の徳川家康《とくがわいえやす》に敗れ、処刑された。
*丹波国　現在の京都府中部と兵庫県中東部。
*小野木縫殿介　名は重勝。永禄六年―慶長五年（一五六三―一六〇〇）。織豊期の武将で豊臣秀吉に仕え、丹波《たんば》福知山《ふくちやま》城主。関ヶ原の戦いで西軍に与し敗れて自刃。

二三四

＊田辺城　現在の京都府舞鶴《まいづる》市にある。当時細川忠興の居城。父の幽斎《ゆうさい》（藤孝《ふじたか》）が築く。

＊松向寺殿三斎　細川忠興。永禄六年―正保《しょうほう》二年（一五六三―一六四五）。安土桃山時代から江戸初期の武将・大名で、豊前中津《ぶぜんなかつ》藩主、のち豊前小倉《こくら》藩主。肥後細川家初代。

＊神君　「東照《とうしょう》神君」の略で徳川家康（一五四二―一六一六）の尊称。

＊上杉景勝　弘治《こうじ》元年―元和《げんな》九年（一五五五―一六二三）。上杉謙信《うえすぎけんしん》の養子。豊臣政権の五大老の一人。関ヶ原の戦いに敗れ、徳川氏に降《くだ》った。

＊泰勝院殿幽斎　細川藤孝の法号。天文三年―慶長十五年（一五三四―一六一〇）。家督を忠興に譲り幽斎と号した。歌人・歌学者としても当時屈指。

＊烏丸光広　天正《てんしょう》七年―寛永《かんえい》十五年（一五七九―一六三八）。江戸初期の公家で当時正四位蔵人頭《くろうどのとう》。細川幽斎に師事して古今伝授《こきんでんじゅ》を受けた。

＊光賢　烏丸光広の長子。慶長五年―寛永十五年（一六〇〇―一六三八）。江戸初期の公家。細川忠興の娘・万姫と結婚し、娘・彌々は忠興の孫（忠利《ただとし》の子）光尚《みつなお》に嫁した。

＊外戚　母方の親戚。

＊物頭　弓組・鉄砲組などの長。

＊妙庵丸櫓　田辺城の東側にあった高楼。

＊矢文　矢に結びつけて射て届ける文書、手紙。

＊斥候　敵情や地形をひそかに探るために差し向ける兵士。

＊豊前国　現在の福岡県東部と大分県北部。

＊慶長六年　一六〇一年。

*元和五年　一六一九年。

*光尚　細川光尚《みつなお》。元和五年—慶安二年（一六一九—一六四九）。細川忠利《ただとし》の長子。寛永十八年（一六四一）、家督を継いで肥《ひ》後守《ごのかみ》となる。「みつなお」が正しい。

*致仕　官職を退いて隠居すること。

*剃髪　髪を剃り落として仏門に入ること。

*寛永九年　一六三二年。

*妙解院殿　細川忠利。天正十四年—寛永十八年（一五八六—一六四一）。法号、妙解院殿台雲五公大居士。細川忠興の三男で元和六年（一六二〇）父の隠居で家督を継ぐ。寛永九年（一六三二）、豊前小倉三十九万九千石から肥後熊本五十四万石に転封。

一三六

*御次勤　藩主の側に仕える者を指す。

*外様勤　藩主の側以外で勤める者を指す。

*島原攻　寛永十四年（一六三七）に九州の島原《しまばら》・天草《あまくさ》でおこったキリシタン一揆、島原の乱に対する攻略。翌年鎮圧。

*文禄四年　一五九五年。ただし慶長十七年（一六一二）に数え年十九歳であれば、ここは文禄《ぶんろく》三年（一五九四）が正しく、つづく七歳も八歳が正しい。

*小倉　現在の福岡県北九州市。

*興津　ここは仲津（中津）が正しい。現在の大分県中津市。

*寛永元年五月　一六二四年。史実では、同年三月が正しい。

*安南船　安南《あんなん》王国（現在のベトナム）との貿易船。

＊薙髪　髪をそり落として出家すること。
＊相役　同じ役目を勤める人。同役。
＊異なる伽羅《きゃら》　珍しい伽羅（インド産の香木）。
＊本木と末木　本木は根に近い方、末木は先の方。
＊伊達権中納言殿　伊達《だて》政宗《まさむね》。永禄十年―寛永十三年（一五六七―一六三六）。陸奥《むつ》仙台《せんだい》藩六十二万石の初代藩主。寛永三年（一六二六）、権中納言叙任。独眼竜と称された。
＊翫物　玩具のこと。
一三六 ＊尤物　すぐれた物。
＊伊達家の伊達　ことばをかけ合わせたしゃれ。「伊達」は、派手にふるまうこと、見栄をはること。
＊四畳半　茶室。
＊阿諛便佞　おべっかをつかって、誠実さのないこと。
＊名物　古人の鑑定によって選定された茶道具の名品。
＊悖り　（道理に）そむく。
一三七 ＊蒲生殿　蒲生氏郷《がもううじさと》。弘治二年―文禄四年（一五五六―一五九五）。会津《あいづ》城主。織田信長、豊臣秀吉に仕え、連歌・茶道にも堪能だった。利休七哲《りきゅうしちてつ》の一人。
＊表道具　身分・職業を世間に示す道具。武士のそれは武具。
＊武辺者　勇敢な武士。
＊表芸　身分・職業を世間に示す才芸。武士のそれは武道。

一三八 ＊功利の念　実利的効用の有無で物の価値を決めようとすること。
＊聞く度に……　「金葉和歌集」巻二（夏）所収。権僧正永縁《ようえん》の歌。
＊意趣　うらみ。
＊異志　ふたごころ。
＊筑前国　現在の福岡県北部・西部。
＊主上　天皇を敬った言い方。ここでは第百八代後水尾《ごみずのお》天皇。慶長元年—延宝八年（一五九六—一六八〇）。慶長十六年—寛永六年（一六一一—一六二九）在位。
＊二条の御城　京都の二条城。徳川家康が築く。
＊叡感　天皇が感心されること。
＊たぐいありと……　藤原清輔《きよすけ》「和歌一字抄」に収録されている源行宗《ゆきむね》の歌。
＊至尊　天皇。
一三九 ＊出格　通例とは異なっていること。破格。
＊御国替　細川忠利が豊前から肥後に移ったこと。
＊八代　現在の熊本県八代《やつしろ》市。忠利の熊本移封後、忠興は八代城に隠居した。
＊中務少輔殿　細川立孝《たつたか》。元和元年—正保二年（一六一五—一六四五）。細川忠興の四男、忠利の異母弟。島原の乱に出陣。
＊廿二日　二十二日は誤り。正しくは二十七日。
＊江戸詰　藩の江戸屋敷に勤務すること。
＊正保二年　一六四五年。

＊少林城　現在の宮城県仙台市若林区《わかばやしく》に、伊達政宗が隠居所として築城。しかし政宗は江戸上屋敷で病没しており、この記述は誤り。

＊世の中の……　謡曲「兼平」に拠る。「翁草」には政宗が命名したとある。

＊先考　死んだ父。亡父。

＊再造　死ぬべき命を救ってもらったこと。

一四〇

＊小姓　主君の側で身の回りの雑用などを務める役。

＊御旨に忤い　主君の意向にさからい。

＊逐電　逃げ出して跡をくらますこと。

＊近習　主君の側近くに仕える者。

＊新知　新しく与えられた知行所。

＊陣貝吹　陣中で合図のほら貝を吹く者。

＊筒井順慶　天文十八年―天正十二年（一五四九―一五八四）。織豊期の武将。大和筒井《やまとつつい》城主、大和郡山《やまとこおりやま》城主。信長、秀吉に従い、大和（現在の奈良県）に勢力をもった。

＊技癢　むずむずすること。もどかしく思うこと。

＊荼毘　遺体を火葬にすること。

一四一

＊紫野大徳寺　現在の京都市北区《きたく》紫野《むらさきの》にある寺院で臨済宗《りんざいしゅう》大徳寺派大本山。

＊高桐院　大徳寺の塔頭《たっちゅう》の一つ。細川忠興の創建で、忠興の墓がある。

＊清巖和尚　宗渭《そうい》。天正十六年―寛文《かんぶん》元年（一五八八―一六六一）。大徳寺百七十世住持。高桐院第三世。

＊御当代　細川光尚《みつなお》。
＊御振舞　ごちそう。
＊九曜の紋　細川家の定紋。日輪の周囲に八個の小星を配する。
＊赤裏の小袖　裏地が赤色の絹の綿入れ。
＊堀田加賀守　堀田《ほった》正盛《まさもり》。慶長十三年―慶安四年（一六〇八―一六五一）。下総佐倉《しもうささくら》藩初代藩主で老中。
＊稲葉能登守　稲葉《いなば》信通《のぶみち》。慶長十三年―延宝元年（一六〇八―一六七三）。豊後臼杵《ぶんごうすき》藩主。母は細川忠興の娘。
＊烏丸大納言資慶　元和八年―寛文九年（一六二二―一六六九）。光広《みつひろ》の孫で光賢《みつかた》の子。母は細川忠興の娘。
＊裏松宰相資清　寛永三年―寛文七年（一六二六―一六六七）。烏丸資慶《すけよし》の同腹の弟。
＊南禅寺、……　すべて臨済宗の禅寺で、それぞれが自派の大本山である京都の有力寺院。妙心寺以外は、室町時代に京都五山の寺格を与えられた。南禅寺（五山の上で別格）、天龍寺（第一位）、相国寺（第二位）、建仁寺（第三位）、東福寺（第四位）。室町幕府の保護下に展開したこれら五山を「叢林《そうりん》」と呼ぶのに対し、妙心寺は大徳寺とともに、戦国大名や在地の武士勢力に展開し、「林下《りんか》」と呼ばれた。
＊南都興福寺　興福寺は奈良市登大路町にある法相宗大本山の寺院。南都七大寺の一つで藤原氏の氏寺。七一〇年の平城京遷都で藤原不比等が現在地に移転。天台宗総本山の比叡山延暦寺を「北嶺《ほくれい》」と呼ぶのに対して、奈良を意味する「南都《なんと》」と呼ばれた。

*長老　高僧。禅宗《ぜんしゅう》では、一寺の住職の称。
*船岡山　現在の京都市北区紫野にある小山で、標高百十二メートル。
*仮屋　仮小屋。
*名代　代理。

一三二
*十八町　一町は約百九メートル。
*正保四年丁亥　一六四七年。丁亥は干支の一で、ひのとい。
*朔日　ついたち。
*華押　花押。書き判。
*正徳四年　正保四年が正しい。正徳四年は一七一四年。
*高桐院の墓　細川忠興の墓のこと。

一三三
*堵の如く　堵は垣。垣根をめぐらしたように見物人が多い、ということ。
*落首　時事について風刺、批判して詠んだ匿名の戯歌。
*比類なき……　「揚げおきつ」に「興津」を、「矢声《やごえ》」に「弥五右衛門」をかける。
*知行　主君から与えられた所領を支配すること。また、その土地のこと。
*鉄砲三十挺頭　鉄砲組三十人の長。

一三四
*宝永元年　一七〇四年。
*元文四年　一七三九年。
*宝暦六年　一七五六年。
*番方　殿中警備や主君の身辺護衛を任務とした武家の役職の名称。

＊安永五年　一七七六年。
＊文化元年　一八〇四年。
＊文政九年　天保九年の誤り。一八三八年。文政九年は一八二六年。
＊万延元年　一八六〇年。
＊犬追物　馬上から犬の群れを蟇目《ひきめ》の矢で射る武芸。
＊番士　明治三年（一八七〇）、細川藩で藩政改革の際にできた番士隊の一員。
＊慶安五年　一六五二年。同年、承応《じょうおう》と改元。
＊寛文十一年　一六七一年。
＊元和元年　一六一五年。豊臣氏の滅亡時は慶長二十年。七月に改元。
＊大阪夏の陣　徳川氏と豊臣氏の戦い。大坂城が落城し、豊臣氏は滅んだ。
＊行賞　功績に対して賞を与えること。
＊伊勢国亀山　伊勢は現在の三重県。三重県亀山市。
＊坂下、関、亀山　いずれも東海道五十三次の宿駅。現在の三重県亀山市。
＊寛政十四年　寛永十四年（一六三七）が正しい。寛政年間は一七八九年―一八〇一年。
＊細川越中守綱利　細川忠利《ただとし》が正しい。綱利《つなとし》は光尚の長子で、忠利の孫。
＊黒田右衛門佐光之　黒田《くろだ》長政《ながまさ》の子忠之《ただゆき》が正しい。黒田忠之。慶長七年―承応三年（一六〇二―一六五四）。筑前福岡藩第二代藩主。光之《みつゆき》は忠之の子。
＊四郎兵衛　四郎右衛門の誤り。
一四三　＊土山水口　土山、水口ともに東海道五十三次の宿駅。現在の滋賀県土山町《つちやまちょう》と水口町《みなくちちょう》。

＊中小姓　侍童である児小姓に対して、主君の外出時に警護にあたる役職。
＊元禄四年　一六九一年。
＊越中守宣紀　細川宣紀《のぶのり》。延宝四年―享保十七年（一六七六―一七三二）。綱利の弟・利重《とししげ》の二男で、綱利の養子となる。正徳二年（一七一二）熊本藩主を継ぐ。
＊役料　本俸以外の職務手当。
＊越中守宗孝　細川宗孝《むねたか》。正徳六年―延享四年（一七一六―一七四七）。宣紀の四男で、父の死で熊本藩主を継ぐ。人違いから、江戸城内で旗本の板倉勝該に殺害される。
＊用人　秘書官として家老、番頭に次ぐ重職。
＊四郎兵衛　四郎右衛門の誤り。
＊物奉行　主君の装束の管理にあたる役。
＊寛延三年　一七五〇年。
＊越中守重賢　細川重賢《しげかた》。享保五年―天明五年（一七二〇―一七八五）。宣紀の五男で、宗孝の弟。兄の急死を受けて熊本藩主となった。
＊中務大輔治年　細川治年《はるとし》。宝暦八年―天明七年（一七五八―一七八七）。重賢の長子で、天明五年（一七八五）、父の死去で熊本藩主を継ぐ。
＊擬作高　功労に対する報賞として給与される俸禄。
＊物頭列　物頭格。
＊紀姫　蓮性院。熊本藩主細川斉茲《なりしげ》（細川治年の養子）の世子斉樹《なりたつ》の正室で、一橋治済《ひとつばしはるさだ》の娘。第十一代将軍家斉《いえなり》の妹にあたる。

*播磨国　現在の兵庫県南西部。
*鞠獄大属　明治初期の司法官の階級で、上級裁判官。
*玉名郡代　「玉名」は現在の熊本県玉名市《たまな》。「郡代」は代官。
*天保八年　一八三七年。
*合力米　生活扶助のための給与。

阿部一族

一四六 *細川忠利　天正十四年―寛永十八年（一五八六―一六四一）。細川忠興《ただおき》の三男。肥後熊本五十四万石藩主。
*寛永十八年　一六四一年。辛巳は干支の一で、かのとみ。
*肥後国　現在の熊本県。
*典医　お抱えの医者。方剤は薬の調合。
*天草四郎時貞　益田《ますだ》四郎時貞《しろうときさだ》。元和七年？―寛永十五年（一六二一？―一六三八）。島原の乱の首領。洗礼名はジェロニモ。父は小西行長の旧臣益田甚兵衛好次。
*松平伊豆守、……　三名とも老中。松平信綱《まつだいらのぶつな》（一五九六―一六六二）、武蔵川越《むさしかわごえ》藩主。阿部忠秋《あべただあき》（一六〇二―一六七五）、武蔵忍《おし》藩主。阿部重次《しげつぐ》（一五九八―一六五一）、武蔵岩槻《いわつき》藩主。
*沙汰書　命令・指図の文書。
*針医　鍼治療をする医者。

*下向　都から地方へ行くこと。
*上使　将軍家からの使者。
*添地　一定の敷地に、さらに加増した土地。
*熊本花畑　現在の熊本市花畑町。藩主の居館があった。
*革かになって　危篤状態になって。
*申の刻　午後四時頃。
*今年十七歳　正しくは数え年で二十三歳。元和五年（一六一九）生まれ。
一四七 *遠江国　現在の静岡県西部。
*訃音　訃報。死亡の知らせ。
*光尚「みつなお」が正しい。元服時は光利、寛永十八年に光貞、寛永十九年に光尚。
*立田山の泰勝寺　現在の熊本市下立田にあった寺院。京都・妙心寺の末寺で、寛永十四年に細川忠興が父・幽斎《ゆうさい》追善のため建立。当時は泰勝院。寺名は幽斎の法号から。
*三斎　細川忠興。
一四八 *飽田郡春日村岫雲院　現在の熊本市春日三丁目にある臨済宗大徳寺派の寺院。
*高麗門　熊本城南西隅の外門。
*霊屋　御霊をしずめ祀る所。
*沢庵和尚　宗彭《そうほう》。天正元年―正保二年（一五七三―一六四五）。禅僧。慶長十四年（一六〇九）、大徳寺住持に。紫衣事件で出羽に配流されるが、のちに徳川家光《いえみつ》が重用。
*方目　ツル目クイナ科の鳥。肉は食用。

＊児小姓　元服前の少年近習。
一四九 ＊鷹匠衆　主君の鷹を飼育、飼い馴らし、鷹狩に従事する役職の人々。
一五〇 ＊中陰　人の死後四十九日間の称。まだ未来の生を受けない間とされる。
＊勤行　仏前で経を読み、礼拝などの勤めをすること。
＊初幟の祝　男児の初節句に幟を立てて祝うこと。
＊死天の山　死出の山。仏教で、十王経に説く、死後初七日秦広王《しんこうおう》（亡者の審判を行う裁判官）の庁に至る間にある険しい山。
＊三途の川　仏教で、人が死んで七日目に渡るとされる冥土への途中にある川。
＊名聞　世間の評判。名誉。
一五一 ＊抜駈　戦陣において、軍令によらず他を出し抜いて先駆すること。
＊値遇　正しくは「知遇」。人格才能を認められて、優遇されること。
＊仏涅槃　釈迦の入滅。
＊大乗の教　仏教の一派で、慈愛を重んじ、個人的救済よりあらゆる生物の幸福の実現を理想とするもの。
＊懸許　許可。
＊金口　釈迦の口。釈迦の説法。
＊机廻りの用　主君のそばに日夜つかえて、諸用を達する近習役。
＊本復　病気が全快すること。
＊懸物　装飾用・鑑賞用に床の間や壁に掛ける書画の軸。掛け軸。

一五二 ＊推参　さしでがましいこと。無礼なふるまい。
一五三 ＊備後畳　備後《びんご》（現在の広島県東部）産の畳。畳表の最高級品。
一五六 ＊吊忍　忍草の根茎をたばねて種々の形に作り、軒などにつるして涼を添えるもの。
＊手水鉢　手や顔を洗う水を入れておく鉢。
＊捲物　杉や檜などの薄く削りとった材を円形に曲げて作った木製の容器。曲物《まげもの》。
＊一時　約二時間。
＊いかい　たいそう、ひどく。
一五七 ＊東光院　現在の熊本市東子飼町にある日蓮宗の寺院。
一五八 ＊歯せぬ　仲間に入れない。
一五九 ＊治乱　世の中が治まっていることと乱れていること。
＊人情世故　人間が本来持っている気持ちと世の中の風習。
＊通達　行き届くこと。
一六〇 ＊尾張国　現在の愛知県西部。
＊今川家　駿河国の守護・戦国大名で、室町将軍足利氏の支族として名門で聞こえ、遠江、三河へと勢力を伸ばしたが、今川義元が上洛途中に桶狭間で織田信長に敗れ衰退。
＊朝鮮征伐　豊臣秀吉による朝鮮出兵、文禄・慶長の役（一五九二―一五九八）。
＊加藤嘉明　永禄六年―寛永八年（一五六三―一六三一）。織豊期の武将。賤ヶ《しずが》岳《たけ》七本槍の一人として秀吉に仕え、朝鮮出兵では水軍の将を務めた。関ヶ原では東軍につく。
＊大阪籠城の時　大坂冬の陣・夏の陣（一六一四・一六一五）。豊臣氏が滅んだ。

一六二

＊後藤基次　永禄三年？—元和元年（一五六〇？—一六一五）。黒田孝高《くろだよしたか》、長政に仕えた武将で、戦功があったが浪人し、豊臣秀頼《ひでより》に招かれ大坂方につく。夏の陣で戦死。
＊横目役　目付の指揮を受け、武士の挙動を監察する役。
＊加藤清正　永禄五年—慶長十六年（一五六二—一六一一）。織豊期の武将。賤ヶ岳七本槍の一人として秀吉に仕えたが、関ヶ原では徳川方につき肥後一国を与えられた。
＊忠広が封を除かれた時　加藤清正の跡を継いだ子の忠広は、寛永九年（一六三二）、幕府の忌避に触れ肥後熊本五十四万石を改易、出羽庄内《でわしょうない》に配流された。
＊宗像中納言氏貞　室町期、筑前の宗像神社の大宮司。
＊出雲国　現在の島根県東部。
＊尼子　戦国時代の豪族。出雲の守護代に始まり、最盛期には山陰山陽八ヵ国を領有する戦国大名となるが、毛利《もうり》氏の圧迫を受け、天正六年（一五七八）に滅亡。
＊側役　主君の近くに仕える近習役。
＊城の太鼓　時刻を知らせるため、通常一時間間隔で城の御太鼓櫓で打った。
＊切米　下級武士に給与として与えた米。春・夏・冬の三回に期限を切って与えた。
＊阿菊物語　大坂落城の際、淀君《よどぎみ》に仕えた若い女性の見聞を綴ったもの。
＊愛宕山　京都市北西部にある山。標高九百二十四メートル。山頂に愛宕神社がある。
＊安座　あぐらをかくこと。
＊追腹　家臣が主君の死のあとを追って切腹すること。
＊小脇差　脇に差す小刀のうち短いもの。

*丹後国　現在の京都府北部。
*仲津　現在の大分県中津市。忠利の肥後転封前、豊前時代は、中津城が忠興の隠居所。
*狼藉者　乱暴する者。あばれ者。
一六二 *奥納戸役　奥向きの衣服・調度類の管理・出納をつかさどった役。
*大伴家　大友家。豊後守護・鎮西《ちんぜい》奉行として鎌倉時代より豊後を本拠地に西国で重きをなし、戦国大名に成長するが、義統《よしむね》の時、豊臣秀吉に領地を没収され、衰えた。
*南郷下田村　現在の熊本県阿蘇郡南阿蘇村（旧長陽村《ちょうようむら》）。
*庭方　花畑屋敷の南にある庭の管理、監視役。
*犬牽　鷹狩の際に、獲物の鳥を追わせる犬を飼い馴らして牽く役。鷹方に属する。
*野方　野外。鷹《たか》狩りをする野原。
一六三 *追廻田畑　花畑屋敷の後方にあり、実際の農作業をさせるために設けたという。
*浅葱　浅黄色。うすあお。みずいろ。
*飯行李　竹や柳を編んで作った弁当箱。
*下司　身分の低い家来のこと。
一六四 *常の詠草のよう　きめられた通りの歌稿の様式。
*故実　署名と花押は一か所にするのがきまり。
一六五 *触組　一種の閑職で、とくに職務はない。補充要員。
*夜伽　警護や看護のため夜中付き添うこと。
一六六 *肯綮に中っていて　急所をついていて。

＊間然すべき所　非難すべき余地。

一六八 ＊五月六日が来て……　記述に誤りがある。五月六日に十人がいっせいに殉死した、という初稿の設定が訂正されないままになっている。

一六九 ＊山崎　現在の熊本市山崎町など、熊本城の南側の地域。

＊五月闇　五月雨が降る頃の暗さ。

一七〇 ＊御代替り　主君の代が替わること。若殿の代になること。

一七一 ＊持場　戦場で、受け持ちの場所。

＊慥かな槍一本　頼りになる武士一人。弥五兵衛自身のこと。槍の名手であった。

一七二 ＊作事　家の普請《ふしん》。

＊小身もの　身分の低い人。禄高の少ないこと。

一七三 ＊大目附役　監察役で、家老らの国政運営に参画する重職。

＊苛察　細かいことまで詮索すること。

一七四 ＊怏々として　不平不満のあるさま。

＊向陽院　細川忠利の菩提寺妙解寺建立に先立ちその子院として建てられ、忠利の位牌を安置したという。熊本市横手にある。

＊堂宇　堂。殿堂。

＊御紋附上下　細川家の定紋（九曜）付き礼服。

＊時服　その季節に着る衣服。

＊馬廻　馬に乗って主君の警護にあたる役。上級武士。

＊長上下　肩衣《かたぎぬ》、およびそれと同色の長袴。
＊徒士　徒歩で行列の先頭を勤めた武士。
＊半上下　肩衣、およびそれと同色の小袴。下級武士・庶民の礼服。
＊御香奠　仏前に供する香の代わりに献ずる金品。
＊髻　髪を頭頂で束ねた部分。髻を切るとは、出家するということ。
一七五 ＊詰衆　当直の警備役。
＊瑕瑾　短所。欠点。
＊おし籠め　江戸時代の刑罰の一つで、一定期間門を閉ざして出入りを禁止すること。
一七六 ＊桑門　僧。
＊復命　報告。
一七七 ＊井手の口　現在の熊本市大江町。刑場があった。
＊奸盗　悪がしこい盗賊。
一七八 ＊側者頭　城中内外の警備、行軍の警衛にあたる役の長。
＊小頭　側者頭の副長。
＊譜第の乙名　代々仕えている家老。
＊廻役　見回り役。巡察。
＊当番　城中の宿直勤務。
一七九 ＊究竟　屈強。たいへん強いこと。
＊小西行長　？—慶長五年（？—一六〇〇）。織豊期の武将、キリシタン大名。父は堺

の豪商。はじめ宇喜多氏、のち豊臣秀吉に仕える。関ヶ原の戦いで敗れ処刑された。

一八一　＊更闌けて　夜ふけて。

＊抜足　音を立てないように、そっと足を抜くように上げて歩くこと。

＊長押　和風建築で鴨居の上や敷居の下などの側面に取り付けた横材。柱と柱をつなぐ。

＊手槍　柄が細く、短い槍。

＊細川高国　文明《ぶんめい》十六年―享禄《きょうろく》四年（一四八四―一五三一）。戦国期の武将。室町幕府の管領細川政元《まさもと》の養子で、自らも管領となるが、細川晴元《はるもと》に敗れ、摂津尼崎で自刃。

＊摂津国　現在の大阪府西部と兵庫県南東部。

＊河内　現在の大阪府南東部。

＊竹内越　現在の奈良県と大阪府の境、二上山《にじょうざん》南方を越える山路で大和・河内間の要衝。

一八二　＊紀伊国太田の城　紀伊は現在の和歌山県全域と三重県南部。和歌山市太田にあった城。

＊白練　練糸で織った白地の絹織物。

＊李王宮　朝鮮王朝李王家の宮殿。現在の韓国・ソウルにあった。

＊お先手　先鋒《せんぽう》。先陣。

＊猩々緋　わずかに黒みを帯びた、鮮やかな赤。

一八三　＊柳川　現在の福岡県柳川市。

＊立花飛騨守宗茂　立花宗茂《たちばなむねしげ》。永禄十年―寛永十九年（一五六七―一六四三）。織豊期から江戸初期の武将。大友氏の一族で、秀吉の九州出兵に功があった。筑後柳川《やながわ》藩祖。

＊感状　家臣の軍功を認めて発給する文書。

*関兼光　関兼元のことか。関兼元は室町時代中期の刀工で、関孫六とも。
*直焼　刀の焼きの名。刃文をまっすぐにあらわし出したもの。
*無銘　銘は茎に切る作者名のこと。その記名がないこと。
*横鑢　刀の柄《つか》に入る部分を仕上げたやすり目が、刀身に対して水平に切ってあるもの。
*銀の九曜の三並の目貫　銀製の目貫《めぬき》（刀の柄を刀身に固着するための金具）に、細川家定紋の九曜星にかたどった三組の紋を配したもの。
*赤銅縁、金拵　刀の外装を黄金の金具で飾り、赤銅で縁どったもの。
*奸物　悪知恵にたけた人物。
*物怪の幸　思いがけない幸運。
一八四 *中陰の果の日に……　当日に一同が殉死したとする初稿での設定の訂正もれ。
一八五 *今年二十一歳　二十歳が正しい。四年前の寛永十四年、島原の乱の際に十六歳とある。
一八六 *名香初音　伽羅の名木。「興津弥五右衛門の遺書」を参照。
*合印　味方であることのしるし。
*角取紙　方形の四隅を切りとった形に折って作った紙標。
*正盛　戦国時代、備後《びんご》国三原《みはら》（現在の広島県三原市）に住んだ刀工。正盛の作品。
*男結　紐の結び方の一つ。
*近江国和田　近江は現在の滋賀県。現在の滋賀県甲賀市（旧甲賀町）。
*蒲生賢秀　天文三年―天正十二年（一五三四―一五八四）。戦国武将で近江日野城主。織田信長に仕え、本能寺の変の際には信長の家族を日野に避難させた。蒲生氏郷《うじさと》の父。

＊与一郎忠隆　細川忠隆《ただたか》。天正八年―正保三年（一五八〇―一六四六）。細川忠興の長男。関ヶ原の戦いの際、母のガラシャは西軍の人質となることを拒み落命したが、前《まえ》田《だ》利家《としいえ》の娘であった妻は脱出した。ガラシャを失った忠興は忠隆夫妻を許さなかった。
＊慶長五年　一六〇〇年。関ヶ原の戦い。
＊入道　在俗のまま僧体となること。
＊番頭　城中を宿直警備する番衆の長。
一八七 ＊黒羽二重　黒色の羽二重。羽二重は、経糸《たていと》に撚《よ》りをかけない生糸を用いて平織りにした、あと練りの上質な絹織物で、柔らかく上品な光沢がある。紋付の礼装に用いる。
＊備前長船　備前長船（現在の岡山県瀬戸内市）の刀工が作った刀。名刀で知られた。
＊十文字の槍　穂先が十文字型をした槍。
＊大袈裟に切った　一方の肩から他方の腋《わき》へかけて、大きく切ったということ。
一八八 ＊箙　矢を入れて背負う武具。
＊半弓　大弓のほぼ半分の長さの弓で、座ったまま射ることができる。
＊麦秋　麦の取り入れ時。陰暦四月の称。
＊蜘のい　蜘蛛の巣。
＊貫の木　閂のこと。扉を閉ざすための横木。
一八九 ＊好うわせた　よくおいでになった。「わす」は敬語動詞「おはす（来る）」の略。
＊しざって　退る。後退して。あとへ下がって。
一九〇 ＊ひはら　脾腹。脇腹のこと。

一九一　＊被官　けらい。
一九二　＊槍脇を詰めて　主人が槍で戦うすぐそばにいて。
＊未の刻　現在の午後二時頃。
＊執奏　とりついで奏上すること。
＊突居た　かしこまった。
一九三　＊水落　みぞおち。胸骨の下、胸の中央にあるくぼんだところ。
＊新免武蔵　宮本武蔵《みやもとむさし》。天正十二年―正保二年（一五八四―一六四五）。江戸初期の剣客。武道修行のため諸国をめぐった。寛永十七年、細川忠利に迎えられた。
一九四　＊元亀天正　元亀《げんき》（一五七〇―一五七三）、天正《てんしょう》（一五七三―一五九二）。戦国乱世の頃。
＊城攻野合せ　攻城戦・陸上戦。
＊茶の子の茶の子の朝茶の子　茶の子は早朝の茶漬けのことで、物事が容易なさま。お茶の子さいさい。
＊正保元年　一六四四年。
＊府外　城下町の外。
＊益城小池村　現在の熊本県上益城郡益城町小池。
一九五　＊閉門　門・窓を閉ざして出入りを禁じた江戸時代の刑罰。
＊白川　阿蘇南郷谷に発し、熊本市の南東をめぐって島原湾に注ぐ川。

佐橋甚五郎

一九六　＊宗対馬守義智　永禄十一年―慶長二十年（一五六八―一六一五）。現在の対馬《つしま》の領主で、朝鮮外交にあたっていた。

＊肝煎　周旋。斡旋《あっせん》。

＊慶長九年　一六〇四年。

＊駿府　「駿河府中」の略。家康の隠居城。現在の静岡県静岡市。

＊江戸の本誓寺　馬喰町にあった寺院。朝鮮使節の宿所。

＊興津の清見寺　現在の静岡県静岡市清水区興津清見寺町にある寺院。三保松原《みほのまつばら》を望む。

一九七　＊李昖　宣祖。昭敬王。一五五二年―一六〇八年。李氏朝鮮第十四代国王、一五六七年―一六〇八年在位。

＊人参　朝鮮人参。強壮剤として珍重された。

＊蜜蠟　蜜蜂《みつばち》の巣からとった蠟《ろう》。

＊暈繝の錦の茵　赤地に黄・緑・青などで菱形または花菱縞の模様を織り出した敷物。

＊上の使　呂祐吉《りょゆうきつ》・慶暹《けいせん》・丁好寛《ていこうかん》の三人。

一九八　＊目くらがしは食わぬ　ごまかされはしない。

＊天正十一年　一五八三年。

＊振舞　ごちそう。饗応。

一九九　＊藤枝　現在の静岡県藤枝《ふじえだ》市。

二〇一　＊田舟　田の中で、稲などを運ぶのに使う小舟。

＊金熨斗附　刀の鞘《さや》に金または金色の金属の薄片をまいてあるもの。

二〇三 ＊手に合う　手におえる。

＊望月の夜　陰暦で十五夜の満月。

二〇五 ＊遠江国榛原郡小山　遠江は現在の静岡県西部。現在の静岡県榛原《はいばら》郡吉田《よしだ》町。

＊築山殿事件　天正七年（一五七九）、徳川家康の正妻築山殿《つきやまどの》が、武田《たけだ》信玄《しんげん》に内通した疑いで殺され、一子信康《のぶやす》も自害させられた事件。

二〇六 ＊鳴海　現在の名古屋市緑区の一部。

＊古府　現在の山梨県甲府市《こうふし》古府中町《こふちゅうまち》。武田家の居城、躑躅《つつじ》ヶ崎館《がさきやかた》があった。

＊若御子　現在の山梨県北杜《ほくと》市（旧須玉町《すたまちょう》）。若神子城に北条の本陣があった。

二〇七 ＊「続武家閑話」「通航一覧《つうこういちらん》」中の佐橋のことをしるした部分に引用された書名。

＊「甲子夜話」　肥前平戸《ひぜんひらど》藩主松浦《まつら》静山《せいざん》が見聞をしるした随筆。文政年間（一八一八―一八三〇）成立。

＊「韓使来聘記」　慶長十二年（一六〇七）から天和《てんな》二年（一六八二）までの朝鮮通信使の、来朝から帰国までをしるした記録。

解　説

森鷗外――人と作品

高　橋　義　孝

その生涯と作品　森鷗外は文久二年（一八六二年）二月一七日、島根県（石見国《いわみのくに》）鹿足《かのあし》郡津和野《つわの》町字《あざ》横堀に、津和野藩の典医、森静男とその妻峰子との長男として生れた。本名は林太郎《りんたろう》であって、鷗外は彼の数多い雅号《がごう》のうち最も有名になったものである。弟が二人、妹が一人あったが、皆《みな》それぞれにその名が世に知られている。

明治四年（一八七一年）まで藩校の養老館《ようろうかん》で三年間漢籍《かんせき》を学び、五年、父に従って上京し、同郷の先輩《せんぱい》で当時の先覚的な哲学者《てつがくしゃ》であった西周《にしあまね》の邸《やしき》に寄寓《きぐう》して本郷《ほんごう》の進文学舎に学び、七年、東京医学校予科に入学、一四年七月、東京大学医学部の最年少の卒業生として医学士になった。大学入学に際しては、歳《とし》が若すぎたため、これをいつわって入学したという逸話《いつわ》がある。

鷗外は大学卒業後ただちに軍医として陸軍に入ったが、その生涯は表面上はかなり平凡《へいぼん》であって、永い軍医生活の末、大正五年四月、軍医総監並《なら》びに医務局長の職を退き予備役に編入され、翌六年一二月に帝室博物館長兼宮内《くない》省図書頭《ずしよのかみ》に任ぜられ、この職にあったまま大正一一年（一九二二年）七月九日、萎縮腎《いしゆくじん》で歿《ぼつ》した。六十一歳（以下数え年）であった。近年その病因を結核《けっかく》とする説もある。

鷗外の生涯《しょうがい》で特記すべきことがあるとすれば、その第一は明治一七年から二一年（一八八四年―一八八八年）に及ぶドイツ留学であり、第二は日清、日露の戦役への出征であり、第三は三二年六月から三五年三月に至るいわゆる小倉左遷《させん》（第十二師団軍医部長）、第四は明治末年の「大逆事件《たいぎゃくじけん》」の体験、第五は乃木《のぎ》大将夫妻の殉死《じゅんし》などであろう。これらのデータは、それぞれにその意味と、その嵌《は》め込《こ》まれている文脈とを異にするものではあったが、そのいずれも鷗外の精神と心性に対して複雑で深刻な影を投げかけ、彼はこれらのデータのそれぞれに対して人間的に微妙《びみょう》な反応を示した。

陸軍衛生制度調査及び軍陣医学研究のためにドイツに赴《おもむ》いた鷗外は、ドイツ各地で足かけ五年に及ぶ研究生活を送ったが、一方私生活の上でも十二分にその青春期を享受《きょうじゅ》したらしいことは、出発から帰朝に至るまでの日記によって明らかである。この期間の一体験が彼の文学上の処女作『舞姫《まいひめ》』（明治二三年）の材料となった。のちにドイツから、この短篇《たんぺん》の女主人公のモデルかと推察される一ドイツ女性が鷗外を日本に尋《たず》ねてくるという事件もあり、鷗外と並び称せられる夏目漱石《なつめそうせき》の筆になる女性形姿にやや生彩を欠く憾《うら》みがあるのに反して、鷗外が描く女性の姿には生動の趣《おもむき》があるのも興味深い。

鷗外は何よりもまず、あまり裕福でない下級武士階級の子であり、長ずるに及んで軍人、軍医、官吏《かんり》となった。しかし彼には、類稀《たぐいまれ》に見る巨大な悟性《ごせい》の力が授けられていた。あたかも福沢諭吉《ふくざわゆきち》の中に、徹底的な合理主義と文句なしの愛国主義とが奇妙に仲よく同居していたように、鷗外の中にも、武士階級の封建《ほうけん》的・儒教《じゅきょう》的イデオロギーと、近代ヨーロッパ文明を肌《はだ》をもって知り、自然科学を学んだ冷厳《れいげん》な科学者の眼とが同居していた。彼の全思考、全生活感情は、本来なら一体とはなりがたいこれら二つのものの作り上げている緊迫《きんぱく》関係の上に成り立っており、たとえばその「諦念《ていねん》」の説(『予《よ》が立場《たちば》』明治四二年)や、五条秀麿《ごじょうひでまろ》という一青年貴族を主人公とする『かのやうに』以下の連作中に見られる考え方などは、これまで人があまり触《ふ》れようとしなかった幾多《いくた》の抒情詩《じょじょうし》作品とともに、この巨大な悟性人の人間的な吐息《といき》ではなかっ

ミュンヘンにて、滞独時代の鷗外(右端)

たかと私は考えている。

彼の世俗的閲歴《えつれき》は、元津和野藩典医「森家」の嫡男《ちゃくなん》にふさわしく始められた。まず彼は明治二二年、男爵海軍中将赤松則良《あかまつのりよし》の女《むすめ》登志子（翌年九月、長男於菟《おと》誕生後間もなく離別）と結婚して長男を儲《もう》けた。この年は日本文学史上画期的な抒情詩集『於母影《おもかげ》』が発表された年でもある。またこの詩集の稿料をもとにして同年一〇月には『柵草紙《しがらみぞうし》』（しがらみ草紙）が創刊された。この頃から鷗外は、目を瞠《みは》らせるような多彩で活潑《かっぱつ》な啓蒙《けいもう》家的文筆活動を文学、医学その他の分野において開始する。翌二三年には『舞姫《まいひめ》』が出、二四年には坪内逍遙《つぼうちしょうよう》との間に行われた「没理想論争《ぼつりそうろんそう》」が始まり、二五年には『即興詩人《そっきょうしじん》』の翻訳《ほんやく》も開始され（九年後に完結）、医学の方面でも日本医学会確立のための「傍観機関《ぼうかんきかん》」の大論戦を展開した。

明治二七年八月、日清戦争が勃発《ぼっぱつ》し、一〇月出征、二八年一〇月に凱旋《がいせん》して軍医学校長となり、翌年には文学雑誌『めさまし草《ぐさ》』を創刊、三〇年には医学雑誌『公衆医《こうしゅうい》事《じ》』を創刊するが、三二年、鷗外をして「私《ひそか》に謂《い》ふ、師団軍医部長たるは、終《つひ》に舞子駅長たることの優《まさ》れるに若《し》かず」（『小倉日記《こくらにっき》』）と綴《つづ》らしめた三年間に亙《わた》る「小倉左遷時代」が始まった。後年の『独身《どくしん》』（明治四三年）や『二人《ふたり》の友《とも》』（大正四年）などには、この頃の鷗外の心象風景が味わいのある筆致で静かに描かれている。『鷗外漁史《おうがいぎょし》とは誰《た》ぞ』、『洋学《ようがく》の盛衰《せいすい》を論《ろん》ず』はこの期になった文章である。

明治三五年一月、彼は判事荒木《あらき》博臣《ひろおみ》の女志げと再婚、三月、第一師団軍医部長として東京に返り咲き、早速《さっそく》上田《うえだ》敏《びん》らと雑誌『芸文《げいぶん》』、『万年艸《まんねんぐさ》』を創刊したが、三七年(一九〇四年)二月に日露戦争が起って四月出征、この陣中になった詩歌俳句は『うた日記《にっき》』(四〇年刊)に収められた。

後年いわゆる進歩派をして鷗外の行蔵《こうぞう》に疑惑と批判の目を向けしめた公爵山県有朋《やまがたありとも》への接近も、もとは明治三九年六月に旧友賀古鶴所《かこつるど》、佐佐木信綱《ささきのぶつな》らと起した歌会常磐《ときわ》会《かい》を通じてのことであった。

明治四〇年一一月、鷗外は陸軍軍医総監に任ぜられ陸軍省医務局長に補《ほ》せられ、ここに陸軍軍医としての最高の地位に昇った。時に四十六歳であった。世俗的に一身の安定を得たこの明治四〇年から大正五年予備役編入前後に至るまでの十年間は、木下《きのした》杢太郎《もくたろう》のいわゆる鷗外の「豊熟の時代」であって、創作、評論、翻訳、随筆、研究、考証に幾多の目ざましい業績を残した。四二年には雑誌『昴《すばる》』(スバル)を発刊し、これを自らの文学活動の舞台とした。三月ここに

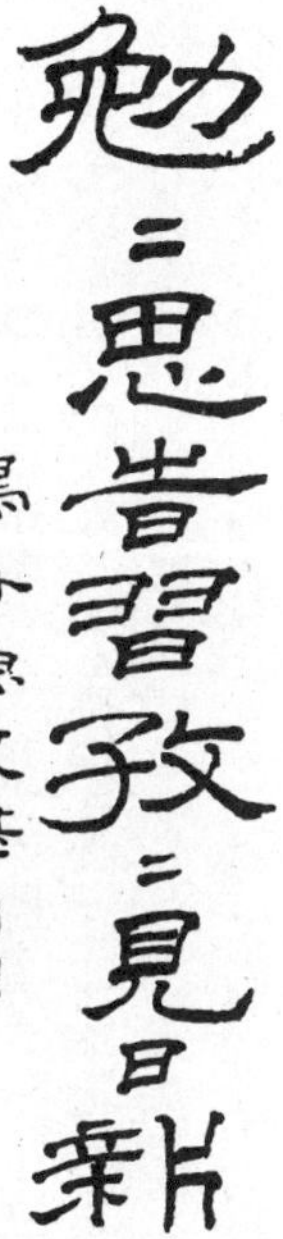

鷗外筆蹟

発表した小説『半日』は森家遺族の意嚮《いこう》によって永らく全集中に採録されなかったものである。この一篇《いっぺん》は家庭の人としての鷗外の身辺にあったわずらわしさを僅《わず》かに覗《のぞ》かしめているが、公人としても彼はさまざまな不快を味わわされ、不平不満を懐《いだ》いていたらしい。しかし彼が漱石とは逆にストイカルな身構えでそういうものをすべて力一杯に抑《おさ》えつけ通したことは、たとえばその日記を漱石の日記に比較してみると直ちに明らかになる。発売禁止の処分を受けた『キタ・セクスアリス』が出た明治四二年七月に文学博士の学位記を受けたのも皮肉である。また翌八月には本邦最初の方眼地図『東京方眼図《とうきょうほうがんず》』が出た。女ごころを心憎いまでになぞってみせた『雁《がん》』（四四年）の作者は、同時にまた若い頃にある辞典一冊を丸写しにしたり、『東京方眼図』を立案したりする人間でもあった。

今日人口に膾炙《かいしゃ》している作品の多くはこの「豊熟の時代」に成ったもので、『青年《せいねん》』（四三年）、『妄想《もうそう》』（四四年）などはそれであるが、後年のいわゆる歴史物の中に明瞭《めいりょう》に看取される自己肯定から自己否定への、またその逆の方向への慌《あわただ》しい往きつ戻《もど》りつは、すでにこの時期の最初の頃の作品、たとえば『杯《さかずき》』（四三年）などに始まり、『カズイスチカ』、『妄想』、『百物語《ひゃくものがたり》』などを経て、のちの『余興《よきょう》』（大正四年）、『高瀬舟《たかせぶね》』、『寒山拾得《かんざんじっとく》』、『空車《むなぐるま》』（以上大正五年）、『なかじきり』（大正六年）にまで遠く連なっていることも見逃しがたい。

この「豊熟時代」（明治四〇年—大正五年）のほぼ中頃に、鷗外にとって意義重大な一つの大きな事件が起る。明治四五年七月三〇日の明治天皇の崩御《ほうぎょ》と、九月一三日の乃木《のぎ》希典《まれすけ》夫妻の殉死とがそれであって、この事件を機に鷗外は突如《とつじょ》として続けさまに歴史小説を書き始める。のちに述べるような歴史小説の系列に見られる自己主張と自己没却の戦いは、大正五年一月に新聞に連載され始めた史伝『澀江抽斎《しぶえちゅうさい》』において鷗外なりの一種のジュンテーゼに到達し、やがてこの稀代《きたい》の学匠《がくしょう》文人は考証と「荒涼なるジエネアロジックの方向」へと傾斜して行く。

晩年の鷗外

その裏側から見れば「苦渋《くじゅう》の時代」でもあったこの「豊熟の時代」のほぼ十年間、鷗外をめぐっていろいろの事柄が記録される。明治四二年五月には次女杏奴《あんぬ》が生れ、七月には文学博士となり、四三年二月には慶応義塾文学科顧問になる。四四年二月には三男類《るい》が生れ、七月にゲーテの『ファウスト』の翻訳に着手する。四五年には明治帝崩御、乃木夫妻自刃のことがある。大正二年一二月に雑誌『昴《すばる》』が終刊する。四年一一月に「東京日日新聞《とうきょうにちにちしんぶん》」客員となる。一一月に御大典が行われ、五年三月、母の葬を送り、四月予備役に編入される。同年一二月には、間接に鷗外に文壇復帰の意欲を起させた夏目漱石が五十歳で歿《ぼっ》した。鷗外論の一争点を成す『かのやうに』以下の数篇もこの期間に書かれたが、これらの作品によって鷗外を日本の保守支配階級の、文化的、精神的な面における最も有能な一参謀と見る見方は、鷗外の内部にあった封建的イデオロギーと近代ヨーロッパ文明の洗礼を受けた科学精神との緊迫関係の向う側につねに隠見《いんけん》するところの、一切が見えてしまうために、どの一つにも与《くみ》しえなくなってしまった悟性人のニヒリズムを想ってみる時、にわかにこれには同じ難いという感を催す。恐らく彼の「遺言」は、この点をめぐって議論を上下するのに恰好《かっこう》な材料として、永くその意義を失うことがないであろう。

鷗外の歴史小説について　いわゆる歴史小説には、『興津弥五右衛門《おきつやごえもん》の遺書《いしょ》』（大正元年）、『阿部一族《あべいちぞく》』、『佐橋甚五郎《さはしじんごろう》』、『護持院原《ごじいんがはら》の敵討《かたきうち》』（以上大正二年）、『大塩平八郎《おおしおへいはちろう》』、『堺事件《さかいじけん》』、『安井夫人《やすいふじん》』、『栗山大膳《くりやまだいぜん》』（以上大正三年）、『山椒大夫《さんしょうだゆう》』、『津下四郎左衛門《つげしろうざえもん》』、『魚玄機《ぎょげんき》』、『じいさんばあさん』、『最後《さいご》の一句《いっく》』（以上大正四年）、『椙原品《すぎのはらしな》』、『高瀬舟』、『寒山拾得』（以上大正五年）などがある。

いわゆる歴史小説の第一作の『興津弥五右衛門《おきつやごえもん》の遺書《いしょ》』では、「外に向って発動する力」の志向するところが、封建社会の生活倫理の要求に完全に合致している。殉死という行為において両者が握手する。ここには社会の側にも、興津という武士個人の側にも、矛盾《むじゅん》や軋轢《あつれき》はない。調和した、純粋の世界が描かれている。ところがこの作品は、結果から見てそういいうるのだが、鷗外の行ったひとつの実験だったようだ。従ってこの作品には作品の外に立つ作者の手によって行われるところの、近代小説の常套《じょうとう》手段のひとつたる主人公の心理分析がない。つまり詩なのだ。讃歌《さんか》なのだ。この作品が、思想的な心性的な心理的なもろもろの問題性を仮りに、一時抑《おさ》えつけて成った詩の形での実験であったことは、すぐつぎに第二作として『阿部一族』が続いたことによって明白に理解せられよう。ここに描かれているのも殉死にはちがいないが、前作における如く殉死の中へ何の批判も逡巡《しゅんじゅん》もなく飛び込んで行く人間はここにはもういない。殉死に対する人間的批判と、殉死をその一角とする封建社会の倫理体系という城塞《じょうさい》とアルキメデスの点のような人間性との対決が問題にせられている。外からのどんなに強い拘束《こうそく》や、ほとんど反射運動のように行われる習慣的自己制御にもかかわらず、頭を擡《もた》げてくる人間の心の奥のデーモンがくっきりと描かれる。「人には誰が上にも好きな人、厭《いや》な人と云《い》うものがある。そしてなぜ好きだか、厭だかと穿鑿《せんさく》して見ると、どうかすると捕捉する程の拠《よ》りどころがない。」こういう魂《たましい》の深淵《しんえん》に対しては、どんな拘束も無力であるよりほかはない。つまり鷗外はここに事実上、拘束せられた人間のうちにむっくりと首を擡げるところの、いかにしても拘束せられざるものを描こうとした。この点で『阿部一族』は、その歴史的衣裳《いしよう》にもかかわらず、以前の『青年』や『仮面《かめん》』や『杯』などの個人主義の世界に糸を引いている。「さあ、瓢簞《ひようたん》で腹を切るのを好ぅ見て置け」は、「わたくしはわたくしの杯で飲みます」の書き換えにほかならない。『阿部一族』の、そういう個人主義を更《さら》に強化して行くと、ただに社会の外的拘束を無視するのみならず、のち喬僉知《きようせんち》と名告《なの》って旧主徳川家康《とくがわいえやす》に謁《えつ》し、耳にはきこえぬ哄笑《こうしよう》をもって家康に報いる『佐橋甚五郎』が出てくるのである。しかし、秤皿《はかりざら》はここで止まる。自己主張の、個人主義の秤皿にはこれ以上の分銅の加えられることはない。

逆に『護持院原の敵討』では、他方の、没個人主義の秤皿に重みが加えられることになる。山本九郎右衛門は二重の拘束《こうそく》を受けた状況の中にある。第一のそれは身分階級のそれであり、第二のそれは、それに特殊なものとしてつけ加わったところの敵討ちの義務である。「沈着で口数をきかぬ、筋骨逞《たくま》しい」九郎右衛門は、自分の境涯に対しては毫釐《ごうり》の懐疑、批判だにさしはさまない。ほとんど彼はそういう運命を愛しているように見える。宇平《うへい》に答えた彼の詞《ことば》、「人間はそうしたものでない」――そういう調和のとれた人生観を物語っている。「人間はそうしたものではない」うして敵討ちは成功するのだ。これは原理的に成功必至の敵討ちであった。ところがこの作品を歴史小説第一作と異ならしめるところのものがここにある。それはこの天保《てんぽう》の物語の所々に、一瞬明治や実証主義や近代が顔をちらつかせるということである。「宇平の口角には微《かす》かな、嘲《あざけ》るような微笑が閃《ひらめ》いた。『おじさん。あなたは神や仏が本当に助けてくれるものだと思っていますか。』九郎右衛門は物に動ぜぬ男なのに、これを聞いた時には一種の気味悪さを感じた。『うん、それは分からん。分からんのが神仏だ。』」この宇平の懐疑は晴れ渡った青空にぽつんと浮んだ雲一片の如《ごと》きものだが、そしてこの一片の雲は、この天保武士の世界にいまだなおかげりを与えるには至らないが、やがてこの雲は拡がって見る間に天を覆《おお》う。そしてつぎの『大塩平八郎』の世界が現出するのである。

第五作『大塩平八郎』——或《あるい》は「人間・大塩平八郎」は、第四作「護持院原の敵討」の中途から姿を消してしまった「宇平」の物語だといってもいい。宇平・平八郎には、九郎右衛門のように、「人間はそうしたものではない」という、暗々裡《あんあんり》の運命への愛情と信頼とがない。「己《おれ》が陰謀《いんぼう》を推して進めたのではなくて、陰謀が己を拉《らっ》して走ったのだと云っても好い。一体此《この》終局はどうなり行くだろう。平八郎はこう思い続けた。」この態度は、自己を安んじて運命の掌中に置いて生きて行く山本九郎右衛門の態度とは全然ちがう。大塩平八郎は、自分が張本人となって惹《ひ》き起した一揆《いっき》のために、砲声がとどろきわたり、火焔《かえん》の燃え上る中に「兼《かね》て排斥した枯寂《こじゃく》の空《くう》」——恐らく行為ということの最大の敵であるところの「枯寂の空」を感じている。ここには、ある行為を成立せしめまいとする、何か暗い、不安なもの、「捕捉し難い」あるものがある。われわれは時にそういうものに対して「人間的」という形容の語を加える。人間的はまた近代的の同義語として受けとられる。拘束《こうそく》の多い封建社会を、拘束とは感じないで生きて行く人間の反対が、この「人間的・近代的」大塩平八郎である。吉見の告発状を見て思議する西奉行堀の心理を説明して、そういう人間性を云々《うんぬん》している個所もある。「形式に絡《から》まれた役人生涯に慣れてはいても、成立している秩序を維持するために賞讃《しょうさん》すべきものにしてある返忠《かえりちゅう》を真の忠誠だと看《み》ることは、生れ附いた人間の感情が許さない。」宇平を敵討ちの旅から落伍《らくご》せしめるのも、やはりこういう「生れ附いた人間の感情」ではなかったか。『興津弥五右衛門の遺書』から『護持院原の敵討』に至った鷗外は、自己が漸《ようや》く「人間的なもの」に遠ざかって行くのを嫌《きら》って『大塩平八郎』を書く決心をしたのであろう。「三田文学《みたぶんがく》」に掲げられた「附録」の最後には、「然るに平山は（中略）安房《あわ》勝山《かつやま》の城主酒井《さかい》大和守忠和《ただより》の邸で、人間らしく自殺を遂げた」とある。平山とは大塩の陰謀の密告者のひとりである。又、同じ文章の中で鷗外は「平八郎は哲学者である」と書いている。哲学者は屢々《しばしば》「外に向って発動する力を全く絶たれて、純客観的に傍看」する人間である。大塩平八郎の悲劇は、鷗外自身の問題としては、こういう宿命を背負った哲学者が自己の宿命に反抗するところに胚胎《はいたい》する。『大塩平八郎』はこのように二重の問題をはらんでいた。第六作『堺事件』では状況は再転して、没個人主義的な世界が展開せられる。

これまで年代順に見てきた諸作品を顧みると、鷗外の精神の振子《ふりこ》が二つの人間像、すなわち外部の世界からの拘束を拘束として感ずることなく生きて行く人間（花房の翁《おきな》）と、この拘束をなんらかの行為によって振り払って自己を主張しようとする人間（イプセン的・拊石《ふせき》的）との両極の間を均等に動いてきたことがわかる。しかしこれらの人物はみな重苦しい歴史の衣を身にまとっていた。

ところが第七作『安井夫人』から『栗山大膳』、『山椒大夫』、『津下四郎左衛門』、『魚玄機』、『じいさんばあさん』、『最後の一句』を経て『相原品』まで読み進むと、そこにひとつの現象を見出す。すなわち『堺事件』までの諸作品に共通であった歴史の衣は、『安井夫人』以下の諸作においては必ずしも共通の特色となってはおらず、『安井夫人』以下の作品では、歴史的ドキュメンテイションの煩瑣《はんさ》な作品にあっては『阿部一族』的な、人間性救済や自己主張が描かれ、逆に歴史の衣が軽く薄い作品にはかえって『興津弥五右衛門の遺書』に見られたような運命への信頼と没我の精神とが描かれている。『栗山大膳』（2）、『津下四郎左衛門』（4）、『魚玄機』（5）、『最後の一句』（7）は前者であり、『安井夫人』（1）、『山椒大夫』（3）、『じいさんばあさん』（6）、『相原品』（8）は後者である。（括弧《かっこ》内の数字は発表順を示す）

安井夫人とは安井息軒《そくけん》の妻のことである。息軒の伝を作るのには、材料は充分にあろうが、安井佐代《さよ》はかげの人で、どうしても間接にしか描かれぬであろうし、しかも背後に史料が眼を光らせているようなことがない。『山椒大夫』では史料や史学的ドキュメンテイションは殆《ほとん》ど不必要だろう。元々これは伝説だ。『じいさんばあさん』にしても、根柢《こんてい》となった材料は活字本の一頁にも満たぬものだったらしいことは容易に察しがつく。歴史家の手腕を揮《ふる》う余地はあまりなさそうだ。のみならず、小説風に面白かろうと想像せられる別居中の夫妻の心理生活は全然描かれていない。『椙原品』にしても同じで、品は浅岡と混同せられた伝説的な人物であり、綱宗のうしろでひっそりと歴史の闇《やみ》の中へ消えて行った人間である。これを描こうとする者の身になってみれば、彼らを覆っている歴史の衣は軽く薄いのである。これに反して、第二のカテゴリーの人物たちはいずれも文献なり口碑なり、末裔《まつえい》なりの広義のドキュメントの現に存じている人物たちである。『最後の一句』がどういう文献に依拠《いきょ》して書かれたのかは知らないが、徳川幕府下の裁判制度という確然とした歴史的なものがなければ、この一篇は成立しがたかった筈《はず》である。

そして歴史の衣の重い材料を基とした作品には、申し合わせたようになんらかの形で人間の自己主張ということが書かれている。歴史の重い衣の下からついついはみ出すような、その意味で歴史を超越する人間性が描かれている。栗山大膳、津下四郎左衛門、魚玄機（この場合はこの女主人公の才学の大きさが丁度歴史の重みの代用物となっている）、いちなどを見ればこれはよくわかる筈《はず》である。それなのに、歴史の衣の軽くて薄い場合には、自己主張とか個性とか反抗とかが書かれてはいない。そういう作品の主人公たちはみな自分たちの運命にひどく素直に服従している。「そうですね。姉《ね》えさんのきょう仰《おっし》ゃる事は、まるで神様か仏様が仰ゃるようです。わたしは考えを極《き》めました。なんでも姉えさんの仰ゃる通《とおり》にします。」つまり「わたくしはわたくしの杯で」は飲まないのである。この厨子王《ずしおう》の言葉は、安井夫人、美濃部《みのべ》るん、椙原品のすべてに通ずるモットーである。これらの人物の運命への愛情には何か先験的ともいっていいような性格がある。彼らの眼は「遠い、遠い所に注がれていて、或《あるい》は自分の死を不幸だと感ずる余裕を有せなかったのではあるまいか。其望の対象をば、或は何物ともしかと弁識していなかったのではあるまいか。」（「安井夫人」）。『興津弥五右衛門の遺書』におけるそれよりも更《さら》に純粋な、運命への愛がある。それからこれらの人物が（厨子王を例外として）いずれも女性なのも注目すべき一事であろう。『雁』のお玉にもこういう趣が多少感ぜられる。この辺から恐らく鷗外と「永遠に女性なるもの」との関係という問題をほぐして行けば行けるだろう。ゲーテの巨大な業績を、母の愛をゆたかにのこりなく受けたことに関係づけて考えたのはフロイトであるが、業績の人鷗外もまた『本家分家《ほんけぶんけ》』でもわかるように母との感情的関係は性心理的にノルマールであったようである。

さて以上見たように、歴史の色の濃い作品には歴史に対立するものとしての人間が強調せられ、その色の淡い作品には歴史を含めての運命に服従する人間が描かれているのはなぜであろうか。恐らくそれはこういうわけなのだ。史料に忠実であろうとすればするほど、狭義《きょうぎ》の創造の自由が束縛《そくばく》せられる。歴史の、史料の世界に足を深く踏《ふ》み入れるほど、歴史の繫縛《けいばく》は増大して、鷗外ならずとも「知らず識らず歴史に縛られ」、「此《この》縛の下に喘《あえ》ぎ苦」しみ、「そしてこれを脱せよう」と思うにちがいない。その時、却《かえ》って永遠に現在して時間を超越《ちょうえつ》する人間性、歴史の因果の網の目に捉《とら》えられぬものを求めたいとは、創作家でなくとも思うことであろう。史料を基礎に刻み上げられ再構成せられる人間は、諸種の因子の集合累積ではあろうが、生命を持った自律的な人間存在だとは思われない。そういう時、われわれの「人間らしい」感情は、そういう歴史的形姿が機械人形に堕《だ》そうとするのを喰《く》いとめにかかるのであろう。『栗山大膳』以下の、歴史の圧力の強い作品にこそ却って人間の自己主張の声がはっきりとしているのにはそういうわけがあるのだと思われる。また反対に歴史の圧力のすくない場合に、安井夫人のように人や世を「空気のように」眺《なが》める人間が好んで描かれるのはなぜか。歴史の衣は、因果で編まれた拘束《こうそく》の衣である。その衣が取りのけられる時、外に出てくるのは本来一切の拘束や秩序をきらい、そういうものの声に耳をかたむけようとせぬ「人間的な、あまりに人間的な」本能や衝動であるにちがいない。それはそのまま一直線に動物の世界に通じているのだ。そして動物的なものもまた歴史のあまりに強い桎梏《しっこく》と同じく人間の自律的世界秩序の存立にとってはひとつの脅威《きょうい》であることはいうまでもない。鷗外の描いた安井夫人的な諸人物が、身軽なのをこれさいわいと恣《ほしいまま》に行動し思量することなく、却って成行きや運命の指示するところに従順なのは、さきの場合と同様に人間のコスモスの、シャボン玉のように破裂しやすい球体を保ち輝かしめようがためにほかならなかったのであろう。

作品解説

五味渕典嗣

本書には、森鷗外《もりおうがい》の短篇作品のうち、一九一二（大正元）年から一九一六（大正五）年までに発表された歴史小説九篇を収めた。このとき鷗外は五〇歳から五四歳。六〇歳で世を去った彼にとっては、晩年に属する作と考えてよい。

鷗外は、一九一六年四月、一九〇七年以来務めてきた陸軍軍医総監・陸軍省医務局長の職を辞し、予備役となった。これは軍医としての最高の職位で、陸軍の医務行政の責任者という立場にあたる。『舞姫《まいひめ》』以来の著名な文学者であり、雑誌『スバル』や『三田文学《みたぶんがく》』に拠《よ》る若い世代の作家たちの精神的な後ろだてとなっていた鷗外は、一方で、明治政府の高級官僚であり、維新の元勲・山県有朋《やまがたありとも》と親しくかかわった人物でもあった。退役後は、その功績をもって正三位に叙せられ、旭日大綬章《きょくじつだいじゅしょう》（国家への勲功が顕著な者に与えられる勲章）を受章している。もちろん、文学者としての鷗外は こうした華やかな経歴を誇示することはなかったし、そのことをもって鷗外の人物をうんぬんするのは適切ではない。だが、近代日本が生んだ最もすぐれた知性の一人である鷗外森林太郎《もりりんたろう》の文業について考える際には、明治の国家体制とのかかわりを無視することはできない。

実際に鷗外は、〈明治〉という時代を、文字通りの意味で〈われらの時代〉と意識していたはずである。若き鷗外は、まだ産声をあげたばかりの新しい体制の息吹をすぐ近くに感じられる環境の中で成長し、ドイツへの留学を通じて獲得した知見と自信とをもって、医学と文学の二つの正面で日本の近代を切り拓《ひら》く重要な仕事を続けてきた。彼より五歳年下の夏目漱石《なつめそうせき》は、代表作『こころ』の中に、一九一二年七月の明治天皇睦仁《むつひと》の死と、九月の乃木希典《のぎまれすけ》夫妻の殉死とを「明治の精神」の終焉《しゅうえん》だと語る人物を登場させていたが、同じような思いは、おそらく鷗外の方が痛切に感じていたのではあるまいか。鷗外が本格的に歴史小説へと向かうきっかけとなった出来事が乃木の殉死だったことはよく知られている。だが、齢《よわい》五〇という人生の節目と、大帝とも称された天皇の死が重なったことで、鷗外が自らとこの国の人々の来し方に思いを致す客観的な条件は、すでに熟していたとも言えるだろう。本書が収めた短篇作品は、鷗外が最後にたどりつこうとしていた文学的・思想的な境地の一端を表現したものに他ならない。

本書のはじめに掲げた『山椒大夫《さんしょうだゆう》』は、中世の語り物である説教節《せっきょうぶし》「さんせう太夫」をもとにした作品である。筑紫《つくし》に行ったきり戻らない父親を探す旅に出た母子づれが、途中の越後《えちご》で「人買《ひとかい》」のために生き別れとなって、母は佐渡《さど》へ、安寿《あんじゅ》と厨子王《ずしおう》の姉弟は丹後《たんご》の豪族・山椒大夫のところへ奴婢《ぬひ》として売られてしまう。翌年の春、安寿の命と引きかえに大夫のもとを逃れた厨子王は、「守本尊《まもりほんぞん》」の加護もあって、左遷の憂き目に遭った亡父の名誉を回復、丹後一国の国守となり母親と感動的な再会を果たす、という物語である。

豊かな学殖に裏付けられた鷗外の文章の平明で枯れ寂《さ》びた美しさは多くの評家が指摘するところだが、この作品の語り手も、必要なことを、必要なときに、必要なだけしか語らない。人買いの山岡大夫《やまおかたゆう》が、野宿の覚悟を決めた母子一行に向かってお為ごかしに話しかける場面で、じつはもう一人女中の連れがあるという母の言葉を「お女中かな。そんなら待って進ぜましょう」（傍点引用者）と受け、「底の知れぬような顔に、なぜか喜《よろこび》の影が見えた」としているのは明白な伏線であるし、決して乗り気ではないながらに山岡大夫の舟に乗ることを肯《うべな》ってしまう母親の「自分の心がはっきりわかっていない」ありようが、きわめて論理的に腑分《ふわ》けされてもいる。安寿と厨子王が見た額に烙印《やきいん》を押される夢の場面では、現在形の短いセンテンスを畳みかけるように重ねることで、いままさに事が起きているかのような臨場感が演出されている。

だが、ここで注意したいのは、このように明晰《めいせき》に人物たちの胸のうちまで説くことのできる語り手が、「恐ろしい夢」を見た後の安寿の内面について、一切語っていないということである。言葉数がめっきり少なくなった安寿は、「引き締まったような表情」で「遥《はる》かに遠い処《ところ》を見詰めている」。自分も男である厨子王と同じ場所で働きたいと、長い髪を惜しげもなく捨てて柴刈《しばか》りに向かう朝は、「毫光《ごうこう》のさすような喜《よろこび》を額に湛《たた》えて、大きい目を赫《かがや》かしている」。語り手は、「物《もの》に憑《つ》かれたように」迷いを見せない安寿の思いや心の動きを語らない。読者は、姉の突然の変貌《へんぼう》にとまどう厨子王のように、安寿との間に容易に立ち入ることのできない「境界《きょうがい》」を感じずにはいられないのである。これはいったい、どういうことなのか。

一つの手がかりとなるのが、鷗外が『山椒大夫』の自作解説として書いた「歴史其《その》儘《まま》と歴史離れ」という文章であろう。鷗外の真意をめぐってさまざまな議論を呼んだ問題含みのエッセイだが、その中に「わたくしは史料を調べてみて、その中に窺《うかが》われる『自然』を尊重する念を発し」「それを猥《みだ》りに変更するのが厭《いや》になった」というよく知られた一節がある。改めて考えてみると、鷗外の歴史小説のほとんどは、いわゆる〈正史〉に近い書物を典拠とはしていない。近代の歴史学者ができごとのあらましを確定させる際に重視する資料的な価値の高い文献や記録というよりは、武家社会の言い伝え・エピソードを集めた書物や、そのできごとをめぐって流布した実録もののような、どちらかといえば物語性の強いテクストを積極的に用いているのである。だから、しばしば誤解されるのだが、歴史小説を書く鷗外は、必ずしも過去のできごとの正確な復元や再現を目指していたわけではない。また、例えば芥川龍之介《あくたがわりゅうのすけ》のように、自分の描きたい主題を表現するための実験室として、適当な過去に物語の舞台を設定しているというのでもない。

いま、ひとが「史料」と呼んでいる一つ一つのモノたちには、それを記憶し、記録しようと思い立った人々の立場や思惑が否応《いやおう》なしに刻まれている。それは、実証的な歴史学者や文献学者にとっては、歴史の事実から慎重に選《よ》り分けられるべき雑言《ノイズ》や偏りと見えるかもしれない。しかし、そこには、その文字を刻んだ人々の、そのできごとを何かのかたちで書き残したいという思いやどうかして伝えたいという願いや判断が確かにあったはずなのである。鷗外の考える「歴史の自然」とは、じつは「史料」の「自然」であり、そのできごとを書きとめたい、自分の記憶にとどめるだけでなく誰かに向けて語りたいと考えたその人々の初源的な動機を、「史料」との対話を通じて見出《みいだ》すことだったのではないか。

なぜそれを記録したいと感じたか。すぐに思いつくこととして、人間やその行いに対する驚きや戦《おのの》きということがあるだろう。『山椒大夫』の安寿、『じいさんばあさん』のるん、『最後《さいご》の一句《いっく》』のいちという三人の女性は、あきらかに同じ系譜に属する人物たちである。「中《なか》の好《い》いことは無類《むるい》」で、いかにも満ち足りた様子にも見える老夫婦が、じつは新婚当初に離ればなれになって以来、三七年ぶりに一家を構えた二人であったこと（『じいさんばあさん』）。父親の命を救うために自分たち五人の子どもが身代わりになると申し出た少女の、まるで物怖《ものお》じしない決然とした「情《じょう》の剛《こわ》い」ありようが、最終的には幕府の役人たちの判断にまで影響を与えてしまったこと（『最後の一句』）。確かにここには、鷗外なりの人間の好みもあらわれてはいる。けれども、他の書き手ならきっと多くの言葉を費やさずにはいられないことがらや、ドラマのような場面を脚色したくなるだろう内容について、鷗外は確かに言葉を惜しんでいる。鷗外にとって大事なことは、彼の本を手に取る読者が気軽に消費できるような、耳に快い美しい物語を提供することではない。そのような人物が現にいた、あるいは存在し得たという驚き、つまりは人間という存在そのものへの驚きを、それを刻んだ過去の「史料」の書き手たちと共有することなのである。だから、鷗外の歴史小説は本質的に〈この人を見よ〉なのだ。

『高瀬舟《たかせぶね》』の喜助《きすけ》も、「目」に「微《かす》かなかがやき」をたたえながら遠くの方を眺めやる人物である。江戸時代の寛政《かんせい》年間、遠島《えんとう》を申し渡された罪人を京から大阪へと送る舟の上で、同心・羽田庄兵衛《はねだしょうべえ》は「遊山船《ゆさんぶね》にでも乗ったような顔」で従容とたたずむ「弟殺しの罪人」喜助の様子に不審の念を禁じ得なかった。聞けば、喜助は「お上《かみ》のお慈悲」で、自分は生まれてはじめて自分の居場所と自由に使える「貯蓄」を得たことに感謝しているのだと言う。その言葉に自らを省み、「足ることを知っている」彼に畏敬《いけい》の念を抱いてしまった庄兵衛は、思わず「喜助さん」と呼びかけて、彼が犯した「罪」について、その仔細《しさい》を聞くことになる。

長きにわたって国語教科書の教材として親しまれているこの作品は、鷗外が「高瀬舟縁起」で紹介した「ユウタナジイ」(安楽死)の問題をいちはやく取り上げた作品という評価を得てきた。だが、物語としてこれを見るときは、語り手があくまで喜助を見つめる庄兵衛に寄り添うかたちを崩さない点に注目したい。風のない夏の夜、むんとした靄《もや》に閉ざされながらすべるように川面《かわも》を進む舟の上で、二人は言葉を交わしている。だが、二人のやりとりは、決して〈対話〉ではないし、具体的な意思のやりとりとしてのコミュニケーションが成立しているわけでもない。少なくとも喜助は、身分と立場の隔てを忘れていない。また、取り調べの過程で何度もくり返されたのだろう喜助の説明は、「殆《ほとん》ど条理が立ち過ぎていると云《い》っても好《い》い位《くらい》」に淀《よど》みのないものだったが、語り終えたあと「視線を膝《ひざ》の上に落《おと》した」という喜助は、本当に何の悔いも迷いも感じていないのだろうか。町の「年寄衆《としよりしゅう》」が駆け付けるまで、ただ茫然《ぼうぜん》と「目を半分あいた儘《まま》死んでいる弟の顔を見詰めていた」という彼は、自分が「夢中」でしてしまったことを、彼の言葉が語るように明確に位置付けることができているのか。もしかしたら、庄兵衛が喜助の言葉をどう受け止めるべきか判断がつかなかったように、じつは喜助本人も法の裁きという「オオトリテエ」に従うことで、ようやく安心し、落ち着きを得ていたのではないのか。

だが、語り手はこの作品でも、喜助の心に立ち入ることはない。高瀬舟がその上を静かに進んでいく、波の立たない夜の川の黒い水面の底を見通すことができないように、喜助という謎が、彼が語らないし語れないのかもしれない底知れぬ何ものかの感触が、この作を読む者に手渡される。数々のすぐれた翻訳を残した稀代《きたい》の言葉の使い手でもあった鷗外は、言葉を交わすことでかえって穿《うが》たれてしまう溝の深さや、言葉で表現できることのけじめについて、ひどく自覚的な書き手でもあった。

手段としての言葉の限界という着想は、晩唐《ばんとう》の女性詩人を主人公に据えた『魚玄《ぎょげん》機《き》』にも通底するテーマである。美貌の女道士・魚玄機の悲劇は、豊かな天稟《てんぴん》に恵まれた彼女が、とうとう自分が何を欲し、何を求めているかに気づけなかったことにある。彼女は、当代の名家と称された詩人・温飛卿《おんひけい》を驚かせるほどの詩才を持ち、「其《その》詩には人に優れた剪裁《せんさい》の工《たくみ》」があったという。しかし、そんな彼女も、他者からの承認を希求してやまなかった自分自身の心を摑《つか》めなかったのである。同じく不遇をかこっていた彼女の師に下されたという「孔門《こうもん》は徳行を以《もっ》て先《せん》と為《な》し、文章は末《すえ》と為す。爾《なんじ》既に徳行の取る無し、文章の何を以てか称せられんや、徒《いたず》らに不羈《ふき》の才を負《たの》みて、適時の用有ること罕《まれ》なり」という制辞は、いかにも言葉の才を過信した魚と温の二人に相応《ふさわ》しい。

続く『寒山拾得《かんざんじっとく》』は、禅の公案めいた雰囲気を持った謎めいた掌編である。やはり唐の時代を舞台にとって、「群生《ぐんしょう》を福利し、憍慢《きょうまん》を折伏《しゃくぶく》する」という風狂の高僧・豊《ぶ》干《かん》の導きによって、「牧民《ぼくみん》の職にいて賢者を礼する」自らのありようにうぬぼれていた俗吏の鼻が見事にへし折られていくさまが描かれるが、わたしは、この作に鷗外の皮肉な表情を読み取らずにはいられない。鷗外の周囲には、文学の世界で揺るぎない名声を得ていた彼をいたずらに権威とし、彼を遇することで自己満足にひたるような人々もいたはずだ。「寒山拾得縁起」に「実はパパアも文殊《もんじゅ》なのだが、まだ誰も拝みに来ないのだよ」と書いた鷗外は、「腹の底から籠《こ》み上げて来るような笑声《わらいごえ》」と共に、そんな輩《やから》から勢いよく逃げ出したかったのかもしれない。

最後に掲げたのは、単行本『意地《いじ》』（一九一三年）に収められた、武士たちの死と生とを描いた三つの作品である。『興津弥五右衛門《おきつやごえもん》の遺書《いしょ》』は、はじめ、一九一二年九月一三日の乃木希典・静子夫妻自刃の知らせに衝撃を受ける中で一気に書きあげられ、乃木の死を論評する記事とともに『中央公論』（一九一二年一〇月）に発表された。その後、単行本への掲載時に資料の考証を踏まえた大幅な書き換えが行われている。本書が収録したのは、その改稿された本文である。

日清《にっしん》・日露《にちろ》戦争の英雄とみなされていた乃木とその妻の自死は、明治天皇に対する忠節の表現として、人々の大きな賞賛の声に包まれた。しかし、その行為に疑念を差しはさむ声もないわけではなかった。『阿部一族』の語を借りれば、「畢竟どれ丈の御入懇《じっこん》になった人が殉死すると云う、はっきりした境《さかい》は無い」。ならば、先の天皇から格別の恩顧を蒙《こうむ》った乃木が殉死をするなら他の元老たちはどうなるのかと語る者や、当時学習院長を務めていた乃木ならば、むしろ「皇室の藩屛《はんぺい》」を育てることでその恩に報いるべきではないかと言い立てる論者もあった。そのような喧騒《けんそう》の中で、ドイツ留学時代から乃木と親交のあった鷗外は、この主君のために死ぬと思い定めた一人の男の心境をつぶさに物語ることで、乃木の行為を弁証してみせた。この作の改稿についてはさまざまな議論があるが、人々の視線にさらされながら「いかにも晴《はれ》がましく切腹する弥五右衛門の様子を書き足した点には、乃木の死に大仰なわざとらしさを見てとった一部の人々に対し、改めて乃木を弁護しようとした鷗外の意図がうかがえる。武士にとっての殉死とは、そもそもが一世一代の儀式に他ならない。「総《すべ》て功利《こうり》の念《ねん》を以《もっ》て物を視候《みそうら》わば、世の中に尊《とうと》き物は無くなるべし」という作中の言葉は、乃木の殉死を語る人々に向けられたものでもあろう。

だが、史料を通じて過去を見ることは、現在の視点で過去を理解する困難に直面することでもある。なぜ乃木は殉死したのかという問いを、武士にとって殉死とは何かという問題へと転化させたとき、まぎれもない近代人だった鷗外には、容易に見通すことのできない心性も感知されたはずだ。

その意味で、名作の誉れ高い『阿部一族』は、殉死をめぐる社会心理学的な考察を刻んだ作品とも言える。『興津弥五右衛門の遺書』『阿部一族』には大量の武士の名前が羅列されているが、このことは、彼らがいかに名を重んじ、名を惜しむ人々だったかを端的に示している。『阿部一族』は、細川忠利《ほそかわただとし》に殉じた一八人の名前と家格と介錯人《かいしゃくにん》とが漏れず列挙されている。一九人目の殉死者となった阿部弥一右衛門《やいちえもん》は、最後まで殉死を許されなかったことを「主《しゅう》の気に入らぬからと云って、立場が無くなる筈《はず》は無い」と割り切って考えようとしながら、おめおめ生きながらえていると諷《ふう》する周囲の声をこの上ない恥として、腹を切る。「何事も一人で考えて、一人でしたがる」弥一右衛門の長子・権兵衛《ごんべえ》が、忠利の霊前で突如髻《もとどり》を切ったのは、家中にみなぎる阿部家侮蔑《ぶべつ》の風評にこらえかね、「面目《めんぼく》が無い」と感じたからに他ならない。阿部一族討伐の指揮官を任ぜられた竹内数馬《たけのうちかずま》が「どうしても動かすことの出来ぬ程堅固《ほどけんご》な決心」で「只《ただ》一刻も早く死にたい」と思うのは、小知恵の働く大目付役・林外記《げき》の一言によって「雪《すす》ぐことの出来ぬ汚《けが》れを身に受けた」という思いを抱いてしまったからだった。そして、公然と立派な覚悟の死を遂げる人物の遺族たちはみな、しかるべき礼と名誉に包まれ、安堵《あんど》する。

鷗外の描いた武士たちは、知行《ちぎょう》を持たない下級武士まで含め、名誉と名聞を重んじ、人に後ろ指をさされて生きることに耐えられない。そんな目から見るなら、あくまで生きのびることを第一義として選び抜き、長寿の薬効があるという朝鮮人参をひそかに自分の家に送り続けた『佐橋甚五郎《さはしじんごろう》』の主人公は、いかにも異様の人物と映るのだろう。

鷗外の遺書には「余ハ石見人森林太郎トシテ死セント欲ス」という有名な一節がある。遺書には、死んだ人間はどんな権力にも権威にも侵すことはできないのだから、「生死別ルル瞬間アラユル外形的取扱ヒヲ辞ス」「宮内省陸軍ノ栄典ハ絶対ニ取リヤメヲ請フ」という文言もある。これらの言葉は、軍医として、過去を主題とする作の書き手として数々の死と出会ってきた鷗外の、武人たちとは異なる彼なりの美学のあらわれでもあるのだろう。鷗外の歴史小説は、〈この人を見よ〉というメッセージであると同時に、その人物をことさらに注視する〈この私を見よ〉という呼びかけでもある。本書の作品たちは、鷗外という巨人の底の見えない深い謎を考え抜くために、欠くことのできない重要な手がかりなのである。

初出一覧

山椒大夫　大正四年一月「中央公論」（大正七年二月、春陽堂刊『高瀬舟』に収録）
じいさんばあさん　大正四年九月「新小説」（大正七年二月、春陽堂刊『高瀬舟』に収録）
最後の一句　大正四年十月「中央公論」（大正七年二月、春陽堂刊『高瀬舟』に収録）
高瀬舟　大正五年一月「中央公論」（大正七年二月、春陽堂刊『高瀬舟』に収録）
附高瀬舟縁起　大正五年一月「心の花」（「高瀬舟と寒山拾得——近業解題——」から、前者を分離・改題して、大正七年二月、春陽堂刊『高瀬舟』に収録）
魚玄機　大正四年七月「中央公論」（大正七年二月、春陽堂刊『高瀬舟』に収録）
寒山拾得　大正五年一月「新小説」（大正七年二月、春陽堂刊『高瀬舟』に収録）
附寒山拾得縁起　大正五年一月「心の花」（「高瀬舟と寒山拾得——近業解題——」から、後者を分離・改題して、大正七年二月、春陽堂刊『高瀬舟』に収録）
興津弥五右衛門の遺書　大正元年十月「中央公論」（改稿して、大正二年六月、籾山書店刊『意地』に収録）
阿部一族　大正二年一月「中央公論」（改稿して、大正二年六月、籾山書店刊『意地』に収録）
佐橋甚五郎　大正二年四月「中央公論」（大正二年六月、籾山書店刊『意地』に収録）

年　譜

＊内容は、公職、医事、文芸、家庭の順。『　』印は単行本を示す。

文久二年（一八六二）

一月一九日（新暦二月一七日）、石見国《いわみのくに》（今の島根県）津和野《つわの》に生まれた。森林太《もりりんた》郎《ろう》。鷗外漁史《おうがいぎょし》・千朶《せんだ》山房《さんぼう》主人・観潮楼《かんちょうろう》主人などの号がある。父静泰《せいたい》（維新後、静男と改名。吉次氏）、母峰子（森氏）の長男。家は代々藩主亀井《かめい》氏の典医。

慶応三年（一八六七）　五歳

一一月、村田久兵衛に論語を学んだ。九月、弟篤次郎《とくじろう》（のち三木竹二《みきたけじ》）が生まれた。

慶応四年＝明治元年（一八六八）　六歳

三月、米原佐《よねはらたすく》（綱善《つなえ》）に孟子《もうし》を学んだ。

明治二年（一八六九）　七歳

藩校養老館《ようろうかん》へ四書復読にゆく。版籍奉還。

明治三年（一八七〇）　八歳

養老館へ五経復読にゆく。父からオランダ文典を学んだ。一一月、キミ（喜美子《きみこ》）が生まれた（のち小金井《こがねい》氏）。

明治四年（一八七一）　九歳

養老館へ左国史漢（左伝《さでん》・国語《こくご》・史記《しき》・漢《かん》

書《じょ》）を復読にゆく。夏、室良悦《むろのりょうえつ》にオランダ文典を学んだ。廃藩置県。養老館廃校となる。

明治五年（一八七二）　一〇歳

六月、父に従って上京（向島小梅村《むこうじまこうめむら》）。やがて、神田《かんだ》小川町《おがわまち》の西周《にしあまね》邸に寄寓し、医学研究に必要なドイツ語学修に進文学社へ通う。

明治六年（一八七三）　一一歳

六月、祖母清子、母峰子、弟篤次郎、妹喜美子ら上京。

明治七年（一八七四）　一二歳

第一大学区医学校予科（のちの東京医学校、東京大学医学部）へ入学。この時、資格年齢上、願書には万延元年（一八六〇）生れとし、以後、公にはこれを用いた。

明治九年（一八七六）　一四歳

一二月、東京医学校移転に伴い、本郷《ほんごう》の寄宿舎に入る。

明治一〇年（一八七七）　一五歳

東京大学医学部本科生となる。同窓に賀古《かこ》鶴所《つるど》・小池正直《こいけまさなお》・中浜東一郎《なかはまとういちろう》らがいた。

明治一二年（一八七九）　一七歳

弟潤三郎が生まれた。父、橘井堂《きっせいどう》医院開業。

明治一四年（一八八一）　一九歳

三月、前年から移っていた本郷龍岡町《たつおかちょう》の下宿屋上条《かみじょう》で火災にあう。この春、肋膜炎《ろくまくえん》を病んだ。七月、大学卒業。一二月、陸軍軍医副に任ぜられ、東京陸軍病院勤務となる。

明治一五年（一八八二）　二〇歳

陸軍軍医本部課僚となり、プロシャ陸軍衛生制度の調査に従う。かたわら私立東亜《とうあ》医学校で衛生学を講じた。従七位に叙せらる。

明治一七年（一八八四）　二二歳

六月、陸軍衛生制度調査および軍陣衛生学研究のためドイツ留学を命ぜられ、八月、出発、一〇月、ベルリン着、すぐライプチヒへ移り、ホフマン教授の指導を受けた。

明治一八年（一八八五）　二三歳

「日本兵食論」「日本家屋論」の著述に従う。五月、陸軍一等軍医に昇進。この月、ドレスデンへ行き負傷兵運搬演習参観。八月から九月へかけて、ドイツ第十二軍団の演習に参加。『文《ふみ》づかい』の材料を得た。一〇月、ドレスデンへ移り、軍医監ロートについた。

明治一九年（一八八六）　二四歳

三月、ミュンヘンへ移り、ペッテンコーフェルを師とした。ナウマンへの駁論《ばくろん》を発表した。画学生原田直次郎《はらだなおじろう》を知る。

明治二〇年（一八八七）　二五歳

四月、ベルリンへ移る。五月、コッホの衛生試験所へはいった。九月、石黒《いしぐろ》軍医監に随行して赤十字の会議に出席、日本代表に代って演説した。

明治二一年（一八八八）　二六歳

三月から七月まで、プロシャ近衛歩兵第二連隊の軍隊医務に従った。七月、ベルリン発、帰国の途につく。九月、帰京、陸軍軍医学舎（のち改称陸軍軍医学校）教官となる。一一月、陸軍軍医学校兼陸軍大学校教官となる。一二月、『非日本食論将《ひにほんしょくろんはまさに》失其根拠《そのこんきょをうしなわんとす》』（橘井堂）を私費刊行した。

二月、父および一家、千住《せんじゅ》へ移転。

明治二二年（一八八九）　二七歳

三月、「衛生新誌《えいせいしんし》」を創刊し、同月、軍医学校から『陸軍衛生教程《りくぐんえいせいきょうてい》』を出した。七月、東京美術学校専修科の講師となり美術解剖学を講じはじめた。

一月、「読売新聞」へゾラの小説を批判したゴットシャールの「小説論」を載せ、文学活動がはじまった。八月、「国民之友」へ新声社《しんせいしゃ》（S・S・S）訳「於母影《おもかげ》」を発表し、一〇月、「しがらみ草紙《そうし》」を創刊した。

三月、海軍中将男爵赤松則良《あかまつのりよし》の長女登志子と結婚した。

明治二三年（一八九〇）　二八歳

一月、「医事新論《いじしんろん》」を創刊した。九月、さ

きの「衛生新誌」と「医事新論」を合併して「衛生療病志《えいせいりょうびょうし》」とした。

一月、「舞姫《まいひめ》」を「国民之友」に、八月、「うたかたの記」を「しがらみ草紙」に発表した。この間、「ふた夜」(ハックレンデル)「埋木《うもれぎ》」(シュビン)などの翻訳が多い。

九月、長男於菟《おと》が生まれ、間もなく登志子と離婚した。一〇月、本郷駒込千駄木《こまごめせんだぎ》町五七番地(千朶山房《せんださんぼう》)へ移る。この家には、のち夏目漱石《なつめそうせき》も住んだ(今は愛知県犬山《いぬやま》、明治村に保存されている)。

明治二四年(一八九一)　二九歳

八月、医学博士になった。

一月、『文づかい』(新著百種第十二号、吉岡書籍店)が出た。九月、「しがらみ草紙」に「山房論文」が載り、「早稲田文学《わせだぶんがく》」の坪内逍遙《つぼうちしょうよう》とのあいだに没理想論争がはじまった。

明治二五年(一八九二)　三〇歳

九月、慶応義塾の講師となり審美学を講じはじめた。

七月、春陽堂《しゅんようどう》から『美奈和集《みなわしゅう》』(水沫集《みなわしゅう》)が出、「舞姫」等ドイツ記念三部作、ドーデ、シュービン(シュビン)などの翻訳、訳詩「於母影」等がおさめられた。

一一月、「しがらみ草紙」に「即興詩人《そっきょうしじん》」の翻訳がはじまった。

一月、千駄木町二十一番地へ移転。千住から父母・祖母が来て同居する。八月、新たに観潮楼《かんちょうろう》を建てた。以後の生涯をこの家で送った。

明治二六年（一八九三）　三二歳

五月、「衛生療病志」に「傍観機関《ぼうかんきかん》」が出はじめた。一一月、陸軍一等軍医正に進み、軍医学校長になった。

明治二七年（一八九四）　三三歳

八月、清国と開戦。一〇月、第二軍兵站《へいたん》軍医部長となって出動。ために、「衛生療病志」・「しがらみ草紙」（全五九冊）を廃刊した。

明治二八年（一八九五）　三三歳

五月、日清講和となり帰還、すぐに台北に渡り、台湾総督府陸軍局軍医部長となる。一〇月、帰京し、再び軍医学校長に補せられた。

明治二九年（一八九六）　三四歳

一月、再び陸軍大学校教官となった。十二月、小池正直との共著『衛生新篇《えいせいしんぺん》』第一冊（松崎蒼虬堂）が出た。

一月、「めさまし草《ぐさ》」を創刊した。「三人冗語《じょうご》」「雲中語」などの作品合評が名物となった。一二月、春陽堂から評論集『都幾《つき》久斜《くさ》』（三木竹二劇評をふくむ）が出た。

四月、父静男が死んだ。

明治三〇年（一八九七）　三五歳

一月、中浜東一郎・青山胤通《あおやまたねみち》らと、公衆医事会を設立し、「公衆医事」をはじめた。

五月、春陽堂から喜美子との翻訳・評論集『かげ草』を出した。

明治三一年（一八九八）　三六歳

一〇月、近衛師団軍医部長兼軍医学校長になった。

二月—九月、「めさまし草」に「審美《しんび》新説《しんせつ》」を連載。一一月、西家から『西周伝《にしあまねでん》』、一二月、画報社《がほうしゃ》から『洋画手引草』（大村《おおむら》西崖《せいがい》・久米桂一郎《くめけいいちろう》との共著）が出た。

明治三二年（一八九九）　三七歳

六月、陸軍軍医監となり、第十二師団軍医部長に補せられ、小倉《こくら》へ下った。

同月、春陽堂から大村西崖と共編のハルトマン美学の祖述『審美綱領』上下二冊を出した。

明治三三年（一九〇〇）　三八歳

一月、「鷗外漁史とは誰《た》ぞ」を「福岡日日新聞」に書き、二月、「心頭語」を東京の「二六新報《にろくしんぽう》」に連載した。三月、春陽堂から『審美新説』を出した。

二月、弟篤次郎（三木竹二）が「歌舞伎」をはじめた。

明治三四年（一九〇一）　三九歳

一月、「めさまし草」にひきつがれていた「即興詩人」の翻訳を完成した（翌年九月、春陽堂刊行、上下二冊）。

明治三五年（一九〇二）　四〇歳

三月、第一師団軍医部長に補せられて帰京。

二月、春陽堂から『審美極致論《しんびきょくちろん》』を出版した。

おなじ月、「めさまし草」廃刊。六月、上《うえ》田敏《だびん》らと「芸文」をはじめたが、二号にとどまり、やがて「万年艸《まんねんぐさ》」を創刊した。一二月、処女戯曲「玉篋両浦嶼《たまくしげふたりうらしま》」を書いた。一月、大審院判事荒木博臣《あらきひろおみ》の長女志げと再婚した。

明治三六年（一九〇三）　四一歳

二月、画報社から『芸用解剖学《げいようかいぼうがく》』（久米桂一郎と共撰）を、一〇月、春陽堂から『人《じん》種哲学梗概《しゅてつがくこうがい》』を、一一月、軍事教育会からクラウゼヴィッツ『大戦学理』（「戦争論」）の翻訳巻之一、二を出版した。

一月、長女茉莉《まり》が生まれた。

明治三七年（一九〇四）　四二歳

二月、日露開戦。三月、第二軍軍医部長に補せられて出動した。

三月、「万年艸」廃刊。「第二軍の歌」を手はじめに、陣中詠『うた日記』がはじまる。

五月、春陽堂から『黄禍論梗概《こうかろんこうがい》』が出た。

明治三九年（一九〇六）　四四歳

一月、帰還し、八月、第一師団軍医部長に復し軍医学校長事務取扱を兼ねた。

五月、春陽堂から『水沫集《みなわしゅう》』の改訂版が出た。

六月、山県有朋《やまがたありとも》を中心とする歌会「常磐《ときわ》会《かい》」をおこし、賀古鶴所と共に幹事となった。一一月、春陽堂から評伝『ゲルハルト・ハウプトマン』を出版した。

七月、祖母清子が死んだ。

明治四〇年（一九〇七）　四五歳

七月、博文館から『衛生学大意』を出した。

八月、文部省美術審査委員会委員（洋画）となる。一一月、陸軍軍医総監に陞進《しようしん》し、陸軍省医務局長になった。

三月、「明星《みようじよう》」の与謝野寛《よさのひろし》、「馬酔木《あしび》」の伊藤左千夫《とうさちお》、「心の花」の佐佐木信綱《ささきのぶつな》らを集めて「観潮楼歌会」をはじめた。九月、春陽堂から『うた日記』を出版した。

二男不律《ふりつ》が生まれた。

明治四一年（一九〇八）　四六歳

五月、文部省の臨時仮名遣調査委員会委員になるなど、軍務以外の公職もますますせわしくなった。六月、春陽堂から『能久親王事蹟《よしひさしんのうじせき》』（棠陰会編纂《とういんかい》）が出、おなじ月、『仮名遣《かなづかい》に関する意見』を、秋には『門外所見』を、それぞれ私費印刷して頒《わか》った。

そのほか、さかんに小説・戯曲の訳筆をふるった。小説家に対する政府の処置に関して、文芸院の設立を建議した。

一月、弟篤次郎（三木竹二）、二月、二男不律が死んだ。

コッホ夫妻が来朝し、歓迎の事にあたった。

明治四二年（一九〇九）　四七歳

七月、文学博士になった。

一月、さきに「明星」を脱退した木下杢太郎《きのしたもくたろう》・吉井勇《よしいいさむ》らによって「スバル」（昴・すばる）が創刊され、これを機縁に創作活動が旺盛になり、ほとんど毎月何かを発表した。「プルウムラ」（戯曲）「半日《はんにち》」「仮面《かめん》」（戯曲）「追儺《ついな》」「懇親会《こんしんかい》」「大発見《だいはつけん》」「魔睡《ますい》」

「キタ・セクスアリス」「鶏《にわとり》」「金貨」「金毘《こんぴ》羅《ら》」など。うち「キタ・セクスアリス」は発禁になった。「スバル」へは、また、海外文芸消息「椋鳥通信《むくどりつうしん》」を終刊に及ぶまでつづけた。この間、短歌「我百首《わがひゃくしゅ》」を発表した。六月、翻訳戯曲集『一幕物』が易風社から出た。八月、『東京方眼図』を春陽堂から刊行した。市川左団次《いちかわさだんじ》・小山内薫《おさないかおる》らの「自由劇場」第一回（一一月）公演のためにイプセンの『ジョン・ガブリエル・ボルクマン』を訳した。一一月、画報社から単行本になった。

五月、二女杏奴《あんぬ》が生まれた。妻志げが小説を書きはじめた。

明治四三年（一九一〇）　四八歳

春、慶応義塾文学科刷新の事に当たり、顧問となる。

一月、翻訳短篇集『黄金杯《おうごんはい》』を春陽堂から、おなじ月、翻訳戯曲集『続一幕物』を易風社から出版。三月、「スバル」へ「青年」の連載をはじめる（翌年八月完）。五月、永井荷風《ながいかふう》主宰で「三田文学」が創刊され、以後しばしば執筆した。

この年の小説は、「杯《さかずき》」「牛鍋《ぎゅうなべ》」「電車《でんしゃ》の窓《まど》」「里芋《さといも》の芽《め》と不動《ふどう》の目《め》」「普請中《ふしんちゅう》」「ル・パルナス・アンビュラン」「花子《はなこ》」「あそび」「沈黙《ちんもく》の塔《とう》」「食堂《しょくどう》」など。翻訳も小説、戯曲にわたって多数。一〇月、主として右列挙の短篇小説をおさめた『涓滴《けんてき》』を新潮社から、同月、翻訳短篇集『現代小品』を大《おお》倉書店《くらしょてん》から出版した。

妻志げ、短篇小説集『あだ花《ばな》』を弘学館《こうがくかん》から出版。

明治四四年（一九一一）　　四九歳

このころ恩賜財団済生会《さいせいかい》関係のことに奔走した。文芸委員会委員となり、会から委嘱されて「ファウスト」の翻訳にあたった。小説は、「雁」（スバル）、「灰燼《かいじん》」（三田文学）の連載をはじめたほか、「蛇《へび》」「カズイスチカ」「妄想《もうそう》」「藤鞆絵《ふじどもえ》」「心中《しんじゅう》」「百物語《ひゃくものがたり》」など。二月には、春陽堂から短篇小説集『烟塵《えんじん》』が出た。翻訳も、一月、春陽堂から『人の一生・飛行機』、七月、金尾文淵堂からハウプトマンの『寂しき人々』、一二月、金葉堂からイプセンの『幽霊』などの出版をみた。
二月、三男類《るい》が生まれた。

明治四五年・大正元年（一九一二）　　五〇歳

「かのやうに」「不思議《ふしぎ》な鏡《かがみ》」「鼠坂《ねずみざか》」「吃逆《しゃつくり》」「藤棚《ふじだな》」「羽鳥千尋《はとりちひろ》」「田楽豆腐《でんがくどうふ》」などの小説を書き、八月、創作戯曲集『我一幕物』（籾山《もみやま》書店）を出した。翻訳では、シュニッツラーの『みれん』が籾山書店から出版された。この七月、明治天皇が逝き、九月、乃木希典《のぎまれすけ》大将が殉死するに及んで、殉死小説「興津弥五右衛門《おきつやごえもん》の遺書《いしょ》」を書き、歴史小説の創作がはじまった。

大正二年（一九一三）　　五一歳

一月の「阿部一族《あべいちぞく》」「ながし」をはじめ、「佐橋甚五郎《さはしじんごろう》」「槌一下《ついいっか》」「護持院原《ごじいんがはら》の敵討《かたきうち》」などの小説を書いた。二月、『青年』（籾山書店)、六月、歴史小説『意地《いじ》』(同)、七月、短篇小説集『走馬燈《そうまとう》・分身《ぶんしん》』(同)が出版された。翻訳では、一・三月、『ファウスト』第一・二部(一一月『ファウスト考』同月『ギョオテ伝』との三部作―すべて冨山房《ふざんぼう》)、二月、シュニッツラーの『恋《れん》愛三昧《あいざんまい》』(近代脚本叢書《そうしょ》第一編・現代社)、三月、『新一幕物』(籾山書店)、五月、『十人十話』(実業之日本社《じつぎょうのにほんしゃ》)、七月、『マクベス』(坪内逍遙序文・警醒社《けいせいしゃ》)、一一月『ノラ』(警醒社)が単行本になったほか、雑誌への寄稿も少なかった。一二月、「スバル」が全六〇冊で廃刊になり「椋鳥通信」が終った。ただし、万造寺斉《まんぞうじひとし》の編集による翌年一月創刊の「我等《われら》」へ「水のあなたより」として受けつがれた。

大正三年(一九一四)　五二歳

一月、従三位となる。

「大塩平八郎《おおしおへいはちろう》」「堺事件《さかいじけん》」「曾我《そが》兄弟」(戯曲)「安井夫人《やすいふじん》」「栗山大膳《くりやまだいぜん》」などを書いたほか、三月創刊の女流雑誌「番紅花《サフラン》」へ随筆「サフラン」を寄せた。四月、小説集『かのやうに』(籾山書店)、五月、歴史小説集『天保物語《てんぽうものがたり》』(鳳鳴社)、一〇月、おなじく『堺事件』(現代名作集第二編・鈴木《すずき》三重吉《みえきち》編)、五月、翻訳『謎《なぞ》』(ホフマンシュタール、現代社)などの単行本を出した。

大正四年(一九一五)　五三歳

四月、勲一等になった。

「山椒大夫《さんしょうだゆう》」ならびに「歴史其儘《れきしそのまま》と歴史離《れきしばな》れ」「天寵《てんちょう》」「津下四郎左衛門《つげしろうざえもん》」「二人の友」

「魚玄機《ぎょげんき》」「余興《よきょう》」「本家分家《ほんけぶんけ》」「じいさんばあさん」「最後《さいご》の一句《いっく》」などの作品を書き、一一月、大正天皇即位に際して「盛儀《せいぎ》私《し》記《き》」を書いた。この間、五月、中絶していた『雁《がん》』を完結して単行本にした（籾山書店）。一二月、随筆評論集『妄人妄語《もうじんもうご》』（至誠《しせい》堂《どう》）、一二月、ドイツ記念三部作などの初期短篇集『塵泥《ちりひじ》』（千章館）、九月、翻訳・創作詩歌集『沙羅《さら》の木』（阿蘭陀《おらんだ》書房）、一月、翻訳短篇集『諸国物語《しょこくものがたり》』（国民文庫刊行会）、一〇月、翻訳『稲妻《いなづま》』（ストリンドベリー、通一舎）を刊行した。

この年、武鑑の蒐集《しゅうしゅう》がさかんになり、渋江《しぶえ》抽斎《ちゅうさい》の遺族とめぐりあった。

大正五年（一九一六）　五四歳

四月、依願予備役仰付《おおせつ》けられ、陸軍省医務局長の職を退いた。

「高瀬舟《たかせぶね》」「寒山拾得《かんざんじっとく》」を発表し、「椙原品《すぎのはらしな》」につづいて「渋江抽斎《しぶえちゅうさい》」（東京日日新聞・大阪毎日新聞連載）を書いた。また「寿阿《じゅあ》弥《み》の手紙」「伊沢蘭軒《いざわらんけん》」を書いた（翌年九月完結）。この間、退職後の心境を随筆「空車《むなぐるま》」で語った。五月、翻訳『ギョッツ』（ゲーテ、三田文学会）出版。

三月、母峰子が死んだ。

大正六年（一九一七）　五五歳

一二月、帝室博物館総長兼図書頭に任ぜられ、高等官一等となった。

「都甲太兵衛《とこうたへえ》」「鈴木藤吉郎《すずきとうきちろう》」「細木香以《さいきこうい》」「伊沢蘭軒」「小嶋宝素《こじまほうそ》」「北条霞亭《ほうじょうかてい》」などの史伝物を書きつづけた。随筆「なかじきり」を書いた。このころ漢詩の制作が多い。

大正七年（一九一八）　五六歳

この年、帝室制度審議会御用掛など、いくつかの公職が加わる。「北条霞亭」続稿。随筆「礼儀小言《れいぎしょうげん》」を書いた。二月、創作集『高瀬舟』（春陽堂）出版。

大正八年（一九一九）　五七歳

一九〇七年文部省の美術展覧会（「日展」前身）開設以来、つねに美術審査委員会委員になっているが、この九月、帝国美術院長となった。

五月、翻訳集『蛙』（玄文社）、十二月、史伝集『山房札記《さんぼうさつき》』（春陽堂）を出版。「帝謚《ていし》考《こう》」の稿をおこした。

大正九年（一九二〇）　五八歳

一月末から二月にかけて腎臓を病んだ。三月、警察官のために社会問題を講義した。「北条霞亭」の稿をつづけた。

大正一〇年（一九二一）　五九歳

臨時国語調査会会長となる。

三月、『帝謚考』（図書寮）、七月、翻訳『ペリカン』（ストリンドベリー、脚本名著選集第一篇・善文社）、一〇月、森林太郎訳文集巻一『独逸《ドイツ》新劇篇』（春陽堂）を出版した。「元号考《げんごうこう》」の稿をおこした。第二期「明星《みょうじょう》」が創刊され、「古い手帳から」の連載がはじまった。一両年まえからおり禅宗老師の提唱をきいた。

大正一一年（一九二二）　六〇歳

「元号考」をつづけていたが、健康おとろえ六月一五日から役所を休んだ。七月六日、遺言して賀古鶴所に筆受させた。七月九日午前七時没した。病名は肺結核・萎縮腎《いしゆくじん》であった。死の直前、従二位となった。法号は貞献院殿文穆《ていけんいんでんぶんぼくし》思斎大居士《さいだいこじ》。遺骨は東京向島の弘福寺《こうふくじ》に埋めたが、のち改葬して現在は東京都下・三《み》鷹《たか》市の禅林寺、ならびに津和野の森家代々の菩提寺永明寺《ようめいじ》に墓がある。「明星」七月号の「古い手帳から」が絶筆となった。

＊没後の主要単行本——没後の八月、森林太郎訳文集巻二『墺太利劇篇』（春陽堂）、翌年八月、森林太郎創作集巻一『伊沢蘭軒』（春陽堂）。

本年譜は、鷗外稿「自紀材料」および岩波書店版『鷗外全集』著作篇第二四巻（昭和二十九年三月十五日発行）所収の「年譜」に拠《よ》った。

（稲垣達郎）

——改版にあたり、補訂を行いました。

（編集部）

本書は、岩波書店版『鷗外全集』第十、十一、十五、十六巻（一九七二―三年、第二刷一九八七―八年）を底本とし、角川文庫旧版（一九六七年二月二十八日初版）ほかを参照して、原文を新字・新かなづかいに改めました。
なお本書中には、今日の人権擁護の見地に照らして、不適切と思われる語句や表現がありますが、著者自身に差別的意図はなく、また著者が故人であること、作品自体の文学性・芸術性を考え合わせ、原文のままとしました。

（編集部）

山椒大夫《さんしようだゆう》・高瀬舟《たかせぶね》・阿部一族《あべいちぞく》

森《もり》 鷗外《おうがい》

昭和42年 2月28日　初版発行
平成24年 6月25日　改版初版発行
令和2年 4月25日　改版18版発行

発行者●郡司 聡

発行●株式会社KADOKAWA
〒102-8177　東京都千代田区富士見2-13-3
電話 03-3238-8521（カスタマーサポート）
http://www.kadokawa.co.jp/

角川文庫 17400

印刷所●株式会社暁印刷　製本所●株式会社ビルディング・ブックセンター

表紙画●和田三造

Printed in Japan
ISBN978-4-04-100287-2　C0193

角川文庫発刊に際して

角川源義

第二次世界大戦の敗北は、軍事力の敗北であった以上に、私たちの若い文化力の敗退であった。私たちの文化が戦争に対して如何に無力であり、単なるあだ花に過ぎなかったかを、私たちは身を以て体験し痛感した。西洋近代文化の摂取にとって、明治以後八十年の歳月は決して短かすぎたとは言えない。にもかかわらず、近代文化の伝統を確立し、自由な批判と柔軟な良識に富む文化層として自らを形成することに私たちは失敗して来た。そしてこれは、各層への文化の普及滲透を任務とする出版人の責任でもあった。

一九四五年以来、私たちは再び振出しに戻り、第一歩から踏み出すことを余儀なくされた。これは大きな不幸ではあるが、反面、これまでの混沌・未熟・歪曲の中にあった我が国の文化に秩序と確たる基礎を齎らすためには絶好の機会でもある。角川書店は、このような祖国の文化的危機にあたり、微力をも顧みず再建の礎石たるべき抱負と決意とをもって出発したが、ここに創立以来の念願を果すべく角川文庫を発刊する。これまで刊行されたあらゆる全集叢書文庫類の長所と短所とを検討し、古今東西の不朽の典籍を、良心的編集のもとに、廉価に、そして書架にふさわしい美本として、多くのひとびとに提供しようとする。しかし私たちは徒らに百科全書的な知識のジレッタントを作ることを目的とせず、あくまで祖国の文化に秩序と再建への道を示し、この文庫を角川書店の栄ある事業として、今後永久に継続発展せしめ、学芸と教養との殿堂として大成せんことを期したい。多くの読書子の愛情ある忠言と支持とによって、この希望と抱負とを完遂せしめられんことを願う。

一九四九年五月三日